HASHIMOTO
Johsuke
橋本譲介

赤い大地と青い海

文芸社

目次

赤い大地と青い海

新京脱出

滴る汗を拭きもせず、前田キヌエは正座して、ラジオから流れてくる玉音放送に黙って耳を傾けていた。

「やはり日本は負けたか……」

前田哲郎が、静かに横で呟いた。

昭和20年8月15日。キヌエは義理の父哲郎と義理の母トシ、それと4歳になる息子の功一郎と4人で、満州国の朝鮮との国境付近にある大栗子という町でこの放送を聴いていた。

玉音放送を聴き終えたキヌエは、夫である前田正の顔がふと頭をよぎった。

正は哲郎の長男として兵庫県で生まれ、満蒙開拓団として満州に移民後にキヌエと結婚して南満州鉄道で働いていたが、日本の戦局が厳しくなり、兵力を補うために関東軍に召集されていた。

「お義母さん、正さんは大丈夫でしょうか？」

キヌエは隣に座っているトシを見て、不安そうに尋ねた。

「こんなことになってしまって、正はこれからどうなるのじゃろうか……」

力なくトシはそう言ったが、その後の言葉が続かなかった。戦時中でまともに食事も取れない環境の中、高齢であるトシはこの時、疲労困憊であった。

「正は心配無用じゃ、あいつのことじゃ、きっとうまくやる」

疲れた様子を微塵も見せずに、哲郎は息子の正を信じるように言うと、

「それより、ここにも長くはいられないだろう。早くここも離れたがほうがいいかもしれん」

キヌエは哲郎の言葉を聞いてこの先待ち受けている自分たちの行く末に不安を抱き、隣に座っている息子の功一郎の手を握った。

昭和7年3月1日――。満州国は関東軍が起こした満州事変をきっかけに、日本によって建国された。日本本土の約3倍の大地に新しい国をつくる壮大な計画は、当時の広田弘毅内閣総理大臣を首班に据えて「満州開拓移民推進計画」が決議され、日本各県の人々が開拓団として満州各地に次々と送り込まれていった。五族協和の理想を掲げ、先進的な都市を目指して創られた首都新京は、住宅地域、商業地域、工業地域に区画を分けて計画的に開発され、人口は当初は10万人ほどであったが、最終目標は３００万人とも言われた大都市であった。街路樹が整備された大通り沿いには西洋風のビルや住宅がまばゆいほどの美しさで次々と立ち並び、当時では珍しい上下水道も完備され、東京より50年は進んでいるとも言われた。映画や音楽などの文化的興行も内地では考えられないほど盛んで、豊かな市民生活がごく短期間の間に実現されていた。日本人の女性たちは綺麗な洋服に身を包

み、満人の女中がいて、その暮らしは子育て以外に何もしなくていいほどの恵まれたものだった。

このような急速な経済発展と南満州鉄道で働く正の高給により、キヌエたちの新京での生活は何不自由のない優雅なものであった。だが昭和16年に日本が戦争に突入すると、少しずつキヌエたちを取り巻く環境は変わっていった。奇しくもそれは、息子の功一郎が生まれた年でもあった。キヌエは、渡満して早々に環境の変化に馴染めずにいた両親を病気で亡くしたため、夫の正が関東軍に召集されてからは正の実家である哲郎の家に息子功一郎と共に身を寄せていた。昭和20年3月頃からはアメリカ軍による日本本土への空襲が激しくなっていると満州のキヌエたちの耳にも届いていたが、移民していた日本人たちの誰もが戦争で日本が負けるとは思ってはいなかった。しかしキヌエは、1週間ほど前から特に目まぐるしく変わり始めた自分たちの運命を受け止めることができず、困惑していた。

昭和20年8月8日、それはモスクワでの出来事から始まる――。

ソ連時間午後4時（日本時間午後10時）、ソ連の首都モスクワにある在ソ連大使館で、佐藤尚武駐ソ大使はソ連のモロトフ外相からの連絡を待っていた。オーク材で調（ととの）えられた重厚なテーブルの上にある灰皿には、煙草の吸い殻が山積みになっている。日本は8月6日に広島に落とされたアメリカ軍による新型爆弾で壊滅的状況に追い込まれており、佐藤はいたたまれない気持ちでいた。

原子爆弾が落とされた後、昭和天皇は木戸幸一内大臣及び東郷茂徳外務大臣を呼び出し、

「このような武器が使われるようになっては、もうこれ以上戦争を続けることはできない、不可能である。有利な条件を得ようとして大切な時期を失くしてはいけない。なるべく速やかに戦争終結に努力せよ」

との勅命を下していた。佐藤は、東郷外相からその言葉を伝えられていた。日本政府はソ連政府に、戦争相手である連合軍のアメリカ、イギリス、中国との和平仲介を春頃から依頼していたのだが、未だ返事は無く、佐藤はその回答を今か今かと待ちわびていたのだ。

ドアがノックされ、秘書が入ってきた。

「佐藤大使、たった今クレムリンのモロトフ外相から連絡がありました、午後5時にお越し頂きたいとのことです」

「よし、やっと来たか」

佐藤は椅子から立ち上がり、時計を見た。クレムリンまでは車で15分ほどの距離である。佐藤は急ぎ足で車に乗り込み、今から会うヴャチェスラフ・モロトフという人間を思い起こした。

本名、ヴャチェスラフ・スクリャービン――。

ソ連の最高指導者スターリンの片腕として、ソ連外交のすべてを掌握（しょうあく）している人物である。スターリンを革命時代の愛称「コーバ」と呼ぶことを許されており、「大粛清（だいしゅくせい）」の

時に銃殺リストに署名した数は372に及んだ。これはスターリンが署名した357よりも多い。ドイツがソ連を侵略した時には、政府を代表してソ連国民に演説もした。

「正義は我が方にある。敵は必ず打ち負かされる。勝利は我々のものだ！」と。

これほどの人物に対するのだから一筋縄ではいかないと佐藤は思いながらも、これ以上日本国民の犠牲を出さないために、ソ連が本日、日本と連合軍との和平仲介に参入してくれるだろうとソ連政府の返事に期待を込め、車を走らせた。

クレムリンが見えてきた。

ソ連政府の代名詞であるクレムリンは、ソ連の首都モスクワの中心部にある城塞で、約28万平方メートルの壮大な庭園の中に数々の巨大な建物といくつもの塔がそびえ立ち、見る者を圧倒した。敷地を取り囲む城壁は、先が見えないほど延々と続いている。焦る気持ちを胸に、佐藤は赤い壁を横目に城門をくぐり抜け、やっとの思いで応接室に到着した。中に入ると、金色に装飾された壁一面を覆うばかりの大きさの最高指導者スターリンの肖像画が佐藤を見下ろすように飾りつけられていた。天井から吊り下げられている非常に複雑な装飾が施（ほどこ）された巨大なシャンデリアが、煌（きら）びやかな輝きを放ちながら佐藤が来るのをまるで待ち構えていたかのようにゆったりと佇（たたず）んでいる。それを見て、佐藤は豪華で華やかというよりソ連国政府の見えない威圧感のようなものをひしひしと感じていた。落ち着かない気持ちで待っていると、5分ほどしてモロトフが入ってきた。

佐藤がソファから立ち上がりかける前に、モロトフはためらうことなく言い放ってきた。

「挨拶はいい。ソ連政府の名において、今から声明を読み上げる。単刀直入に言うが、我がソ連国は、日本と連合軍との和平の仲介は行わないことを決定した」

「えっ！」

佐藤はその言葉を聞いて絶句した。

「そして我がソ連は8月9日、日本に宣戦布告することとする。理由は今から述べる」

「宣戦布告？　何故そのようなことになるのですか！　日ソ中立条約は、来年まで有効なはずです！」

佐藤は顔面蒼白になり、声を震わせて言った。モロトフは気にもせず、1枚の紙を掲げて冷酷な目で佐藤を見つめながら切り出した。

「日本政府が7月26日の米英中によるポツダム宣言を拒否したことで、日本が我が国に対して提案していた和平調停の基礎は完全に失われた。日本のポツダム宣言無視を受け、連合軍は我がソ連に、日本の侵略に対する連合軍の戦争に参戦し、世界平和の回復に貢献するように提案した。我らソ連はこの連合軍の提案を受諾し、ポツダム宣言に参加することとした。各国人民をこれ以上の犠牲と苦難から救い、日本を無条件降伏せしめて危険と破壊から救うため、ソ連は対日参戦に踏み切る」

「そんな……」

思いもよらないソ連の対日参戦であった。それは空襲で大きな被害を出している日本本土以外に住む、日本北部及び満州国の人々にまで被害が及ぶことを意味していた。

狼狽する佐藤を見ても、モロトフはさらに冷酷に言い放つ。

「即ち8月9日より我がソ連は、日本と戦争状態になることを宣言する。以上だ」

佐藤は口元を歪めた。

こみ上げてくる憤り（いきどお）を抑えながら、無理に笑みを浮かべて必死に冷静を装った。この場で何を言っても、すでに無駄であるということがわかっていたからだ。

「只今の通告を外交特権で東京に至急打電したい。いいですね？」

佐藤は、一刻も早く東京に知らせることが最優先だと判断した。

モロトフは佐藤に一言だけ「いいだろう」と不気味に言い残し、応接室から出ていった。

佐藤はすぐに日本大使館に戻り、震える手で日本の外務省本省にモスクワ中央電通局経由で打電した。

「やられた……」

打電を終えたが、佐藤はまだ気が動転していた。

ソ連のしたたかさ、モロトフの冷酷な表情を思い起こし、気づいた時には佐藤のシャツは、汗でべったりと肌に張り付いていた。

佐藤はこの報告が少しでも早く東京に伝わってほしい。そして日本北部、満州の国民に伝わり、一刻も早く避難してほしいと願った。

しかし、ソ連の宣戦布告日、日本時間の8月9日午前0時の時点では、この打電は日本には届いていなかった。スターリン総帥からの指示を受けたソ連当局により、佐藤の打電は故意に留め置かれていたのだ。

——満州国境付近に東西北の3方面から取り囲む形で事前に配置されていたソ連軍は、暗闇の中で不気味に佇み、その時を待っていた。

満州侵攻計画を実行するために、ソ連軍は5月上旬のドイツ降伏後から7月までの間に、ヨーロッパ戦線から兵器や人員をソ満国境沿いに急遽移動させていたのだ。

120日は必要とされたこの移動にスターリンは不服で、「90日で」との厳命を下した。13万車輌以上にもなる貨物列車がシベリア鉄道を走り、集結させた兵の数は100万を超えた。戦車は5000以上、大砲は約2万5000、戦闘爆撃機3000以上と、凄まじい数の兵力であった。

ソ連軍のマギー少佐は、8月9日午前1時にアレクサンドル・ヴァシレフスキー元帥との無線を切り終えて葉巻に火を点けると、正面を向いて静かに命令を下した。

「只今より作戦を開始する。満州を攻撃せよ」

ソ連軍は怒濤（どとう）のごとく、満州への攻撃を開始した。

この時、満州は眠っていた。首都新京にある関東軍司令部は、電灯がまばらに灯っているだけで、ひっそりとしていた。

午前1時30分頃、当直室の電話が鳴った。

当直の当番であった梨川順次は、こんな時間に誰だと思いつつ受話器を静かに取った。するとと通話先から興奮してうわずった思わぬ言葉が聞こえてきた。

「攻撃を受けている！　東寧（とうねい）及び綏芬河（すいふんが）にて正面に敵だ！」

「なに！　敵だと、敵はどこだ？」

「ソ連軍だ！　ものすごい数だ！　至急援軍を求む！」

電話越しに聞こえてくる爆音が生々しい。そして他の電話器も一斉に鳴り出した。

別の当番兵が電話に出て叫ぶ。

「牡丹江（ぼたんこう）市街、敵の空襲を受けつつあり！」

次々に入る報告を聞きながら、梨川の受話器を握る手は震えた。

満州はソ連軍の攻撃を、東部、北部、西部の3方向から一斉に受けていたのだ。

日本は60日ほど前からソ連が満州国境沿いに兵力を集めているのを察知し、警戒していたつもりだった。ただソ連軍の参戦は独ソ戦で被った損害補填のため、早くても9月以降、あるいは来年に持ち越しになるだろうと決めつけ、侵攻は当面ないと高をくくっていたのだ。眠りについたばかりの関東軍は、完全に不意をつかれていた。

「これは一体どういうことだ……」

「日ソ中立条約は来年4月まで有効ではないのか」

「何故今、ソ連軍が攻めてくるのだ！」

「不意打ちか、ソ連の奴ら！　許せん！」

「落ち着け！　みんな落ち着くのだ！　各方面の報告を聞いている限り、これはソ連軍の一斉攻撃だと思われる。かなりの大規模攻撃だ」

梨川順次は自分自身も落ち着かせるように言ったが、動揺を隠せない。

「自分はすぐに、山田総司令官への報告に向かう。君たちは引き続き、各報告を受けていてくれ！」

そう言って梨川は、急いで官舎で就寝中の参謀長たちの元へと向かった。その後、関東軍総司令部はパニック状態になった。連絡を受けて上官の二宮少佐も総司令部に駆けつけてきたが、状況を掴めていない関東軍は、まだこれといった有効策を打ち出せずにいた。

「梨川よ、山田総司令官は今、大連に出張中とのことだ。先ほど連絡があり、急遽こちらに向かっている。戻られ次第、今後の協議に入るぞ」

「これはソ連の不意打ちでしょうか？　このようなことが許されるのでしょうか？」

「今はわからない。しかしソ連のやることだ、何か考えがあってのことだろう。しかし今は、ソ連軍の攻撃規模と我が軍の被害状況の把握をすることが第一優先だ。国境沿いの東寧重砲兵連隊の報告を聞くかぎり、今の段階ですでにかなりの死傷者を出しているらしい、先ほど渡辺から無線で聞いたが、中隊はすでに全滅したとのことだ」

「そんな……、渡辺大佐たちは無事なのでしょうか？」

「渡辺たちも死に物狂いで反撃したらしいが、その後は連絡がつかない」

二宮少佐と同期で友人でもある渡辺大佐は、連隊長として去年の末よりソ連牽制(けんせい)のため、北部満州に配置されていた。だがソ連軍の奇襲に対して、渡辺率いる連隊は一方的な攻撃に耐える戦闘がやっとであったのだ。

二宮は窓の外を見た。

そして暗闇の中に時々、雷のような光を見た。二宮にはそれが爆弾を落とした時に放たれる閃光だとわかった。

ソ連軍は新京郊外、哈爾浜(ハルビン)、斉斉哈爾(チチハル)等、主要都市への空爆を行っていたのだ。

「もうそこまで来ているのか……」

二宮はもはや一刻の猶予も許されないと思い、山田総司令官を待たずに参謀長たちとの協議に入ることにした。混乱する中、二宮たちは午前4時になって初めて、モスクワラジオでソ連が8月9日午前0時に日本に宣戦布告したことを知った。

その後すぐに、日本はラジオ放送で満州国民に避難を呼びかけたが、この放送をどれほどの人が聴けたのかは不明である。

山田総司令官は、夜明け前に飛行機で新京に戻ってきた。だが協議は、混乱を極めていた。

「他の被害報告はどうなっている？」

「各方面ともかなりの混乱が見られ、未だ状況は完全には把握できておりません」

「今すぐ兵を集結して徹底抗戦すべきだ！」

「いや！　国民の避難を優先すべきだろう」

「しかし、これほどの人数を避難させるには、時間と列車の数が足りないぞ……」

「二宮よ！　大本営は何と言っているのだ！」

各人の発言が飛び交う中、二宮が発言した。

「午前3時の時点で大本営は、侵攻する敵を排除しつつ、速やかに全面開戦を準備すべしとのことです」

「準備だと？　それはどういう意味だ！」

参謀長が興奮して二宮に食ってかかった。

すると一部始終を聞いていた山田総司令官が発言した。

「大本営はソ連の戦闘規模はそれほど大きくないと言っているが、それは多分、ソ連を今は敵に回さないほうがいいと判断しているのだろう」

「しかし、すでに東国境の東寧重砲兵連隊の中隊は、全滅したとの報告を渡辺大佐より受けております。今すぐに援軍を送るべきです」

二宮は山田総司令官に強く進言した。

山田の言葉の通り、大本営はアメリカとソ連が仲間割れをする可能性があると考え、それに期待していた。ソ連が日本に有利に働いてもらうためにも、今はソ連を敵に回さないほうが良いと判断していたのだ。そして今起こっていることは、各地で起きた小競り合いだと勝手に決めつけていたのだった。

こうして協議が長引く間にも、次々と各部隊から壊滅的な報告が入ってきていた。

8月9日午前6時――。大本営からの命令を待たずに、山田総司令官は戦闘命令を下した。

そして大本営から戦闘命令が下ったのは、宣戦布告の午前0時から13時間経った8月9日午後1時であった。

日が昇っても協議は難航していたが、山田は取りまとめるように、

「今から直ちに司令部を通化に移動させ、そこに戦力を集めて防衛線を張ることにする。朝鮮こそ我が軍が絶対に防衛しなければならない最後の一線だ。速やかに一般市民の避難と警護に尽力してやってくれ」

と結論づけて言ったが、

「市民の避難を一斉に行うと混乱が起き、収拾がつかなくなります。皇族と宮内庁関係者、大使館等の役人、軍の関係家族に絞って先に避難させてはどうでしょうか？　司令部を新京から通化に移動させることも、市民には今は伏せておいたほうがいいでしょう」

と一人の参謀長が冷静に言った。

「わかった、そうしよう……」

山田は苦渋の決断をした。

押し寄せるソ連軍の前に、関東軍はここ新京ではもはや満州全体の防衛は無理だと判断し、満州の4分の3を捨てて通化に戦力を集結させ、朝鮮の防衛を行うと決定したのだ。

協議の終わりかけに、二宮が発言した。

「山田総司令官、一般市民を一人でも多く避難させるために、せめて集められるだけの列車の手配を私にやらせて下さい！　私が満鉄理事に掛け合います」

二宮の発言は了承されたが、北部東部の国境戦場に援軍を送る手配は行われなかった。関東軍は精鋭部隊をすべて南部の太平洋戦争に奪われ、残った満州部隊は疲弊しており、援軍を送る余裕はすでになかったのだ。

関東軍は終焉に向かっていた。

しかし、それをわかっている者は、この時には誰一人としていなかった――。

指令部が混沌としていた頃、前田キヌエは朝食の用意をしていた。

キヌエの横では、女中である満人のスーハンが綺麗に拭かれた真っ白い皿の上に瑞々しい緑の野菜を置き、真っ赤に熟れているトマトを8つに均等に分けて並べていた。

朝食は毎日スーハンが用意するのだが、この日は違った。キヌエは昨夜、遠くから聞こえてくる落雷にも似た爆音が気になって、落ち着いて眠りに就くことができず、朝早くに起きて朝食を作っていたのだ。

「ねえスーさん、寝ている時に遠くから爆発しているような音が聞こえなかった？」

「ええ、聞こえました。関東軍の夜間演習なのでしょうか？」

「こんな時期に、関東軍が夜間演習などするかな」

そんな会話をしながら、キヌエは卵を片手で割って手際よくオムレツを作ってみせた。

スーハンはキヌエが料理する姿を見て、

「奥様、お上手ですね！」

と明るく笑顔で言った。

「私も本気になれば、これくらい朝飯前よ。スーさん、それよりお義父さんとお義母さんは起きているかな。朝食の用意ができるから呼んできてくれない？」

この時、二人の会話は弾んでいた。戦争とは無縁の平穏の中、いつものように楽しくお喋りをして、スーハンは元気よく2階に上がっていった。

テーブルの下でキヌエの料理をじっと見ていた息子の功一郎が、トマトをつまみ食いしようとテーブルの上に顔を出して手を伸ばした。キヌエは功一郎の手を軽く叩き、

「つまみ食いしなさんな、早くケチャップを出して、スプーンとフォークを並べておくれ」

と言うと、功一郎は「はーい」と元気よく返事をして、小さい体で一生懸命にスプーンとフォークを並べていった。そんな功一郎を見て、キヌエには自然と笑みがこぼれる。

そう、たしかにキヌエはこの時までは満悦の表情で、充実感に満ち溢れていたのだ。

2階に上がったスーハンは、哲郎の部屋の前で声を掛けようとした。しかし、中から哲郎の張り上げるような声が聞こえてノックするのを戸惑った。哲郎は興奮して、誰かと話しているようだ。スーハンは声が聞こえなくなるのを待ち、扉をノックした。

「お父様、お母様、朝食の用意がもうすぐできますよ」

するとゆっくりと扉が開き、思いつめた表情の哲郎が顔を出した。

「スーさん、すまないがキヌエを呼んできてくれないか」

スーハンは、初めて見る哲郎の表情に、ただならぬ事態だと悟った。すぐにキヌエを呼びに戻り、キヌエが部屋に慌てて入ると、哲郎とトシが神妙な面持ちでキヌエを見つめた。

「お義父さん、どうしたのですか？」

「キヌエ、ちょっとそこに座りなさい」

キヌエは哲郎の横に座っているトシの泣き出しそうな顔を見て、困惑しながら対面のソファに腰掛けた。

「たった今、正から電話があった、ソ連が日本に宣戦布告して、攻めてきているそうだ」

「え？　じゃあ、夜聞こえていたあの音はソ連軍の空襲だったのですか……」

「北部東部の関東軍は半日もかからずに壊滅的打撃を受けたらしい。あと、これはまだ機密事項らしいが、関東軍は新京から朝鮮方面に南下するとも言っていた、正が言うには、ここ新京にソ連軍が攻めてくるのも時間の問題らしい」

「お義父さん……、私たちはこれから、どうすればいいのでしょうか？」

「すぐに荷造りをして、いつでも避難できる準備をしておきなさい。正も今、こちらに向かってきてくれている。それで何かわかるかもしれない」

哲郎の言葉を聞き終え、キヌエは今の生活が奪われることを感じて一言呟く――。

「南下……」

キヌエは忍び寄る戦争の影に密かに恐怖を覚え、不安が胸に一気に満ちてくるのが、自分でもはっきりとわかった。キッチンに戻ったキヌエは、スーハンに詳しいことは話さなかった。というよりもショックを受けて話す余裕がなかったのだ。キヌエは朝食を終え、すぐに持てるだけの貴重品や衣服をまとめる準備に取りかかり、スーハンも事態を肌で感じたのか、何も聞かずに黙ってキヌエの手伝いをした。

――満州で何かが起こり始めていた。

前田正はキヌエや両親がいる家にバイクで向かっていた。

関東軍に召集されていた正は、経理部所属の炊事配膳係として主に兵の食事を担当していたため、この時は食事の運搬に使用するバイクに乗って急いで自宅に駆けつけていた。

正は走りながら、新京の街で起きている異変を目のあたりにして驚愕していた。ソ連の侵攻を知り、中国人や満人による暴動や虐殺が各地ですでに起きていたのだ。あらゆる所から日本人の悲鳴や叫び声が聞こえてくる。街は四方八方から黒煙が立ち昇り、普段は子供たちの声で賑(にぎ)やかな公園にも日本人らしき死体が多数転がっている様子は、正を強く震撼させた。日本人が後ろに手を縛られ、バイクで道路を引きずり回されている姿が正の目に映る。正が動揺していると、突然ガシャーンと窓ガラスの割れる音が聞こえて悲鳴が上がった。布団にくるまれ、2階から日本人男性が道路に投げ出されたのだ。

街は大混乱だった──。

「誰か助けてくれ！」

正に向かって誰かが叫んでいた。振り返って見ると、ナタを持った中国人に日本人が追いかけ回されている。顔は血まみれだった。正は引き返して助けようと思ったがキヌエたちがさらに心配になり、仕方なくその場を離れて自宅へと急いだ。

自宅に着くと、聞きなれた正のバイクの音が聞こえたのか、

「父ちゃんだ！」

と、功一郎が元気よく玄関を開けて正のもとへと駆け寄ってきた。

功一郎を見て胸を撫で下ろし、すぐに抱きかかえて玄関に入ると、キヌエが泣きだしそうな顔で待っていた。

「キヌエ、無事だったか。大変なことになった。お父さんたちは2階にいるのか？」

そう言って正は、功一郎をスーハンに任せて両親のいる2階に上がった。哲郎は朝から一歩も動かず、ソファに腰を下ろしたままの状態で正を待っていたようであった。

「お父さん、只今戻りました。先ほどの電話で話した通り、軍は南下して通化で防衛線を張るそうです。順次から聞き、確認しました。そしてここに向かう途中で見かけたのですが、街では中国人たちの暴動が起きていて、日本人の犠牲者が多数出ているようでした」

順次とは第一報を聞いた当番兵の梨川順次であり、正とは竹馬の友である。

「市民の避難は、どうなっているのだ？」

哲郎が正に聞く。

「軍は本日より、一般市民には極秘で先に皇族と宮内庁関係者、軍関係者の家族を優先的に避難させるようです。理由は緊急行動に慣れているからとのことですが……」

正が哲郎に申し訳なさそうに答えた。

「関東軍は、自分たちの家族だけを先に助けるつもりなのか、一般市民を見捨てる気か！」

哲郎が厳しく正に迫った。

「お父さん、聞いて下さい！　二宮少佐が今、少しでも多くの列車を新京に集め、一人でも多く避難できるように手配しています。この後自分も、二宮少佐と一緒に南満州鉄道の総裁の所に伺う予定なのです。列車に乗れる手配ができましたら、お父さんたちはそれに乗って南方面へ避難して下さい。ここ新京はもう危険です！」

「正よ、お前はどうするのだい？」

二人の話を横で聞いていた母、トシが正に聞いた。

「私はここ新京に順次たちと残るつもりです」

「え！　関東軍が通化に行くのなら、お前も一緒に行けないのかい？」

「正さんも私たちと一緒に南へ向かって下さい。お願いします！」

キヌエもたまらずそう言うが、正は少し間を置いて、言葉を選びながら言った。

「お母さん、キヌエ。今、二宮少佐や順次たちは軍の作戦準備をしつつ、一般市民を守るために必死に動いているのです。自分はそれを補佐します。彼らを置いて、自分だけ先に南下することはできません。これから新京での暴動は、さらに酷くなると思われます。それを鎮圧しなければならないでしょう、日本がソ連に宣戦布告されたことを知った中国人や満人たちは今まで受けた仕打ちへの恨みを爆発させています。ナタを持った中国人に追いかけられている血まみれの日本人を見ましたが、自分は助けてあげられなかった……。今からの外出は控えたほうがいいでしょう。玄関や窓の鍵は締め、安全のために中からベニヤ板などで塞いだほうがいいかもしれません。自分が今からやります」

正の言葉を聞き、キヌエとトシは次の言葉が見つからなかった。

哲郎が沈黙を破るように、

「正よ、お前の気持ちはわかった。しかし、命だけは大事にするのだぞ」

と声をかけると、正は哲郎を見て黙って力強く頷いて見せた。

――日本が日露戦争で勝利すると、ソ連の持っていた南満州（旅順、大連、長春）の諸権利は日本に譲渡され、日本の支配下に置かれることとなった。

日本は満州を「関東州」と称した。そしてその権利を保護する目的で置かれたのが、関東軍である。関東軍は満州事変を発端に中国に対して全面的に軍事展開を行い、中国から1000万ヘクタール（1ヘクタール＝100平方メートル）とも言われる土地を強奪して日本政府は満州国を建国した。土地を奪った日本は、在住していた中国人や満人たちを鉱山や建設、農作業での重労働や女中等を含め、さまざまな作業に低賃金で強制労働させていった。そうしたことが、両国の軋轢（あつれき）を生むきっかけともなる。

開拓団として渡満した日本人たちは、中国人たちが元々住んでいた家に住み、時には綺麗な服を着て優雅な生活をしていた。一方、土地や家を奪われた中国人は、ボロボロの服を着て今にも壊れそうな荒（あばら）屋に住み、恨めしそうな目で日本人たちをいつも見ていた。日本は表面上、現地民族たちとの融和を図っていたが、実態は日本人の強圧的な支配が行われていた。治安維持を受け持つ関東軍は、怪しい人物を見つければ公衆の面前で見せしめに拷問をして半殺しの目に遭わせた。そういったことがそれまで延々と続いてきたことで、中国人や満人たちの中に日本人に対する不満や怒りが相当深く根づいていたのだ。

中国を侵略したことで日中戦争が勃発――。規模は中国全土に拡大し、その収束のためと称して日本は東南アジアに戦線を拡大した。そのために日本はアメリカ・イギリスとの衝突が余儀なくなり、やがて太平洋戦争に突入していくのだが――。

キヌエは、スーハンと二人で再び荷造りに取りかかっていた。

「スーさん、私たちはしばらく家を出て留守にするから、もし私たちが帰ってこない時は家に残っているものは全部持っていってね。突然こんなことになって本当にゴメンね……」

「そんなこと言わないで下さい、私にできることがあれば奥様何でも言って下さい……」

スーハンが目にハンカチを当てながらそう返事をすると、横にいた功一郎が心配そうにスーハンにすり寄った。

「なんで泣いているの？　ねぇスーさん、どこか体が痛いの？」

今の状況が何もわからず、無邪気に励ましてくれる功一郎の姿に、スーハンは泣き笑いをしながら優しく功一郎を抱きしめた。功一郎はキヌエが留守の時にはスーハンとよく二人で遊んでおり、とてもスーハンに懐いていたのだ。

キヌエは二人が抱き合う姿を涙なしで見ることはできず、唇を噛みながら窓の外を見て、今の状況を受け止めようと必死に努力した。そして、家に残されることとなる家具や思い出の品々に、キヌエは心の中でそっと別れを告げた。

2階では、正がすべての窓をベニヤ板で塞いでいた。一刻を争う状況の中、外に見知らぬ中国人らしき姿が見え、集団でこちらに向かってきているのがわかった。

まずい！　咄嗟に身の危険を感じた正は、家族を奥の部屋に急いで避難させて警戒したが、相手は武器を持っておらず、どうも襲ってくるような気配ではなかった。

「正さん、私がちょっと外へ出て、話を聞いてきます」

スーハンは意を決し、話を聞きに一人で外に出た。正たち家族のために、少しでも役に立ちたかったのだ。

「何をしに来たのですか？　今すぐ立ち去りなさい。ここはあなたたちが来るべき場所ではない！」

「ここは前田さんのご自宅でしょうか？　私たちは強奪に来たのではないのです。前田さんの力になりたくて来たのです。どうか話を聞いて下さい」

正は2階からその様子を見ているうちに、中国人たちの顔を思い出した。彼らは、関東軍に連行され、拷問されていた中国人たちだった。中国人が日本兵から理不尽な拷問を受けたことを知って、正は他の日本兵に見つからないように、隠れて食事や水を与えたことがあったのだ。正は階下へ下りて玄関先に出て、

「君たちは一体、ここに何をしに来たのだ？」

と中国人たちに尋ねた。

「私たちは、前田さんにはいろいろと助けてもらい、とてもよくしてもらった。街では暴動が起こって危険なので、前田さんの家族を守ろうと思い、全員で話し合ってここまで来たのです」

「え、そうなのか……。ありがとう、本当に助かるよ」

正は嬉しかった。と同時に安心して一気に緊張の糸が切れ、大きくため息をついた。思いもよらない人たちが現れて正は心強く思い、家族のことをここに来てくれた中国人たちに任せることにした。正は一般市民や家族たちのために、一刻も早く列車の手配をしなければならなかったのだ。「またすぐ戻る」とキヌエに言い残し、正は司令部へと急いで戻った。この時の正を含め、満州にいる日本人たちには1分1秒が貴重であり、すべての行動が一刻を争った。運命を委ねられるものは存在せず、未来は自分の行動如何で決まってしまうからだ――。正は二宮少佐と共に、満州鉄道本社に至急向かった。

南満州鉄道本社内部は、ソ連の対日宣戦布告が明らかになったことで、満州国家防衛法に基づき戦時体制に入り混乱を極めていた。南満州鉄道の社員たちは、鉄道及び他の施設や住民の保護と避難対策に追われ、各地に配備している列車を新京に1台でも多く集めるのに奔走（ほんそう）していた。そんな中、正は二宮と共に南満州鉄道山崎元幹総裁とテーブルを挟んで向かい合っていた。二宮が関東軍内で協議した結果を話すと、熱血あふれる山崎総裁の顔は見る見る赤く染まり、二宮に噛みついてきた。

山崎はこの時、満鉄総裁となってまだ90日にも満たなかったが、社員から理事を経て総裁にまで登り詰めた、生粋の満鉄人であった。

「関東軍は、民間人を置いて自分の家族だけを優先に避難させるというのか！　恥ずかしくないのか！　一般市民や我々は一体どうなるのだ!?」

二宮の横で聞いていた正は、父・哲郎と同じことを言った山崎の言葉が胸に響いた。

「山崎さん、軍事作戦発令まではまだ3日あります。私もこの3日間でなんとか民間人を一人でも多く救いたいと思い、こうして出向いてきているのです」

「聞かせてくれ。たった3日間で、14万人もの民間人をどうやって移動させるつもりだ？」

山崎は二宮に具体的に問いかけた。

「民間人全員を避難させるのは、残念ながら無理でしょう」

二宮の意を決した表情を見て、山崎には次の言葉が出なかった。山崎自身は全員を避難させたいと思っている。しかし、列車の絶対数が足りなかった。山崎もわかっていたのだ。

すでにこの時、各地の線路や鉄道橋は、ソ連軍によって次々と爆破されつつあった。

「山崎総裁、二宮少佐も軍の協議で、誰よりも民間人の避難を優先すべきとの発言をしていたのです。わかって下さい」

　正がたまらず二宮の横で発言した。満鉄で働いていたことで、山崎は正を知っていた。

「前田君、君自身には何か考えがあるのか？」

「はい。私は『あじあ号』等を新京に集めようとしても橋や線路が破壊されているため、その数は限られてくると思います。この際、石炭や穀物等を運搬に使用している貨物列車などを使用してはどうでしょうか？　荷物が積み込まれていない有蓋車輛なら、かなりの人を乗せられますし、無蓋車輛でも上に何かを被せて覆えば、使用できると思います。荷物が車輛に乗ったままであるのなら、自分たちが今からでも荷降ろしを手伝います。それで少しでも多くの人たちを乗せることができないでしょうか」

　正の話を聞き終えた山崎はすぐに返事をせず、二宮と正の顔をじっと見た。そして、お互い考えの違いはあるかもしれないが、思いは一緒だと自分に言い聞かせると、

「よし、わかった。貨物列車なら各地にまだ集められる列車があるはずだ。特別列車に仕立てて使用することにしよう」

　と決断した。

「そうと決まれば、急ぎましょう。空爆は激しくなり、ソ連軍はすぐそこまで迫ってきています。軍からも人を出し、列車の荷降ろしに至急向かうように私が指示致します」

二宮がそう言って立ち上がり戻ろうとすると、最後に山崎が二宮に聞いた。

「二宮さん、関東軍はこの戦争に勝てるのですか？」

その問いに、二宮はこう答えた。

「大本営を含め、我々は満州防衛から朝鮮防衛に切り替える決断をしました。それはつまり、今この時点では満州全土をほぼ放棄するしかないという判断です。今の戦力で戦うためにはこれしかありません。しかし勝つために、そして本土を守るために、我々は通化に移動するのです」

その言葉を聞いて、山崎はショックを受けた。大本営が満州を放棄するということは、残された満州の邦人たちには玉砕せよということなのだろうか。通化に移動するといっても、輸送の大動脈を担っている南満州鉄道は敵軍に占領されるまで仕事を放棄するわけにはいかず、最後に残るのは満鉄関係者だけとなる。山崎は見殺しにされたような気分になった。

二宮に続いて正が部屋を出ていこうとすると、山崎が声を掛けた。

「前田君、お父さんは元気か？」

山崎は正の父である哲郎とは昔からの顔見知りで、何度か酒を酌み交わしたことのある仲だった。

「はい、元気です。しかし今朝、父に避難方法を話すと、総裁と同じことを言っていました。民間人を置いて、関東軍と自分たちの家族だけを先に避難させるのかと……」

「そうか、奴も同じことを言ったか……。しかしこういう時だ、君もいろいろと気をつけることだ。そして列車の件は頼んだぞ。お父さんにも宜しく伝えておいてくれ」

「はい、ありがとうございます。総裁もどうかお気をつけ下さい。それでは失礼致します」

　正は山崎に一礼して、部屋を出た。

　話を終えると、山崎は窓から新京駅を見た。

　ホームでは、中国人たちが旗を持って立っている。

　ソ連兵が来るのを歓迎しようと、待っているのだ。

　山崎は中国人たちの変わり身の早さに腹が立ったが、軍がいなくなればもうどうすることもできなくなる。

　山崎は、この戦争で何か一瞬にして満州国そのものが吹き飛ばされるようなことが起きるのではないかと思わずにはいられず、もどかしい気持ちで窓越しに目に映る景色を眺めることしかできなかった。

　そしてこの日、満州国の溥儀（ふぎ）皇帝や高級役人、関東軍の家族が今日にでも新京駅から避難するということがわかった満州鉄道の社員や首脳部はざわめき立っていた。

　山崎はその社員らに対して、

「公式の指示があるまでは、家族は動かすな！　自分の自由になる列車を使って家族をいち早く動かしたと言われるほど不名誉なことはないのだぞ。お前たちは自分の家族だけがかわいいのか！」

と活を入れた。しかし満鉄社員の家族たちは、軍の家族に続いて避難列車に我先にと乗り込むこととなる。山崎にも、一度起こった流れを止めることはできなかったのだ。

関東軍は通化に司令部を移すため、南満州鉄道も同市内の梅河口（ばいかこう）に本部を移すように指示してきた。

吉林への本部移動が妥当と考えた山崎は難色を示したが、最終的には関東軍の移転計画を受け入れ梅河口に司令部を移すことを決定する。

敗戦後も山崎は、南満州鉄道消滅まで一人で終戦処理に煩労（はんろう）したという。

山崎の思った通り、終戦後に南満州鉄道は取り残された。これは、対ソ折衝と在満日本人保護の全責任を押しつけられた形に等しかった。

ソ連との交渉が終わると山崎は、

「日本官憲ノ無能、無力、無施策振リヲ悪罵」

との言葉を世に残し、満鉄40年の歴史の幕引きという重責を最後まで担（にな）った。

山崎総裁との打ち合わせを終えて貨物列車の荷降ろしに向かう途中で、正は中国人を拘束している日本兵たちを見かけた。部下を従え、日本人の警護に当たっていた井本辰夫である。井本は大柄な体で貫録があり、新京の満人や中国人の間では強面の日本兵として有名であった。正はバイクを止め、井本の所へと駆け寄った。

「井本！　どうしたんだ。大丈夫か？」

「おう前田か。日本人女性が中国人たちに襲われていたので、たった今救出したところだ」

井本の足元には4人の中国人の男性が後ろ手に縛られて転がされており、襲われていた日本人女性を井本の部下たちが手厚く介抱していた。

「しかし、これほど暴動が早く起きるとはな。この数では、鎮めきれないかもしれんぞ」

「井本よ、軍の報告を聞いたか？　司令部は通化に拠点を移すそうだ」

「うむ、知っている。しかし、軍が一般人を置いて我先に移動するとは……。俺はできるだけ新京に残り、治安を守るつもりでいる」

「お前の家族は大丈夫なのか？」

「家族の警護には兵を3人つけているから心配無用だ。たしかに自分の家族も大事だが、他にもたくさん守らなければならない人たちがいる。今は自分の家族のことだけを心配しているわけにもいかないだろう」

正はその言葉を聞いて、先ほどナタを持った中国人に追われていた日本人を助けなかったことを心で恥じた。井本は人一倍正義感の強い人間であったのだ。

「しかし、今の新京は危険だぞ、気をつけろよ。自分は、南方へ下る貨物列車の荷降ろしに向かうところだ。井本の家族も乗れるようにしておくから、家族にも伝えておくのだぞ」

「そうか、前田。すまん、頼む」

井本は家族の避難のことは口にしなかったが、この状況の中、やはり心配していたのだ。

「ついでに、お前の作る料理も列車の中で出してくれたらありがたいのだがな」

井本は軽く笑いながら、自分の今の気持ちを押し隠すように正に冗談を言った。

その時だった。

若い日本兵が慌てて井本に走り寄ってきた。

「井本さん大変です！　井本さんの自宅に、中国人がなだれ込んできて……」

「何だ？　何かあったのか？　俺の家には3人の兵に警備させているはずだぞ」

「中国人たちが警備兵3人に襲いかかり、その後……」

若い兵は口籠った。詳細を聞こうにもしどろもどろで会話にならない。

「その後？　その後に何だ？　おい！」

若い兵は黙ったままだ。

井本の顔色は見る見るうちに変わっていった。

横でやり取りを見ていた正が、

「すぐに井本の家に向かおう！」

と言い、二人は胸騒ぎを覚えながら足早に井本の自宅へと向かった。

井本は、自分の家を見て奇声を上げた。

「これは何だ！　俺の家族は！　家族は無事なのか！」

まず目に飛び込んできたのは、変わり果てた自分の家だった。ガラスはすべて割られ、台所や2階からは中国人が火炎瓶を投げたために起こったと思われる炎が上がり、すべてを吸い尽くしたかのような黒煙が空へと不気味に立ち昇っていた。真っ赤な血で染まった庭には、手榴弾を受けてバラバラになったと思われる警備兵3人の肉片が無残にも飛び散り、醜態を晒している。井本は叫びながら壊れた玄関から中に入り、リビングのドアを開けた。その瞬間、電撃のような衝撃が井本を襲った。1階のリビングで妻と二人の娘が強姦され、殺されていたのだ。井本は気が狂いそうになった。妻と娘の亡骸を狂ったように抱きしめ、子供のように泣き叫んだ。そして声も出なくなった井本が、体を震わせながら引き込まれるように2階に上がると、そこにはさらに酷い光景が待ち受けていた。高齢である父と母、そして幼い息子までもが虐殺されていたのだ。父と母は壁に磔にされ銃殺、息子の頭にはナタが突き刺さり、頭の骨が粉々に砕け周辺に脳が飛び散っていた。

おそらく、井本の両親は「幼い孫だけは」と、必死に叫びながら孫を庇い続けたのだろう。

井本の息子はまだ2歳であったのだ。大柄な体を支えきれなくなった井本は、膝をつき床に平伏した。井本の心は一瞬にして無にされ、あまりの衝撃で時が止まってしまう。正もこの無残な光景を見て声が出なくなるほどの衝撃を受け、極度の憂愁に陥った。このような光景の中で井本に掛けられる言葉など、この世に一つもないからだ。

中国人たちは、日頃から恨みを抱いていた井本の家族を狙い、この機に集団で襲って報復したのだった。奇しくもこの時、日本では広島に続いて2発目の原子爆弾が長崎に落とされ、約7万4000人の命が一瞬にして失われていた。

そしてこの日を境に、満州各地では悲惨な出来事が次々と起こっていった。

8月9日の朝――。満州国東安省密山県黒台の空は、雲一つなく晴れていた。

秋山花子は降り注ぐ日光の下、気持ちよく汗をかきながら畑仕事をしていたのだが、見かけない戦闘機が爆音を上げながら空を何度も駆け抜けていくのを見て、キヌエと同じように関東軍の大演習だと思っていた。

花子は長野県から渡満した第5次信濃村開拓団の一人であり、自分たちがソ連の国境近くの北満で安心して家族たちと農地を開拓し、生活の基盤を築いていけるのは関東軍が守ってくれているお陰だと信じていた。夫である秋山幸次を含め、村の18歳から45歳までの男たちは根こそぎ戦争のために関東軍に動員され、ほとんどの家が男手を奪われる状況となっていたが、女手一つで汗をかき、必死に頑張る花子はこの畑を堪（たま）らなく愛していた。渡満以来約4年間、夫と二人で必死に家族のため、満州国のためにこの大地を開拓してきたからだ。花子は、一人でも身を粉にして働き、家族とこの畑を守りぬかなければいけないと、そう思っていた。

朝の農作業を終えた花子は、姑の菊とお茶を飲みながら団欒（だんらん）していた。

「花子よ、あまり無理しないでおくれよ。幸次がいなくなって花子一人に農作業をさせてしまい、本当に申し訳ない……。私がもっと元気であったら……」

菊は陽だまりの中、飼い猫の太郎を膝にのせて撫でながら、花子の体を気遣った。

「お母さん、私は大丈夫ですよ。幸次さんがいない時こそ、私が頑張らないと」

そう花子が笑って元気よく返事をした時、いきなり戸が激しく叩かれ、人が入ってきた。開拓団本部からの伝令だった。

「ソ連が攻めてきたぞ！　今朝から飛んでいる飛行機はソ連軍だ！　ここは危ないからすぐ避難の準備をして、明日の10時までに2区に集合だ！　急いで！」

花子と菊は、突然のことであ然とした。

「ちょっと待って下さい！　どういうことですか？」

しかし花子の問いには伝令の男は返答をせず、慌てた様子で次の家へと走り去った。呆気にとられつつも二人はすぐに危険を察知した――。

1週間ほど食いつなげられるように、にぎり飯や乾パン、蜂蜜などを用意。馬車の荷台に荷物を載せられるだけ載せると、二人の息子にもリュックを担がせた。しかし花子にはソ連が攻めてくるとは未だに信じられなかった。すぐに戻れるだろうと思いながらも急いで避難の準備を終わらせると、馬車の荷台に敷いた布団の上に菊と子供たちを座らせ、集合場所を目指して馬車を走らせた。

8月10日未明――。まだ暗い空にいつもと変わらぬ月が浮かぶ中、花子の甘い見通しを無残にも吹き飛ばすかのように村はソ連軍に襲われ、戦争は始まった。

遠くから爆音が聞こえる中、荒れた道を馬車の荷台がひっくり返らないように気をつけて走らせていたが、闇の中で遠くに光る閃光が花子を焦らせた。

後ろを振り向くと、月明かりに照らされ、菊が荷台から落ちないように孫二人を強く抱きしめて座っている姿が見えた。幼い尊と隆は、震えながら下を向いている。

何が何だかわからないうちに今の状況になってしまい、花子は戦争が始まっていることをじりじりと実感していた。疎開した後もすぐ戻れるだろうという思いは、すでに頭になかった。花子が夫と手塩にかけて育み、愛した畑もソ連の爆弾によって一瞬にして吹き飛ばされてしまった。深い闇の中、周りにも花子と同じように馬車や徒歩等で逃げ惑う人たちが見える。マギー少佐率いるソ連軍の中型戦車部隊は、逃げ回る日本人を見つけては自動小銃を撃ち、幼児であろうが死体であろうが、次々と踏み潰していった。

花子は置き去りにされた荷台に横たわる子供の死体を見かけた。恐怖に負けてはいけないと思い、なおも必死に集合場所を目指して馬車を走らせた。

こういう状況であったが、不思議と涙は出なかった。何故なら、花子の手綱に家族の運命がかかっていたからだ。

花子は今、たじろいでいるわけにはいかなかった。

家族のために、そして生き残るために——。

日本人を次々と襲うマギー少佐のもと、満州攻略から派遣された若いソ連将校候補であるルドルフ大尉は、目の前に広がる残酷な光景に言葉を失っていた。

日本人の悲鳴がそこかしこから聞こえてくる。

「マギー少佐、日本民間人に対してここまでの殺戮をしてよろしいのでしょうか?」

マギーは煙草を吹かしながら、ルドルフを見た。

「ルドルフ大尉、君はたしか戦場は初めてだったね。いいか、日本は降伏しないのだ。戦争とは降伏できないものなのだよ。８月６日にアメリカが日本の広島に原子爆弾を投下しても日本は降伏しないのだ。何故だかわかるかね？」

ルドルフが黙っていると、

「それはな、それぞれが過酷な運命と向き合い戦っているからだ。しかし、日本を降伏させてこそ、この戦争を終結できると私は信じている。ここ北満州農村地帯は、関東軍の食糧供給源になっていると聞く。ここは叩かないといけない。アレクサンドル元帥は、日本人はすべて叩けとのご命令だ。そう、すべてだ」

と、マギーは「すべて」という言葉を２度繰り返した。恐々としているルドルフを見て、

「怖いのか？　ルドルフ大尉」

「いえ……」

「私が４年ほど前からドイツと戦った時、ドイツを降伏させた時点での我が軍の被害者数がどれほどだったか知っているか？」

ルドルフは答えられなかった。

「ソ連兵だけで、約１５００万人だ」

ルドルフはその数に驚愕した。

「それと、今わかっているだけで、ソ連の民間人の１０００万人以上が死亡したとも聞い

ている。我がソ連軍は、ヒトラーの野望を砕くためにそれだけの人命を失ったのだよ」

マギーは静かに、その時のことを思い出した。

降伏しなかった自分を――。

地獄より恐ろしく、酷いと思った戦争を――。


レニングラード包囲戦――。

それは、ソ連とドイツがソ連の第2首都で繰り広げた、第2次世界大戦の独ソ戦における戦場の一つだ。

ドイツのヒトラー、ソ連のスターリン。独裁者同士のプライドを懸けた一騎打ちである。

今から約4年前の1941年6月22日。ドイツは独ソ不可侵条約を破ってソ連に侵攻し、「バルバロッサ作戦」を開始。初めは不意をついたドイツが、ソ連に攻勢をかけていた。

今回、日ソ中立条約を破って満州攻略したソ連と状況が酷似している。

ソ連は劣勢の中で、570万とも言われる捕虜をドイツによって捕らえられた。

「人種的に優れているゲルマン族は、劣等人種であるスラヴ人を奴隷化して支配する」

とヒトラーは言った。

勢いに乗ったドイツはレニングラードを包囲し、橋や道等の交通網をすべて遮断。ロシア人、ロシア兵を飢餓させる「飢餓作戦」を実行した。

補給が途絶され、飢餓していくロシア人を前に、ドイツの食糧省次官ヘルベルトはこう言ったという。

「ロシア人は何世紀もの間、貧困や飢え、節約に耐えてきている。奴らの胃袋は伸縮自在だから、間違った同情は一切不要だ」

この包囲戦の第一線にいたマギーは、ロシアのある母親が上の息子のために下の息子を殺し、食べさせるという狂った現実を目にしていた。戦場は寒さと飢餓で、死んだ人を生き残った人が食らうという凄惨な有り様で、この世の地獄の中、マギー自身も生き残るために死んだ兵を食べていた。

飢餓の中で生き残るためにだ――。

強靭な精神力で耐え抜いたマギーは生き残り冬が到来すると、ソ連軍は反撃を開始した。ヒトラーは、ソ連の反撃に危機感を抱いたという。死んだ兵を食べてまで生き残り、反撃してくるソ連兵たちに心底恐怖を感じたのだ。

「総統に許可なく、1歩たりとも退却してはいけない」

とヒトラーは命令したが、ドイツはその後劣勢になる。

マギーを含むソ連兵は、並々ならぬ敵意と復讐心をもって、1945年4月26日、首都ベルリンに怒濤の如く突入した。ヒトラーはこの時に敗北を悟り自殺。ヒトラーを失ったドイツは、すぐさまソ連に降伏した。

降伏後、ソ連はベルリンの街で略奪、強盗、強姦、暴行と、ありとあらゆることをドイツ国民に対して行った。ドイツ国内の8歳以上の女性は、見つかれば老人であろうとその場でソ連兵に強姦されたという。

その数は200万を超えるとも言われている。

マギーは今でも、包囲戦で部下の死に際に発した言葉が忘れられなかった。

「少佐、私を食べて、生き残って下さい。そして、必ずドイツを、ヒトラーを倒して平和を1日でも早く……」

マギーにとっては墓場まで持っていくと決めた言葉であった。

ルドルフは気のせいか、マギーの目に光るものが見えたように思えた。

――満州に日が昇ってから、4時間ほどが経っていた。

死に物狂いで集合場所に到着した花子は、疲れ果てて馬から下りるとその場に座り込んでしまっていた。持ってきたにぎり飯を二人の息子と菊に渡して食べさせると、花子も少しだけ口に入れたが喉を通らない。仕方なく水筒を取り出して水で一気に流し込んだ。

周りを見渡してみると、避難所は各地から逃げてきた沢山の人たちの馬車でごった返しており、収拾のつかない混乱状態であった。

「心配ない、もうすぐ関東軍が助けに来てくれるぞ。それまで頑張れ！」

「道子！　道子どこだ！　返事をしてくれ！」

「これからどこに向かえばいいのだ……」

周りからはさまざまな人々の声や悲鳴、すすり泣きが聞こえてくる。

現実を受け止められない人たちが、どうしていいかわからず、不安に捉われながらも生きようと必死にもがいていたのだ。遠くでは、何人かの指導員らしき人たちが大声で叫び回っていた。花子はここに来るまでに気力体力ともに使い果たしていたが、聞き逃してはいけないと思い、耳を傾けた。

「ここを至急離れて下さい！　早く東安へ！」

「え、また移動？」

花子はそう思った。ここに来れば、誰かがすべてを解決してくれると思っていたからだ。しかし、花子の見通しは打ち砕かれてしまった。だがいきなりこのような状況に置かれ、男手もなく、花子一人で姑と二人の幼い息子を抱えながら生き抜くのは困難だ。誰かにすがりたい、誰かが助けてくれる、家族全員生き残れるはずだと思うのは仕方のないことであろう。周りからも不満の声やため息が漏れ、疲れきっているのか立が上がろうとする者は少ない。そんな中、「ソ連兵が来ているぞ！」との叫び声が聞こえてきた。

周りの人たちは、急いで腰を上げて移動を始めた。あちらこちらで小競り合いが起こり、罵声が飛び交う。休憩する間もなく移動が始まったことで、全員が苛立ちを隠せなかった。

集合場所には1000人ほどが密集していたため、花子はすぐには馬車を動かすことができずにいた。すると、「花子さん！」と自分を呼ぶ声がどこからか聞こえた。顔見知りの指導員、高田昇であった。

「大変だったね、みんな無事かい？」

「高田さん！　東安へって叫んでいるけど、そこに行けば関東軍が守ってくれるの？　この先はどうなっているの？　ソ連は何故攻めてきているの？　私たちは関東軍に守られているのではなかったの？　この先、列車には私たちは乗れるの？」

花子は頭の中で渦巻いていた疑問を、一度に高田に投げかけた。

「わからない……、2区集合だったが、私がここに来た時には2区の人々はすでに避難していたのだよ。もしかしたら私たちは、逃げ遅れたのかもしれない……」

「そんな……」

花子は先ほどまでずっと張りつめていた反動で、箍が外れたように泣き出してしまった。

高田は、花子にそっと小さい袋を手渡した。

「花子さん、これをいざという時のために渡しておくよ。空爆があったら、すぐに馬車を捨てて叢に隠れるのだよ、いいね？」

花子は、手渡された二つの白い袋を見た。説明は不要だった。

花子は泣きながら、白い袋を一つ菊にそっと渡した。何故渡したのかは、花子にもわからなかった。それから30分ほど他の馬車にぶつかりながら農道をゆっくり移動していると、上空から突如として、ソ連の戦闘機が激しい音と共に急降下してきた。

「逃げろ！　叢に隠れろ！」

いち早く気づいた人たちは馬車を捨てて叢に身を隠した。花子もみんなに遅れまいと馬車を止めて、菊と二人の子供と一緒に叢に飛び込んだ。機銃掃射の炸裂する音が、花子の鼓膜に生々しく突き刺さる。誰かの断末魔のような叫び声が聞こえ、泣きわめく我が子の口を花子は手でふさいで目を瞑り、

（神様、助けて下さい……）

と何度も何度も必死に繰り返した。その時間がいつまで続いたのだろうか。

爆音と機銃の音が遠ざかり聞こえなくなると、花子は恐る恐る顔を上げた。瞬間、生臭い血のにおいがした。周りを見渡した花子は、見たこともない無残な光景に言葉を失う。花子の馬車の荷物がズタズタにされてゴミ屑のように散らばっており、馬は殺され、5メートル先くらいを歩いていた家族連れは、全員が撃たれて血まみれで折り重なるようにして死んでいた。泣き叫ぶ声が聞こえて振り向くと、親を殺された子供が一人泣いていた。飛び散った子供の肉片を拾い集めながら泣きじゃくる母親の姿も、花子の目に映る。

背中に髑髏(どくろ)の視線を感じた――。ここは地獄だ。まぎれもない地獄だ。

（早く離れないと）

そう思った花子は、急いでソ連の戦闘機の銃撃を受けてボロボロになった馬車の荷台から食料と持てるだけの物を自分のリュックに無理に押し込み、子供たちの小さなリュックにも荷物が溢れんばかり目一杯に詰め込んだ。

生き残った人たちはそれぞれ前進し始めている。自分たちも遅れてはならないと思い菊

を見たが、菊はとても一人で歩けるような状態ではなかった。高齢の菊は、もう一人で立つことさえもできなかったのだ。

「お義母さん、歩けますか？　急がないと……」

「花子よ、私は駄目だ……。もう一歩も歩けない。私を置いて行っておくれ」

「そんなこと……、そんなことできるわけがないじゃない……」

花子は嗚咽した。花子の泣く姿を見て、二人の子供も泣きだしてしまう。

「花子たちの足手まといになるのは嫌なのよ。私のためにお前たちまで死なせたら息子の幸次に申し訳ない。私はここでこれを飲んで……」

菊はそう言って、先ほどの白い袋を泥まみれの手を震わせながら強く握りしめた。

「死んだらいかん！　私が担いででも連れていくから！」

花子は諦めなかった。

「ありがとう、花子。本当にお前はよくできた嫁だった。私は今まで本当に幸せだったよ。ありがとう……。周りの人たちに遅れないように、さあ、早く行っておくれ……」

周りの日本人たちは、死んだ家族たちを埋葬することもできず、泣く泣く置いて移動を始めていた。取り残されると、たちまち中国人や満人から襲われる。そして、どんな酷い目に遭うかもわかっている。悲しみに浸れる時間さえも、今の花子にはないのだ。

菊と花子は覚悟した。

菊は最後に孫たちを抱きしめた後、先ほどの白い袋を開けて、静かに花子の目の前で飲み干した。花子は菊を止めようとした。が、止めることはできず、息子たちの目を手で隠して死にゆく菊を泣きながら看取った。弱りきっていた菊は、苦しまずに絶命した。

花子にとっては、それだけが救いだったかもしれない。

穴を掘って菊を埋葬した分、花子はかなりの後れを取った。ほとんどの人が馬車を銃撃で失ったために徒歩での移動となっており、誰もがその顔はうつろだった。返り血を浴びた服はボロボロで、全員が力なく歩いている。置き捨てられた馬車には満人が群がり、貴重品をいち早く探しだし、荷物をすべて奪っていった。また、それだけでは終わらず、日本人の死体からも服を脱がして根こそぎ剥ぎ取っていく。

その姿は、動物界の弱肉強食というよりは、地獄に落とされた後の人間の姿を見ているようだ。数々の死体を横目に、前を行く人たちに後れを取らないように花子は二人の息子と無心で歩いた。空はどんよりと曇り、暗闇が近づく中、日本人たちがふらりふらりと歩いていくその姿は、自分たちで道を選ぶことを許されずに行き先の決められた一本道を歩かされている、まるで幽鬼の行列のようであった。

8月10日――。中国人たちが守っていてくれていたお陰で、キヌエたちは危険に晒されることはなかった。スーハンは、さらに知り合いの中国人や満人に声を掛けてくれ、警護の人数は20人以上にもなっていた。満人や中国人にも、善良で良識ある人たちはたくさんいるのだ。

午後10時頃、キヌエは正の帰りをずっと待っていると、梨川順次の乗る車が慌ただしく家の前で止まった。警護している中国人の人数に戸惑いながら、順次がキヌエの家に入ってきた。キヌエは、正ではなく順次が来たことに一瞬戸惑った。

「順次さん、正さんは？」

「キヌエさん、久しぶりだ。正はもちろん無事だ。引き続き、二宮少佐と列車の手配をしている。手間取っているようだったが、今夜発の列車の手配だけはなんとかなったみたいだ」

そう言い終えると順次は、哲郎とトシの所に向かった。

正とキヌエ、そして順次は、同じ兵庫で生まれた幼馴染みでもある。順次は幼い頃はガキ大将で、正とよく悪さをして、哲郎に怒られたこともあった。

哲郎は逞（たくま）しく育った順次を見て頼もしく思い、声を掛けた。

「順次君、久しぶりだな」

「お父さん、お久しぶりです。二宮少佐と正が列車の手配をしてくれました。深夜1時30分頃に新京駅の指定の場所まで来て頂ければ、乗車できる手筈にしてあります、正の代わりに、いち早く私がお知らせに来ました」

「しかし順次君、私たちだけ先に逃げることは他の方に申し訳ない。新京からは何人くらい列車で脱出できるのかね？」

「正直、わかりません。ただ、今後の人たちのためにも、二宮少佐がなおも必至に山崎総裁と調整をしてくれています。今の新京の治安は最悪で、とても危険です。手配した列車に乗って、お父さんたちは今夜のうちに南下して下さい」

順次の言葉に哲郎は黙って頷いた。

「それと、自分の家族も、お父さんたちと同じ列車に乗せて頂く予定です。これは私の家族にも言ったのですが、キヌエさんやお母さんは女性だとわからないように髪の毛を短く切って、ズボンを穿いて顔を少し黒くしておいたほうがいいでしょう。日本人同士が集団でいる時は大丈夫ですが、一人はぐれると危険ですので」

「キヌエは若いが、私は婆さんじゃ……」

トシがぼそっと言った。すると順次は、

「お母さん、若いかどうかではなく、女性とわかれば弱いと思われ、拉致されて暴行される可能性があります。軍の家族とわかれば、さらに危険が増しますので」

「街の状況はそんなに酷いのか？」

哲郎が問うと、

「井本の家族は、暴動で全員殺されてしまいました……」

「井本さんのご家族が……。そんな……」

キヌエは、気さくに我が家に来て酒を飲み、明るく振る舞っていた井本を思い起こした。正の家族と順次の家族、そして井本の家族でキャンプをしたこともあった。川で遊ぶ子供たちを横で優しく見守る井本の両親の顔や、初々しい二人の娘たちが小さい功一郎をとても可愛いがってくれた様子を思い浮かべると涙が出てきた。横で黙って話を聞いていたスーハンや中国人たちも、言葉が出ない。すると、中国人の一人が言った。

「私たちが、皆さんたちを列車に乗るまで全員でお守りします。梨川さん、あなたのご家族もここに連れてきて下さい」

順次は、中国人の言葉に驚きを隠せなかった。

「これも正の人望だな。今、あいつほど中国人や満人に慕われている人間はいないだろう」

「捕虜になった中国人を世話していると聞いた時は、隠れてそういうことをするのはほどほどにと正には言っていたのじゃがね。あの子は小さい頃から優しくて、小さい虫も殺さなかった。困った人を見ると黙っていられなかったのだろうね」

トシが泣きながら言うと、

「トシ、それがあいつの強さじゃよ」

哲郎が一言そう呟いた。

今夜新京駅に向かうと決まった後、スーハンは泣きながらキヌエとトシの髪の毛を短く切った。そして化粧をするように、炭を二人の顔に薄く塗っていった。

自分の顔を鏡で見てキヌエは頷き、スーハンに、

「スーさん、泣いたらいかん！　そんなことより今まで本当にいろいろとありがとう」

と明るく言った。

「でも、奥様の綺麗な髪が……」

「髪の毛なんて、ほっといても生えてくるから悲しくもなんともない、それより私の顔を見て笑っておくれよ！　ほら、笑って！　顔が真っ黒や！」

キヌエはスーハンの両手をしっかりと握り、目を見て笑いながらそう言った。スーハンも、そんなキヌエを見て目を潤ませながら笑う。二人には揺るぎない友情があった――。民族や身分を超え、決して死ぬまでお互いを忘れることのない、友情という強い絆で結ばれていたのだ。

8月11日未明――。キヌエたちは中国人たちに囲まれながら、順次の妻こずえと娘のサキを連れて新京駅に向かった。夏だというのに着られるだけの服を着て、持てるだけの荷物を持った。夜なのでわかりにくかったが、たった二日で見慣れた住宅や商店街、ビルは暴動で見る影もなく荒らされ、死体も多数転がっているようだった。

「ここまで悲惨とは……」

哲郎はその景色を見て、驚きを隠せなかった。新京駅に向かう途中で何度か日本人が逃げていると勘づかれて襲われそうにもなったが、中国人たちが多数警護してくれているお陰で大事に至らず、無事にキヌエたちは新京駅に辿り着いた。

しかし、新京駅に着いた途端、一同言葉を失った。

人が黒山のように集まり、とても待ち合わせ場所まで近寄れる状況ではなかった。

南満州鉄道自慢の特急列車「あじあ号」に人が蟻のように群がる光景は、不気味の一言だった。昨日の夕方過ぎに溥儀皇帝とその家族、高級役人や関東軍の家族が南下したという噂を聞いて、一般市民も我先にと駅に集まってきていたのだ。

「関東軍は自分たちの家族だけを逃がすのか！」

「子供だけでも乗せて下さい！　お願いします」

「母が病気なのです！　乗せて下さい！」

ありとあらゆる所で人々の叫び声や怒声が聞こえ、新京駅は大混乱に陥っていた。

その頃、順次は新京駅で家族やキヌエたちを必死に捜し回っていた。普段は石炭や穀物の運搬に使用する貨物列車にも人が乗れるよう、積み荷を降ろす作業を終えた正たちが駅から少し離れた車輌倉庫で待っているのだ。人混みの中をかき分け進みながら順次はやっとの思いで妻のこずえと娘のサキやキヌエたちを見つけた。急いで人混みを抜け出し、駅から離れた車輌倉庫まで全員を誘導しながら順次はこう言った。

「ここからは音を立てずに、そして命令には一度で従うように。決して大声や泣き声は出さないようにして下さい」

キヌエと哲郎、トシ、こずえはお互いの顔を見合わせ、迫りくる戦争という恐怖に怯えながら一同頷く。

順次は娘のサキを背負い、一番幼い功一郎の頭を撫でながら、

「功一郎、泣くなよ！　大声もダメだからな。しっかり頑張って、お母さんたちを助けて

あげるのだぞ」

と声を掛けた。

「うん、わかったよ」

小声で無邪気に小さく返事をした功一郎を見て、全員が笑顔になった。

すると暗闇の奥から声が聞こえた。

「キヌエ！」

正が駆け寄ってきたのだ。正はキヌエの薄黒く塗られた顔と短くなった髪型を見て驚きながらも、

「随分と綺麗になったじゃないか！」

と珍しく冗談を言った。

「こんな時に何を言っているの、まったく！」

「おいおい、いちゃつくのは今度に再会した時にでもしてくれよ！　お二人さん！」

順次は二人を面白おかしくなじった。この3人の会話と先ほどの功一郎の返事で、少し場が和んだ。正は哲郎とトシに、

「お気をつけて、お父さんお母さん。必ず後で向かいますから、ご無事でいて下さい」

と言うと、正は息子の功一郎に、

「絶対泣くなよ。それから……」

と言いかけた。

「大声を出さない、命令に従うでしょ、お父さん。さっき順次おじさんから聞いたよ……」と、功一郎は小声で内緒話をするように、正の耳元で囁いた。

正はにっこりと笑って功一郎を抱きかかえ、

「キヌエ、親父とお袋と功一郎を頼むぞ！　大丈夫だ、またすぐ会える！」

とキヌエに声を掛けた。

「正さんも、どうかご無事でいて下さい……」

二人の心はそれですべて通じた。もうキヌエたちには時間がなかった。急ぎ足で車輌倉庫に止まっている無蓋列車に向かい、奥へと詰め込まれるように乗り込んだ。次から次へと人がやってきて、列車はまさにすし詰め状態になったが、誰も文句を言う者はいない。

そして全員が不安を感じる中、鈍い音を立てて扉が閉められた。

真夏の満州で厚着をしているので息もできない苦しい状態となり、全員が上を向いていた。外部から中が見られないようにと正と順次たちが急いで網を張り、その上から草を被せている様子がキヌエの目に映った。星がはっきりと見える綺麗な夜空の下でキヌエの見上げる目線は、正を追いかけた。正と目が合った瞬間、キヌエには正が少し頷いたように見えた時、キヌエの目線を遮るように正はゆっくりと草を被せ、バサッと音がすると、キヌエには正が見えなくなってしまった。

——そして深夜、列車はゆっくりと動き出す。

声を出す者は、もちろん一人もいない。

少し動いては止まり、また少し動いては止まりを繰り返して、列車は南下していく。キヌエは不安と緊張、そして見えない恐怖に包まれていた。隙間から見える空を眺めながら、駅に残された人たちはどうなったのだろうと思った。

無事に列車で移動できたのだろうか。この時、新京を列車で脱出できたのは14万人中3万5000人で、まだ10万人以上の人たちは新京に取り残されていた。

キヌエの腕の中で息子の功一郎はぐっすり眠っていたが、大人で熟睡している者は一人もいなかった。列車が止まるたびに低いどよめきが起こり、心配になって目が覚めるのだ。その上、暑さと狭い空間のせいで、息をするのも苦しい。

「お義母さん、大丈夫ですか？」

キヌエは心配そうにトシに聞いた。高齢であるトシはキヌエに心配をかけないよう軽く頷いてみせたが、相当疲れている様子だ。哲郎はじっと前を見て、たまに目を閉じてはまた開けてを繰り返していた。いつ何が起きても行動できるようにしているのだろうか。キヌエはバッグから飴玉を取り出して哲郎とトシにそっと渡し、後ろにいる順次の妻のこずえと娘のサキにも渡してあげた。今の状況を把握できないサキは、飴玉をしっかり握ったまま上を見ている。覆い被さっている草の隙間からの月明かりで、サキの顔は綺麗に照らされていた。

横で知らない小さな子が、目を輝かせながらキヌエをじっと見ているのに気付いた。キヌエが笑いかけて無言で飴玉を一つあげると、不思議そうにその子は飴玉を見つめ、口に含むとニコリと笑ってキヌエを見た。

キヌエはその笑顔を見て心が静まり、列車が発車する前、網を張って草で覆う作業をしていた正のことを思い出した。

キヌエの上の網に草を被せる前、たしかに正は頷いた。

キヌエには正の思いがわかっていた。

「大丈夫だ、必ず生きて日本に帰れる」

きっとそう言っていたのだろう。

心の中でキヌエは正に頷き返すと、何故か不思議と不安と緊張が消えて、ほっとした。

そしてようやく睡魔がやってきて、目を閉じて眠ることができたのだ。

だがキヌエは、夢の中でも出口の見えない長い暗闇のトンネルの中にいるように感じていた。

遠い東の空から暗闇を切り裂いて陽が昇ろうとしているはずだったが、今のキヌエにはその兆（きざ）しを見つけることはできない。

新京からの日本人避難者を乗せた貨物列車は、生きる希望と不安に包まれながらも、ゆっくりと静かに南下していった。

想　望

大阪にある関西新聞本社・別館会議室の煙草の煙が立ち込める中、政治記者の上川直樹は明日8月11日付の紙面に掲載する記事の打ち合わせ会議に出席していた。

8月10日、下村宏内閣情報総裁は新型爆弾やソ連の侵攻で、戦況は最悪の状態であることを認めていた。

「今や真に最悪の状態に至った。政府は最善の努力を保持しているが、1億国民に国体の護符のためにあらゆる困難を克服していくことを期待する」

これは、日本の降伏が近いことを暗示していた。しかし、先ほど発表された阿南惟幾陸軍大臣の訓示に、上川は目を奪われていた。

「全軍将兵に告ぐ！　断固（だんこ）神州護符の聖戦を戦い抜かんのみ！　たとえ草を食べ、土を齧（かじ）り、野に伏するとも、断じて戦うところ死中自ら活（かつ）ある事を信ず」

阿南陸軍大臣の徹底抗戦を呼びかける内容であった。

上川は、テーブルを叩いて立ち上がった。

「この阿南陸軍大臣の発言は、絶対に明日掲載すべきではないと思います！」

上座に座る室長の大神が、上川を睨み問い質す。

「理由は何だ？　上川」

「下村内閣情報局総裁は、すでに降伏が近いことを発言しています。ここで阿南陸軍大臣の談話を掲載すると国の意見が二つに分かれ、国民にさらなる不安を与えて迷走させます」

「俺は載せるべきだと思う。新聞の使命は、この際国全体が終戦に向かっていかれるように役割を果たすことでもある、それはわかる。だが、急激に紙面の調子を今までと変えることは、軍や国民に刺激を与えないだろうか」

「刺激？　大神さんはこの今に至っても、まだ軍の肩を持つのですか？」

「持つとか持たないとかではない。今になって紙面の調子を変えると、それによって軍や国民に動乱を引き起こさせる要因になる可能性があると俺は言っているのだ！」

二人のやり取りに、周りの記者たちは圧倒されていた。

「大神さん！　日本は8月6日に広島に原子爆弾を投下され、9日には長崎にも落とされた。それでも阿南陸軍大臣の徹底抗戦で降伏はしないという訓示を載せたとなれば、3発目の原子爆弾を呼び込む可能性もあるのですよ！　これはもう、国の陸軍大臣の訓示として認めてはいけないと思います、阿南大臣の独り善がりなのではないでしょうか！」

「私情を挟むな！　記者に私情は禁物だ！　真実を掲載する、それが俺たちの役目だろ」

「真実？　では何故、我が社は満州で関東軍が作った嘘の記事を、言われるがままに掲載してきたのですか？　それが今になって、真実を掲載などとはおかしいと思います！」

「軍の圧力など受けてはいない！　そして何故今、満州の話になるのだ。話をすり替えるな！」

すると、上川の同僚の宮ノ内が割って入った。

「二人とも、ちょっと待って下さい。両方記事にするということでどうでしょうか？　上川よ、大神さんの言う通り、今はこの真実を掲載するという話だ。満州の既成事実のことなどを言っている場合ではないだろう」

結局、記事は両方並べて掲載された。上川は下村談話を大きく目立つように掲載し、一人でも多くの国民に終戦が近いことがわかるように書いた。つまり、阿南訓示に国民が惑わされないようにしたのだ。

この時代の情報伝達は新聞が中心であった。新聞社は軍の圧力もあり、揃って日本の国民に「戦争は正しい」と思わせるよう誘導してきた。外交で問題が起これば戦争で解決するように国民を扇動するなどはしても、戦争に反対するような新聞社は皆無だった。

関西新聞は、満州事変が起こると戦争推進派の評論家を動員し、全国で講演会や戦地報告会を行った。また親しみやすい満州行進曲が大ヒットし、満州を維持することは絶対の正義であり、移民者にとって満州は夢の国だという意識を国民に定着させていった。

世界恐慌の影響で昭和恐慌に直面して貧困に苦しんでいた国民は、それを打ち破る満州建国に旗を振って歓迎したのだ。しかし昭和18年、日本の敗戦が濃厚となりだすと、大本営は新聞社に事実を隠して偽りの記事を掲載させていく。

「撤退」を「転進」、「全滅」を「玉砕」等と言い換えることで聞こえを良くし、美談に仕立てた。満州事変の時から今に至るまで、上川は偽りの記事を掲載して国民を騙すことに一人反発していたのだ。

屋上の扉を開けて上川は真っ赤な夕日を見ながら煙草に火を点けた。周りには空襲で跡形もなく焼かれた町並みが見える。アメリカ爆撃機Ｂ29の焼夷弾によるものだ。大阪市内はこれまでに大空襲を８回受けたが、別館本社は奇跡的に無事であった。下を覗くと、途方に暮れた人々が力なく道を歩いていた。遠くには大きな黒い煙が見え、時には妖しく黄色っぽく見えたりもした。空襲で亡くなった多くの人たちの遺体を集めて焼いているのだろう。一刻夕日を眺めていると、上川にはそれが日本人たちの命の灯火に見えてきた。

扉の開く音がして、後ろから声がした。同僚の宮ノ内だった。

「上川よ、大神さん、カンカンだったぞ」

ふっと笑い、上川はずっと遠くを見つめた。それは満州国のある方角でもあった。

「なぁ宮ノ内。俺はやはり、満州事変の時や満州建国後の時の関東軍の行いや偽りを、大神さんに何と言われても自分の意見を押し切って、ありのまま書くべきだったと思うよ」

「何故そう思うのだ？」

宮ノ内は上川の横に並び、煙草に火を点けた。

「あの時、自分が真実を書いていれば、この焼け野原に住んでいた人たちも満州の人たちも、ここまで被害を受けずにすんだのかもしれない、そう思うのだよ」

「それはお前の思い上がりだろう。お前一人が書いたところで現状は何も変わりはしなかったさ。戦争の前では、人間一人など無力なものだろ」

「わかっている……。自分が書いたところで何も変わらないということは。願望かもしれないが、それでも俺はそう思いたいのだよ……」

元を辿れば、あの満州事変が戦争の元凶であると上川は確信していた。

そこで少しでも関東軍の虚偽（きょぎ）について書いていれば、今の日本本土がここまで焼け野原になることはなかったのかもしれない。

隙間なく空を覆いつくそうとしている数多くの人たちの無念が宿ったこの黒い煙も、なかったのかもしれない。

そう思わずにはいられなかった――。

上川は、半年ほど前に家族全員を大阪空襲で亡くしていた。その時の思いや悲しみを人に決して話すことはなく、これまで以上に仕事に打ち込んでいた。

後悔する上川は、戦争終結に向けて自分が今できることは何だろうかと考えていた。

真っ赤に燃えながら沈んでいく夕日に照らされていると、目の前に広がる焼け野原の中から数万人の悲しい叫び声が聞こえてくるような気がする。そして満州で今もなお、ソ連の攻撃を受けて、逃げ惑い、泣いて悲しんでいる日本人たちの嘆きのようにも思えた。

一層悲愴な面持ちになって目を瞑ると、ベートーベンの「悲愴」が脳裏で旋律を奏で、上川は全身を強く揺さぶられた。

8月12日――。丸二日間雨に打たれながらも必死に歩き、ようやく東安に到着した秋山花子たちを待っていたのは、すでに空襲を受けて変わり果てていた街の姿だった。花子が村を出る時に持ち出した食料は底をつきかけ、残り少ない蜂蜜を震える手で息子二人に食べさせてやると、花子も一口だけゆっくりと口に含んで周りを見渡した。共に歩いてきた日本人の避難民は、かなり数を減らしていた。ここに来る途中で空からソ連軍の機銃掃射を受けて避難民はバラバラにされ、寝るところがなく野宿をすれば満人や中国人によって襲われ、女性や子供は誘拐されていったのだ。

空襲の恐怖と雨の中を歩き続けた疲労で、全員が体力的にも精神的にも限界であった。

高田は廃墟となったビルで休憩しようと思って中を覗き思わず息を呑んで青ざめた。日本人の女性と子供、老人が塊となり、折り重なるように死んでいたのだ。それは、この街に先に避難していた開拓団の人たちがソ連兵に襲われ、絶望の末に集団自決した姿だった。目の前にあるその光景は、今後の高田たちの姿を暗示しているかのように思えた。

高田は他に休憩できる場所がないか、廃墟のビルを歩き回った。あらゆる所で人が折り重なるように死んでいる。先に避難した人々は全滅して街は鬼哭啾啾たる惨状であった。

「絶望」が、高田の背中に急に重くのしかかってきた――。

高田は花子を含めた避難民全員を励まし、「みんな頑張れ！　きっと助かります！」、自分にもそう言い聞かせることでここまで頑張ってきたのだが、数々の開拓団の人たちの死体を目にして、「これはもう駄目かもしれない」と希望が音を立てて崩れていくのがわかった。

高田たちは、なんとか落ち着ける空き部屋を探し出して、息をひそめながら休憩を取ることができた。しかし、高田はこの後どのように行動すればいいのかわからなかった。見てはいけないものを見てしまったという思いから、高田は目の前が真っ暗になり、心の底に拭い去れない黒い淀みを感じていたのだ。

高田の傍では花子が二人の息子を抱きかかえて休憩していたが、上の息子の尊が泣き出した。花子は尊を必死にあやしたが泣き止まない。周りの人たちの冷たい眼差しが花子を容赦なく射貫く。すると、一人の老婆が花子に近寄ってきて、

「あんた、子供が泣き止まないのなら今すぐ殺してくれないか。泣き声を聞いてソ連の奴らがここに来るかもしれん。そのためにここにいる全員が死ぬことになる。あんたが殺せないのなら私が殺してあげてもいい」

そう言って躊躇せずに花子の息子の首に手をかけ、絞め殺そうとした。

「やめて下さい！　やめて下さい……、お願いします……」

花子は必死に息子を守った。

周りの人たちの中で老婆を止める者は誰もいなかったが、高田だけが二人の間に割って入って、

「婆さん、やめてくれ！」

と、老婆を花子たちから引き離した。すると老婆は泣き叫びながら言った。

「私の息子の嫁も孫たちも撃ち殺されたのじゃ！　あんたはこの人だけを助けたいのか！」

老婆の気迫はすさまじかった。すると、この光景を見ていた高齢の男性が、高田と花子を冷たく切り捨てるかのように言い放った。

「婆さんの言う通りだ。子供を殺せないなら迷惑だから、早くここから出て行ってくれないか、巻き込まれて死ぬのはゴメンだ。私たちはここに残る」

その言葉を聞いた高田は、何も言えなかった。もはやこの場所に、人間の理性や思いやりはない。あるのはやり場のない、憎しみと怒りだけだった。ここにいるすべての人たちが、家族の誰かを失っている。老婆の鬼気迫る姿に高田は後退りしたが、この老婆もほんの少し前までは、きっと嫁や孫に囲まれて幸せに過ごしていたのだろう。

仕方なく高田たちはここを離れることにした。花子を含め、高田についてきた人は20人ほどだった。行く当てのない高田たちは、雨の中を南方面に向かって歩いていくしかなかった。花子も無心で高田の後ろを歩いていたが、今度は下の息子の隆の様子がどうもおかしい。そして隆は、歩いている途中で倒れてしまった。二日間まともに食べることも休むこともできずに、雨に打たれながら歩いたせいで、隆は体力と体温を奪われて高熱を出していた。花子は大きな木の下に隆を寝かせて、おでこに手を当てた。

「高田さん！　隆が熱を出しています！　何か薬はありませんか？　助けて下さい！」

しかし、横たわる隆を見ても、高田には何もできなかった。薬など持っているはずもなく、花子に返事をする気力さえもない。高田自身も、たとえようのない虚脱感に襲われていたのだ。

　追い打ちをかけるように、遠くから激しい空襲の音が近づいてきた。ここにいれば、全員死ぬことになる。しかし花子は、隆の横に座り込んだまま動こうとしない。隆は虫の息で、生死の境をさまよい事切れそうだった。高田は花子の肩にそっと手をやり、こう言った。

「ここにいたら、花子さん、あなたも死ぬ……。頑張った隆君を楽にしてあげよう……」

「そんな、嫌です！　隆を助けて下さい！　お願いします！」

　花子は泣き叫びながら高田の胸を叩いた。促すように高田は花子の手を取って立ち上がらせようとしたが、花子の足は生まれたての子馬のように震え、立ち上がろうとしない。それでも高田は花子を力尽くで、無理やりに立ち上がらせ、隆から引き離した。

　先ほどは老婆が花子の息子の尊の首を絞めて殺そうとしたのを止めたが、今度は高田自身が横たわっている隆に青酸カリを飲ませて殺そうとしているのだ。高田は歯を食いしばり、白い袋を開けると花子の目の前で隆に一気に飲ませた。泣き叫ぶ花子に周りの人は誰も見向きもしない。運だけでここまで生き延びてきた人たちには、誰しも他人のことにかまっている余裕はすでになかったのだ。我が身を引き裂かれたかのような悲鳴を上げる花子に抱かれながら、隆は息を引き取った。高田は急いで穴を掘って、隆の埋葬を終えると、

「先を急ぎましょう……」

と一言だけ冷静に呟いた。高田は悔しかった。泣いていた。全員を助けてあげたかった。しかし戦争という悪魔は、無情にもすべてを高田たちから奪っていこうとしていた。

高田たちは再び歩き続ける――。雨に打たれてぬかるんだ地面に足をとられながらも、全員が泥まみれの姿で必死に前に進んだ。花子も高田にもたれ掛かるようにして、なんとか一歩一歩足を踏み出している。空襲や戦車の襲来を避けるために森林の中を歩いていると、やがて古い納屋と馬小屋らしき中国人集落が見えてきた。高田は、「誰かいるか見てきます。もしいれば少し休憩させてもらえるように話してきますので、皆さんは少し待っていて下さい」と力なく言った。

高田が戸を叩こうとすると、その前に中国人らしき中年男性が顔を出した。

「お前は日本人か？　俺に何か用なのか？」

「申し訳ないのですが、空いている部屋か馬小屋でもいいので、休憩させてくれませんか」

「お前ら日本人を匿(かくま)っているのが見つかれば、俺も殺される。帰れ！」

「私たちは何日間も、ほとんど飲まず食わず、まともに眠ることもできずに歩いてここまで来たのです。そこをなんとかお願いします」

高田はみんなのために、必死に頭を下げた。するとその中国人の男は、後ろにいる日本人避難民の中の15歳の女の子を指さして言った。

「あの子を俺の嫁にくれないか？　それなら休ませてやってもいいぞ。嫁にくれたら、少しだがお前たちに食料も分けてやる」

その男はいやらしい笑みを浮かべ、そう言ってきた。高田は不快な気持ちになったが、すぐに引き返して女の子の親を説得する。

女の子の母親も、もはや自分といるよりは、ここに残ったほうが助かると思い、泣く泣く娘を説得し、了承させた。そのお陰で花子たちは、納屋と空き部屋、馬小屋に分かれて全員が休息することができることになった。花子は馬小屋に入って馬の糞を手でどかすと、そこに息子の尊と座り込んだ。花子が尊を抱きしめて「大丈夫かい？」と尋ねたが、返事がない。尊はこの時、祖母の菊と弟の隆の死がショックで一言もしゃべれなくなっていた。高田はそんな花子たちのやり取りを横で見て、花子の目の焦点が合っていないことに気づく。花子もすでに極度の悩乱状態に陥っていたのだ。同じように他の女性や子供たちもすでに覇気はなく、全員が絶望の淵に沈んで、口を開く者はいなかった。

この先に待ち構えている自分たちの運命をわかっているかのように――。

高田はそれを見て、

（私たちからまだ奪うというのか……、まだ足りないのか……）

そう心で叫びながら、目を閉じた。

一刻ほど仮眠していると、戸が静かに叩かれた。高田は目を覚まして急いで立ち上がり、

「誰だ？」と用心深く聞いた。

ゆっくりと戸が開くと、３人の中国人女性が戸惑うように中に入ってきた。

「ここの人が、日本人の女の子を貰ったと聞いてやってきました。よければこれをどうぞ」

一人の中国人女性が優しい目で哀れむように言った。先ほどの中国人の中年男性が日本人の嫁を貰ったと周りに自慢して回っているのを見て、ここに駆けつけてきたのだ。彼女らは芋や麦、そして飲み水を持ってきてくれていて、高田や花子たちに分け与えた。高田や花子たちは中国人の思いがけぬ慈悲に心を打たれ、涙を流しながらそれを口にした。花子は芋を貪り食う尊を見て、相当お腹が減っていたのだろうと思い、食欲がない自分の分も尊に食べさせてやった。そして自分が死んでも、なんとか尊だけは助けてやりたいと思った。ふと花子は、一人の中国人女性から自分に注がれる視線を感じた。温かくもどこか悲しげな視線を送ってくるその女性は、花子に何か言いたそうな素ぶりであった。

花子は自分の動悸が高まっていくのがわかった。

すると、その女性は言った。

「よろしければお子様を、私に頂けませんか？」

花子の心の水面に、その言葉が一滴の感情となって輪を描き、体全体に広がった。

花子は無意識のうちに、その女性の手を強く握り、すがり付いていた。

まるでその言葉を待っていたかのように。

一部始終を横で見ていた高田は、花子と目が合うと一度だけ頷いた。何かを感じ取った花子は、その女性に尊を託すことにした。先ほどの15歳の女の子の親と同じで、子供は自分といるより、ここの誰かに育ててもらったほうが助かると思ったのだ。

「尊、ごめんよ。お前だけは、お前だけは生き残っておくれよ……」

何もわからず連れていかれる尊の背中を見て、花子は号泣しながらボロボロになった体を必死に立ち上がらせ、尊の最後の姿をしっかりとその目に焼き付けた。

そして他の親たちもこの時を境に、自分の子供を次々に中国人に託していった。この先の運命を、薄々親たちはわかっていたのだ。花子は夫の幸次に申し訳ない気持ちで、会ったら何と詫びればいいのだろうかと思った。花子は遂に一人になってしまったのだ。

そして、空爆もおさまった静かな夜、乳白色の薄霧に包まれた馬小屋に子供は一人もいなくなり、大人5人だけとなった。虫の鳴き声だけがひっそりと聞こえ、ロウソクの火の光が弱まり命が尽きかけていくかのように眠っていると、花子の運命を決める瞬間がいきなりやって来た。隣の納屋から、日本人避難民の悲鳴や叫び声が聞こえてきた。日本人たちを匿っているのがわかり、匪賊が襲いかかってきたのだ。捕まれば男は殺され、女性や子供は連れていかれてどうなるかわからない。それは今まで見てきた全員が理解していた。花子も馬小屋の壁の壊れた隙間から襲われている光景を震えながら見た。高田が「声を出さないように」とみんなに言ったが、一人の女性が隣の納屋で次々と殺されていく日本人を見て覚悟を決めると、白い袋を開けて飲みほして我先にと死んでいった。中国人から「嫁に」と言われて貰われた15歳の女の子も誘拐され、匿ってくれた中国人男性も虐殺された。

匪賊が馬小屋に来るのも、時間の問題だった。

高田は覚悟して花子たちに言った。

「皆さん、潔くここで死のう」

もうそれしかなかったのだ。

今残っているのは、高田を含め4人だった。先ほど青酸カリを飲んで死んだ女性の亡骸を見て、花子も死を受け止めた。尊を優しい目をしたあの中国人の女性が大きく育ててくれることを切に願い、ふらつきながらもゆっくりと立ち上がった。

高田が拳銃を取り出し、泣きながら3人に敬礼する。

「皆さん、こういう結果になり申し訳ない……」

残った人たちは、高田の前に立って目を瞑る。

「高田さん、あなたこそ今までありがとう。さぁ……早く私を殺して下さい……」

一人の女性がそう言うと、高田は銃の残弾を確認した。弾はちょうど4発あった。

パンッ！　パンッ！　と銃声が鳴り、二人を拳銃で撃ち終え、次は花子に銃を向けた。

花子は震えながら自分の胸を高田の拳銃に当て、目を瞑った。

すると不思議と、黒から白に変わっていく景色が花子の目には見えてきた。

そこは、花子が夢を描いた満州の壮大な大地――。

綺麗な深い緑色の草原が果てしなく続き、照りつける太陽が輝いていた。

汗をかきながら農作業をしている夫の姿が見える。

菊の優しい笑顔も見えた。

元気に走り回る二人の息子と飼い猫の「太郎」に囲まれ、自分は楽しそうに笑っている。

そして最後に、家族全員が愛した畑が見えた。

花子の震えが止まった。

高田は、

「すまない、花子さん。天国で会おう」

と言い、引き金を引いた。

乾いた銃声と共に、花子は絶命した。

その後、高田は最後に残った弾で自分の頭を躊躇いもせず撃ち抜いた。全員が自決した馬小屋には、生臭い血のにおいと花子たちの変わり果てた姿だけが残っていた。


ソ連軍に襲われたこの時、満州北部の国境近くに住む開拓団の人々は、全財産を擲って希望と共に開拓した土地を捨てなければならなかった。

多くの日本人は列車で逃げる手段もなく、徒歩や馬車で避難していたが、ソ連軍に追いつかれては襲われ、次々と命を落としていった。

絶望した人たちは、集団自決で自ら命を絶った。妻や子供を自分の手で殺し、最後は自分も死ぬ決断をした人が後を絶たなかったという。

生きる希望を無くした親たちは、子供だけでもと思い、良心のある満人や中国人に子供を泣く泣く託していった。それが中国残留孤児となっていったのだ。

日本から移民した満州開拓団は、27万人とも言われている。しかしソ連の侵攻、中国人や満人の虐殺暴行で、3人に1人は帰らぬ人となってしまった。

前田キヌエたちが乗り込んだ列車は新京を脱出した3日後の8月14日、吉林から梅河口を過ぎた大栗子駅で足止めされていた。

ソ連軍だけでなく関東軍もソ連の南下防止のために橋や線路を破壊しており、列車でのこれ以上の南下は無理であった。列車が止まり、外で誰かの声が聞こえると、扉が重い音を立ててゆっくりと開かれた。

「ここで皆さん降りて下さい」

そう言われて列車から降り、キヌエが辺りを見渡すと、満州と北朝鮮の国境となっている鴨緑江（おうりょくこう）が遠くに見えた。対岸には北朝鮮の山々が広がり、そこには小さな集落が点在しているのが見てわかった。

「皆さん、今日から私たちはここで一時期過ごすことになります、あちらで持ち物のチェックや身元の確認をしますので、宜しくお願いします」

日本人避難民たちは、やっと危険地域を脱出できたと安堵した。そしてこの大栗子の町で日系鉱業所の社宅や日本が建てたビル、民家に家族単位で分けられ、休息をとることとなった。

キヌエたちが梨川こずえたちと一緒に指定された部屋の鉄の扉を開けると、部屋の中はカビ臭く、天井や壁、床はコンクリート剥き出しで、小さい窓が一つあるだけだった。キヌエはすぐに冷たい床の上に布切れを敷き、みんながゆっくりと座れるようにした。

「この後はどうするのじゃ……」

とトシが心配そうに言うと、

「ここにいても、ソ連はすぐに来るだろう」

と、哲郎が窓の外を眺めながら答えた。

キヌエは残り少なくなった食事の砂糖と小麦粉をみんなに配りながら、

「お義父さん、お義母さん、お体は大丈夫ですか？」

と二人を気遣った。

「ありがとう、あんたこそ大丈夫なのかい？」

とトシはキヌエを逆に気遣った。

3日間もすし詰め状態での列車移動で全員疲労していたが、哲郎だけは疲れた様子を微塵も見せず、ずっと立って窓の外を見ていた。

「日本は負けたな。民間人を捨てて我先にと逃げる将校たちが、ソ連やアメリカに勝てるわけがない」

と哲郎は言った。

「日本が戦争に負けると、正さんたちはどうなるのでしょうか？」

キヌエの問いに哲郎は何も答えず、トシも口を噤（つぐ）んでいた。

この時、日本の敗北は息子である正の死に繋がると哲郎は思っていた。トシも哲郎と同じ考えだったのだろう。梨川順次の妻こずえも、娘のサキの手を握って神妙な面持ちをしている。新京で別れた後、正は無事なのだろうか。キヌエは口に出して聞きたかったが、毅然とした態度の哲郎とトシを見ていると、それ以上は何も言えなかった。

翌朝、どこからか人の声が聞こえてキヌエたちは目を覚ます。

「本日正午に、天皇陛下の重大発表があるそうだ！」

それを聞いた多くの人たちは、日本が戦争に負けたのだと察した。

8月15日正午――。キヌエたちはラジオを持っている人の部屋に集まった。ノイズが大きく、聞き取りにくかったので、全員が無言で耳を傾け、猛暑の中で正座してその時を待った。キヌエは天皇陛下の肉声を初めて聞いた瞬間、緊張で心臓が止まる思いだった。

『私は深く世界の情勢と日本の現状について考え、非常の措置によって今の局面を収拾しようと思い、ここに忠義な善良なあなた方国民に伝える。私は、日本国政府にアメリカ、イギリス、中国、ソ連の4国に対して、それらの共同宣言を受託する事を通告させた。

そもそも日本国民の平穏無事を確保し、すべての国々の繁栄を喜び分かち合うことは、歴代天皇が大切にしてきた教えであり、私が常々心強く抱き続けているものである。

先にアメリカ、イギリスに宣戦したのも、まさに日本の自立と東アジア諸国の安定を心から願ってのことであり、他国の主権を排除して領土を侵すようなことは、もとより私の本意ではない。しかしながら交戦状態も4年を経過して我が将兵の勇敢な戦い、1億国民の身を捧げての尽力も、それぞれが尽力してくれたにも拘らず、戦局は必ずしも好転せず、世界の情勢も我が国に有利とは言えない。

新たな新型爆弾を使いむやみに罪のない人々を殺傷し、その悲惨な被害が及ぶ範囲はまったく計りしれないまでに至っている。

それなのに尚戦争を続ければ民族の滅亡を招くだけでなく、さらには人類の文明をも破滅させるに違いない。そのようなことになれば、私はいかなる手段で我が子とも言える国民を守り、歴代天皇の御霊に詫びることができようか。これこそが私が日本政府に共同宣言を受託させるに至った理由である。私は日本と共に終始東アジア諸国の解放に協力してくれた同盟諸国に対して、遺憾の意を表さざるを得ない。日本国民であって戦場で没し、職責のために亡くなり、戦災で命を失った人々とその遺族に思いを馳せれば、我が身が引き裂かれる思いである。さらに戦傷を負い、戦禍を被り、職業や財産を失った人々の再建については、私は深く心を痛めている。

考えてみれば、今後日本が受ける苦難は、言うまでもなく並大抵のものではない。言うまでもなくあなた方国民の本当の気持ちも私はよくわかっている。

しかし私は時の巡り合わせに従い、耐え難くまた忍び難い思いを堪え、永遠に続く未来のために平和な世を切り開こうと思う。

私は、ここにこうして、この国の形を維持することができ、忠義で善良なあなた方国民と共に過ごすことができる。感情の高ぶりから節度なく争い事を繰り返したり、あるいは仲間を陥れたりして互いに世情を混乱させ、そのために人としての道を踏み誤り、世界中から信用を失ったりするような事態は、私が戒めるところである。まさに国を挙げて一家として団結し、子孫に受け継ぎ、神国日本の不滅を固く信じ、任務は重く道のりは遠いと自覚し、総力を将来の建設のために傾け、踏むべき人の道を外れず、揺るぎない志をしっかり持って、必ず国のあるべき姿の真価を広く示し、進展する世界の動静に遅れまいとする覚悟を決めなければならない。あなた方国民は、私の意をよく理解して行動してほしい』

天皇陛下の玉音放送は5分ほどで、日本の降伏を国民に伝えるものであった。

その間、口に手を当ててすすり泣く人、下を向いたまま顔を上げられない人、「嘘だ！この放送はデマだ！」と騒ぎ立てる人もいた。

夏の太陽が燦々（さんさん）と降り注ぐ中、皆がそれぞれの思いで玉音放送を聞き終えた。

この玉音放送を、満ソ国境の東寧付近で聴いていた者たちがいた。

渡辺大佐率いる東寧重砲兵連隊である。渡辺大佐はソ連の攻撃を受けつつも、残った兵たちと共に反撃と撤退を繰り返し、この時まで必死に交戦していた。

彼らは、関東軍第3軍直属の重砲兵部隊として東寧に配備されていた。太平洋戦争開戦後も満州に残り、仮想敵国ソ連を想定して訓練を続けていたが、今回のソ連の奇襲侵攻を受けて中隊を一気に失い、弱体化していた。もともとは侵攻部隊であったが、防戦一方でたくさんの死傷者を出し、今や東寧付近に取り残されている状況だった。

大本営から電文が入ってきた。

『戦場にいる兵士すべては武装解除の上、降伏すべし』

死に物狂いで戦ってきた者たちにとってそれはあまりにも短すぎる一文だった。

「戦争は終わったのか……」

渡辺は電文を見るとそう呟き、椅子から立ち上がった。

「司令部に無線を入れ、二宮少佐を呼び出してくれ」

部下にそう命じると、一時の後に二宮と無線が繋がった。

「渡辺、無事だったのか！」

二宮は渡辺の安否をずっと心配していたのだ。

「ああ。たった今、武装解除と降伏命令が出た」

「司令部でもそのことで、断固反対派と意見が分かれてもめている」

「大本営からの作戦命令は絶対だ。俺も死ぬまで徹底抗戦するつもりだったが、今は無念の一言だ」

「無念」という言葉を聞いて、渡辺の一本気な性格を知っていた二宮は胸騒ぎがした。

「渡辺よ、おかしな考えは絶対起こすなよ」

「二宮、俺はソ連などに降伏などはしない。俺はこの場所で自決することにする」

「何を馬鹿なことを言っているのだ！　そんなことは俺が許さないぞ！」

「フッ、俺とお前は同期だが、今の俺は大佐だ。お前の命令など聞かんぞ」

「早まるな！　渡辺！」

「二宮、後は頼んだぞ。お前は俺の分まで生きてくれ！」

そう言うと渡辺は無線を切った。そして、部下を地下室に全員集めて言った。

「みんな、私の下で今まで本当によく戦ってくれた。こういう結果となってとても残念だ。日本のポツダム宣言受諾に際し、私は明日自決することとした。死んだ仲間たちのためにも死ぬまで徹底抗戦を貫こうと思っていたが、降伏命令を無視して我らだけでソ連を討つことはできない。かといってソ連に降伏などは到底できない。それが私の自決の理由だ。今からは各自は自由だ、私は自決を君たちに強要はしない。そして、降伏する者を責めたりもしない。降伏する者は、今晩ここを離れて降伏してほしい。そして、私と一緒に自決する者は、今晩決別の宴を開き、明日の朝決行する。以上だ」

するど部下たちは渡辺に歩み寄ってきて、

「私も大佐と一緒に、死なせて下さい！」

ほぼ全員が叫び、２００人ほどがその場にいたが、出ていこうとする者は一人もいなかった。その異様な光景に圧倒され、黙って見ている人物が一人いた。

満蒙開拓団から召集されていた秋山幸次だった。幸次は正直部屋を出ていきたかったのだが、とてもそのような雰囲気ではなかった。しかし家族のことが心配で、少しでも早く村に戻りたかった。もちろん、妻の花子を含めた家族の惨状の事実を、幸次はこの時知る由もない。

夜の宴が開かれた。

全員で集まり、残った酒を飲み、食料を食べ、各自がそれぞれの最後の夜を過ごした。その中で一人、部屋の片隅に座り込んでいる幸次を渡辺は見つけた。歩み寄っていくと、渡辺に気づいた幸次はすぐに立ち上がり、緊張しながら敬礼した。大佐という身分の人と直接話す機会はほとんどなかったからだ。

「君はたしか、満拓からの召集兵だったな」

「はい！　そうであります」

「家族はいないのか？」

「妻と二人の息子と、私の母がおります」

「そうか、ソ満国境付近は被害が大きいと聞くが、家族が心配であろう」

「はい……」

力なく返事をした幸次を見て渡辺は、

「何故出ていかなかったのだ？　ここにいる我々、明日死ぬのだぞ？」

「わかりません、ただ、共に戦った皆さんを残して、私だけ出ていくことなどできなかったのです」

「そうか……」

渡辺はうつむく幸次に、自分が手にしていた盃を渡して酒を注いでやると、

「しかしな、降伏も勇気かもしれんぞ」

と、幸次にとって思いもよらない言葉を掛けた。

「お前は召集兵だ。正規兵である俺たちとは違うのだ。降伏しても、誰もお前を責めない。もちろん俺も、お前を責めはしない。家族が待っているのだろ？　生きて帰ってやれ。降伏すれば、生き残れる可能性もある。日が昇る前にここを出ていくのだ、わかったな？」

幸次は答えられなかった。戦時の日本人に、自分だけが助かるという考えは、なかったのではないだろうか。

そして、宴の最後は全員で肩を組んで『出征兵士を送る歌』を歌った。

♪　我が大君に召されたる～　命栄えある朝ぼらけ～　讃へて送る一億の～
　歓呼は高く天を衝く～　いざ征けつはもの日本男児～　♫

翌朝、幸次は仲間たちと共にいた。

渡辺は、幸次の想いを汲み取った。

渡辺が力強く一言、「靖国で会おう！」と叫ぶと、トラック12両の荷台に分乗した兵士たちは円陣を組んだ。そして連結された導火線に火を点けて、全車が一斉に爆死したの

だった。この自爆で、１８０人ほどの兵士が命を失った。そんな中、幸次は生きていた。幸次の班の爆弾は、不発に終わっていたのだ。死ぬことがなかった幸次は、必死に立ち上がろうとしたが立ち上がれない。足を負傷していたのだ。目を瞑り、このまま朽ち果てていくのかと思っていると、爆発音を聞いたソ連兵が駆け寄ってきて幸次は身柄を拘束された。自分はこのまま殺されるのか、幸次はそう覚悟したが、何故か殺されはしなかった。

日本のポツダム宣言受託後、ソ連はすぐに人的資源として、日本人男性の身柄を満州全土で確保していたのだ。スターリンが対日参戦した理由は、日露戦争で敗北した屈辱を晴らすことであった。この敗北の汚点に対し、日本軍を粉砕して汚名を晴らしたかったのだ。40年前、日露戦争で敗北したソ連が日本に賠償金は払わないと主張すると、ソ連は日本に有利な条約を結ばされた。日露講和条約、世に言うポーツマス条約である。

①日本の朝鮮半島に於ける優越権を認める
②日露両国の軍隊は満州から撤退する
③樺太の北緯50度以南の領土を日本へ譲渡する
④東清鉄道の旅順から長春の満州支線と付属地の炭鉱の租借権を日本へ譲渡する
⑤関東州の租借権を日本へ譲渡する
⑥沿海州とカムチャツカにおける漁業権を日本に与える

特に樺太の南半分を日本に取られるという屈辱を受け、スターリンはそのお返しとばかりに、今回は樺太(サハリン)南部と千島(クリル)の解放はもちろん、北海道の北半分を奪う魂胆であった。日本は最後まで日英中の停戦交渉の仲介をソ連に期待して依頼していたが、スターリンの腹の内がわかっていなかった。ソ連は西部におけるドイツとの戦いに戦力を集めていたことで、スターリン総帥と外交トップのモロトフは、その間、東部国境の日本とは日ソ中立条約を結び友好的に見せかけ、日本の目を眩ませていたのだ。

この時、満州だけではなく日本北部の樺太南部でも、悲劇は起きていた。

8月16日――。武装解除と日本の降伏宣言の末に渡辺たちが集団自決をした頃、日本とソ連は樺太南部で戦争を続けていた。ソ連は千島列島に兵を上陸させ、日本のポツダム宣言受諾後も攻撃を緩めなかった。

第5方面軍司令官樋口季一郎中将は平静を保ち訓示した。

「やむを得ない自衛行動を除き、戦闘を中止せよ」

降伏して武装解除を進めていた日本をソ連が攻撃してきたとの報告を受けた樋口は、ソ連の意図を見極めていた。この時点でソ連はまだ目的を果たしておらず、スターリンは日本が降伏文書に署名する前に是が非でも北海道占領を終え、既成事実にしたかったのだ。

そんな中、樺太南部では戦争停止命令を無視してソ連に反撃をする部隊があった。

堤師団長率いる第91師団であった。

「輸送船の手配はどうなっている?」

堤は民間人を樺太から日本本土に疎開させるために、船を手配させていた。

「本土よりこちらに向かわせております」

「明日には間に合うのか？　10万人ほどの民間人を疎開させなければならない。急がせるのだ」

「しかしソ連は何故、日本降伏後も攻撃をやめないのでしょうか？」

「理由が何であろうと、ソ連が攻撃をやめない限り、我が部隊は徹底抗戦するつもりだ」

堤は武装解除をするつもりは毛頭なく、独断で反撃していたのだ。

堤の部隊は歩兵2個小隊と国境警察隊の合計100名ほどであったが、徐々に他の部隊を吸収して、今では300人ほどの大部隊となっていた。

堤の部隊は強かった。国境線を越えてくるソ連軍の戦車隊や上陸してくる先遣隊を、樺太塔路町内にて足止めにしていたのだ。

その時、樋口中将から堤師団長にあてて無線が入った。

「堤か？　その後のソ連の侵攻具合はどうだ？」

「我が軍は、南方面に侵攻するソ連軍を塔路町で食い止めておるところです」

「堤よ、よく聞け！　私は今もなお、ソ連が攻撃をやめず、攻めてくることに当惑していた。私としては相当悩んだが、一つの腹案を練った。ソ連は樺太と千島を占領せしめれば、次は北海道を侵略するつもりだろう。スターリンの目的はそこにあるのだ。堤よ！　なんとしてでも、そこでソ連を撃滅するのだ！」

この時の樋口の判断がなければ、ソ連軍は武装解除した日本への北海道上陸も容易かったかもしれない。日本政府の機能が麻痺している状態の中、樋口は独断で堤に命令を下し、さらに北方地域に散らばった兵を急遽集めて堤の部隊に合流させていたのだ。

堤は樋口の言葉を聞き、ソ連が日本降伏後も攻撃してくる理由を悟った。

「奴らは、北海道まで奪う気なのか……」

堤は自分の命を懸けてでも、ここで必ずソ連の侵攻を食い止めてみせると心に決めた。


塔路町から南へ下ると、樺太西海岸の中心都市でもある人口2万8000人ほどの真岡町という町があった。日本降伏後もソ連軍が樺太南部に侵攻してきていると知った人々は、疎開する輸送船に乗るために、各地から次々と真岡埠頭へと集まってきていた。

混沌とし始めた町の中、真岡郵便局ではいつもの朝とは違う雰囲気に包まれ、朝礼が行われていた。電話交換手主事の鈴木舞子は、

「政府から、特に女性と子供を優先疎開させるよう命令が出ました、その疎開を効率的に行うには、電話交換業務を継続しなければなりません、そこで、ここに残って交換業務を続けてくれる方を求めます、希望者は家族と相談した上で申し出て下さい」

と述べた。

「私が残ります！」

「私も残らせて下さい！」

残留すれば、略奪や殺害、強姦の可能性があることを彼女たちに説いた上で、その場にいた17歳から24歳までの若い女性たちは次々と手を上げ、ここに残ることを自ら希望した。

危険な状況に置かれるとわかっていながらも、この時代の人たちは最後まで国に奉仕しようとした。国のため、家族のため、仲間のため、そして皆のためにと、老若男女問わずに覚悟を決め、与えられた運命に立ち向かっていく日本人が多数いたのだ。

舞子もそれは十分わかっていた。とは言っても、全員で残ることなどできるはずもない。一度家に帰って家族と相談して決めるようにと、舞子は希望者たちにそう伝えて朝礼を終えると、加藤局長の部屋に足を向けた。

「加藤局長、少しよろしいでしょうか？」

「鈴木君か。今回は君たちに辛い思いをさせることになるな……」

「いえ、軍の通信交換手が来るまでとの事ですが、それは何日後くらいになるのですか？」

「北部ではソ連への激しい抵抗戦が始まり、軍は今、全員そこで防戦しているらしい」

「じゃあ、軍の通信交換手は来ないのですか？　残される私たちはどうなるのですか？」

「10万人の人たちを疎開させるためには、どうしても電話交換業務が必要だ。わかってくれ……」

「そんな……それでは私たちを見殺しにするというのですか？」

舞子はつい苛立たしく、加藤に詰め寄った。

「今、これ以上のことは私には答えられない。だが私も、最後まで君たちと共にここに残るつもりだ」

この疎開を成功に導くためには本土との通信連絡確保が絶対必要であった。

当時の電話は、番号を押すと相手に直接繋がるというものではない。電話を掛けた人が電話交換手に相手先を伝えると相手先の電話回線に電話交換手が手作業で通話コードを差し込んで繋ぎ、そこで初めて会話ができる仕組みだった。

仮にソ連軍が上陸して迫ってきても、電話交換業務はできる限り遂行しなければならない。舞子ももちろん、最後まで残って業務を全うするつもりだったが、女性である自分たちがソ連兵に生きたまま捕まれば、強姦されて殺されるということも聞いて知っていた。舞子は、考えただけでも手の震えが止まらなくなった。

残留すること、それは彼女たちにとっては、この場で死を選ぶよりも過酷な運命が待っているかもしれないのだ。

その夜、真岡郵便局で働く常盤千鶴子と由美恵の姉妹は、二人で残留することを母の香苗に告げていた。

「お母様、私たちは明日、交換手として残ることに致しました」

姉の千鶴子がそう言うと、

「真岡町から疎開する人たちのために少しでも、お役に立ちたいの」

と妹の由美恵も続けた。

娘たちの話を黙って聞いていた母の香苗は、

「何もお前たちが二人とも残ることはないだろうに……」

と弱々しく言った。

「私たちは、私たちにできるお役目を果たしたいの。由美恵ともよく話したわ」

「お母様、わかって！　お母様は明日、輸送船に乗って北海道に疎開して下さい」

「私はお父さんまで戦争で失って、お前たち二人までも失わなければならないのかい……」

香苗は、戦争ですでに夫を亡くしていた。

「私たちはお父様とお母様の娘として、立派にお役目を果たしますわ」

そう力強く言った千鶴子だったが、父を失って泣いてばかりいた母の姿を知っていた。父を失って寂しい思いをしている母を一人にしたくはなかったが、千鶴子は幼い頃から人一倍責任感が強かった。この役目だけは自分がやり遂げるという強い意志を持って今回の電話交換業務に臨もうとしていたのだ。

香苗は娘たちの意見に一応の理解を示したが、二人を置いていくことは到底できないと思い、次の日の朝二人を見送った後、鈴木舞子と由美恵の母でございます」

「鈴木さん、常盤でございます、千鶴子と由美恵の母でございます」

「お母様、どうなさいました？」

舞子はすぐに今回の残留の件だとわかった。

香苗は、娘たちとの昨晩の会話の顛末を話した。

「鈴木さん、あの子たちの気持ちはわかっているのです。でも、せめて一人だけでも私と一緒に疎開するように、鈴木さんから一言、言って聞かせてもらえないでしょうか？」

「わかりました。私から必ず伝えますので、お母様は安心して下さい」

電話越しに舞子は、力強く返事をした。

電話を終えて舞子は、香苗が言った「せめて一人だけでも」という言葉に胸が詰まる思いだった。二人とも娘を失うわけにはいかない。とは言え、どちらか一人を選ぶということも到底できない。母親である香苗の苦悩と思いが舞子の心に深く突き刺さった。舞子は出勤してきた千鶴子と由美恵を呼んで、どちらかしか残留させないことを伝えた。しかし双方とも頑固に、一歩も譲ることはなかった。

「由美恵、あなたはお母様と行きなさい。私が残るわ」

千鶴子が強く命令するように言うと、

「酷いわ、いくらお姉様の言うことでも、これだけは絶対聞けないわ」

と反論した。由美恵はとにかく頑固者で、一度言いだすと、自分の意見を曲げないことは、千鶴子もわかっていた。

その後も二人は、自分が残るという押し問答を繰り返したのだが、

「お姉様には、婚約者の大輔さんがいるでしょう。ここでお姉様が亡くなれば大輔さんも悲しむわ。それに、お母様にこれ以上寂しい思いをさせないためにも、お願い、お姉様がお母様と一緒に疎開して！」

由美恵は千鶴子に、はっきりと自分の思いを伝えた。

「由美恵、あなたは何故残りたいの？」

千鶴子が真剣な眼差しで尋ねる。

「それはお姉様と同じよ、私は最後までこのお仕事をやり遂げて、皆さんのお役に少しでも立ちたいの」

由美恵の思いは、自分にも痛いほどわかる。これ以上は何を言っても無駄だと思い、結局千鶴子は折れた。

「わかったわ。でも大輔さんもここに最後まで残ると思うから、あなたの事を頼んでおくわ。それと身の危険を感じたら、鈴木さんや加藤さんの言う事をよく聞いて行動するのよ」

「お姉様、私は大丈夫よ。心配はいらないわ！」

根拠なく由美恵は笑顔で言った。

それを見て千鶴子は、呆れ顔で、

「まったく、何を言っているのよ！　ちゃんと用心するのよ」

と笑い、由美恵の頭を撫でるように軽く叩いた。


二日後、郵便局に残ったのは十数名ほどだった。人員の減った交換業務は、平常の3交替制から2交替制に組み替えられ多忙を極めた。由美恵も緊張感に包まれながら、必死に交換作業を行っていた。その時強くドアが開かれ、加藤局長が入ってくるなり叫んだ。

「鈴木君！　大変だ！」

「どうしたのですか？」

「ソ連軍が海岸より上陸したとの情報が入った。私は今から確認に向かうが、君たちは何かあればすぐにでも防空壕に避難してくれ！　わかったね？」

そう言って慌てて出ていく加藤の姿を見て、舞子は遂に戦争が身近に迫ってきたのだと実感し、ポケットの中にある白い袋をぎゅっと握りしめて再び電話交換業務に当たった。

ソ連軍はこの時、輸送船５隻、掃海艇４隻、警備艇９隻に約３０００のソ連兵が乗船して、日本本土への引き揚げ阻止と、北海道侵攻の拠点確保のため次々と上陸して、市街地に迫ってきていたのだ。

この時、真岡埠頭には先に日本の３隻の輸送船が到着していた。町は地元住民と避難民１万５０００人以上で溢れ大混乱だった。どこからともなく押し寄せてくる大勢の人たちの中、千鶴子は母の香苗と乗船する順番を待っていた。千鶴子はそこで、人員整理をしている婚約者の平井大輔を見つけた。大輔は真岡警察署巡査部長という立場であり、自ら進んで今日の業務に取り組んでいた。

「大輔さん！」

大輔は千鶴子の声にすぐに気づいた。二人は婚約していたが、戦争末期の日本の惨状に鑑(かんが)み結婚を延期していた。大輔は千鶴子のもとへと人波を押し分けて駆け寄ってきた。

「千鶴子さん！　お母さんもご無事でしたか。二人は次の船に乗れると思いますので、すぐに乗って疎開して下さい。ソ連軍はすぐそこまで来ています。さぁ急いで下さい！」

「大輔さん、由美恵が郵便局に残って業務をしているの。何かあれば力になってあげて！」

「え、由美恵ちゃんが……。わかった！　それより急いで！」

二人は、ゆっくりと会話をできる時間もなく別れた。やっとの思いで輸送船に乗り込むことができた千鶴子は、人々でごった返している真岡埠頭を茫然と見つめながら、ここに最後まで残ることとなる大輔と妹の由美恵のことを思い、気がかりな目を向けていると、いきなりドーンというものすごい爆音と共に、目の前の町が突如、火の海に包まれた。埠頭にあるビルや家は一撃で吹っ飛ばされ、炎に包まれた人々が慌てふためいて逃げ惑う姿が、千鶴子の目に飛び込んできた。

遂にソ連の先鋭隊である巡洋艦が、真岡町沖に到着したのだ。

その黒く巨大な物体は、不気味にゆっくりと動きながら迫ってくる。逃げられる所などどこにもない船上にいる千鶴子たちを深い絶望に陥れるには、それは動くだけで十分だった。町を砲撃した巡洋艦は、今度は千鶴子たちが乗る輸送船を嘲笑うかのように迫ってくる。

「こっちに来る！」

全員がそう思った瞬間、巡洋艦の砲弾が雄叫びを上げ、耳が割れるような音と共に千鶴子の目の先にある輸送船に命中した。水しぶきが天を衝くように立ち上り、泣き声や叫び声とも違う荒れ狂った声と共に、船は見る見るうちに沈んでゆく。目の前の信じられない光景に、全員が心底恐怖した。もう1隻の輸送船も、浮上してきたソ連の潜水艦の雷撃により沈められた。千鶴子が香苗を見ると、母は目の前の現実に跪くかのように顔を下に向け、手を合わせて必死に祈っていた。ソ連軍の巡洋艦や潜水艦の前では、人々は祈ることしかできなかったのだ。

瞬く間に輸送船2隻が撃沈され、次は自分たちの番だと思って千鶴子が震える母を強く抱きしめた時、上空の雲の中から飛行機の飛来してくる音が聞こえてきた。

空を見上げてみると、それは堤師団所属の爆撃機だった。師団長の堤はソ連巡洋艦の動向を察知し、爆撃機を真岡埠頭に急行させていたのだ。巡洋艦からの激しい弾幕をかいくぐり、3機の爆撃機は急降下して見事に爆弾を直撃させる。ソ連の先鋭隊の巡洋艦は、弾倉に誘爆を引き起こしたのか大きな火柱を上げ、二つに折れて海中に沈んでいった。

一部始終を見ていた輸送船の人たちからは、割れるような歓声が上がる。浮上していた潜水艦も、慌てて海中にその姿を消した。恐ろしい時は過ぎ去った。千鶴子たちは、こうして寸前で命拾いしたのだった。

その頃、千鶴子の婚約者である大輔は、激しい空爆の中を車に乗って真岡郵便局に向かっていた。交換業務で残っている交換手たちに避難するよう伝えるためだ。

この時、ソ連軍は北部の別岸より上陸し、民家に侵入しては略奪や強姦を行いながら、すぐそこまで迫ってきていた。大輔は、走ってくる郵便局長の加藤を見つけた。

「加藤さん!」

「おお、大輔君か!」

加藤は大輔とも知り合いで、戦前には千鶴子と大輔の仲人を頼まれていたのだ。

「大輔君、ここはもう危険だぞ。向こう岸にソ連軍が上陸して迫ってきている！　私は郵便局の彼女たちが心配で今戻っているところだ！」

「加藤さん！　郵便局には私が行きますので、加藤さんは先に避難して下さい！」

「え？　大輔君、君一人だけで大丈夫なのか？」

「はい！　私が必ず連れていきます。加藤さんは急いで防空壕に避難して下さい！」

「そうか……、わかった。彼女たちを頼む！」

大輔の気迫に加藤は従い、防空壕に向かった。大輔は警察官である。危険な状況に置かれている一般市民の加藤を守るのも、彼の役目だった。

郵便局に残っていた舞子たちは、必死に交換業務を行っていた。遠くから聞こえていた爆音が徐々に近くなり、危険とわかりながらも歯をくいしばって、なおも作業を続けていた。だが、日本軍とソ連軍の市街戦は、目の前に迫っていた。

ガシャーンと音が鳴って、窓ガラスが割れ、由美恵の頭の上を銃弾がかすめていった。

「きゃー！」

彼女たちは悲鳴を上げて机の下に潜り込んだ。すでにこの状況では、交換業務をできる状態ではない。主事の鈴木舞子はもはやここまでと思い、

『交換台に銃弾が飛んできました。もうどうにもなりません。局長さん、皆さん、これが最後です。長くお世話になりました。さようなら』

と最後の電文を打った。

「皆さん、今、最後の電文を打ちました。ここまで、皆さんが頑張ってくれたお陰で、たくさんの方々が輸送船に乗って疎開できたと思います。本当にありがとう」

銃弾から身を隠しながらも、舞子の言葉に全員が泣いていた。彼女たちはこの業務を最後までやり遂げたのだ。そう思って彼女たちが顔を見合わせていたその瞬間、郵便局付近に地上爆撃機の爆弾が着弾し、その爆風で窓ガラスがすべて割れ、雨のように激しく降り注いだ。ドスンドスンと地響きが鳴り響き、建物は揺れ、大地さえも揺るがす。床に伏せた体は宙に浮くほどの衝撃を受けていた。鳴り止まない爆音の中、彼女たちは全員うずくまって立ち上がることもできず、あまりの恐ろしさに肩を寄せ合うしかなかった。

凄惨を極めたソ連軍の空爆が鎮まった後、舞子が顔を上げて窓からそっと外を見てみると、周りのビルや住宅は破壊され、空爆に巻き込まれた人々が無残な姿を晒していた。そして遠くからソ連兵らしき兵隊がこっちに向かって歩いてくるのが見えた。

「殺される……」

ソ連兵に捕まれば、女である自分たちはどんな目に遭うのかを理解していた舞子は、覚悟を決め、ポケットから青酸カリの入った袋を取り出した。その袋が何かは、由美恵たちにはすぐにわかった。彼女たちの視線が舞子に集まる中、舞子は静かに震える声で言った。

「私はここで自害します……。皆さん、こんな結果になってしまいすみません。私は先にいきます……」

そう言って目を瞑り、泣きながら白い袋を開けた。

——思い起こせば、電話交換手は女性にとって花形の職業だった。責務は重く、常に緊張を強いられていたが、昼休みの時だけは全員が普通の女の子に戻り、お弁当を食べながらみんなでお喋り（しゃべ）りを楽しんだ。みんなで笑い、頷き合い、お互いを励まして、時には好意を寄せた異性の話をしたりもした。みんなが純粋な心で夢多き若い花を沢山咲かせた——。

舞子は水で一気に口の中に白い粉を流し込んだ。もがき苦しみながら死んでいく舞子の姿は、言葉には到底言い換えられない。すぐに、舞子は断末魔の形相で事切れた。

死にゆく舞子の一部終始を見ていた由美恵は、あまりの恐怖に失禁してしまう。

彼女たちは覚悟していたはずだった。この業務を最後までやり遂げると決めた時から——。だが、現実に目の前で知っている人が苦しみながら死んでいく様は、若い彼女たちにとってとても耐えられるものではなかったのだ。

市街戦が激しくなり、飛び交う銃弾の中をくぐり抜けてきた大輔は、何とか郵便局に辿り着けた。郵便局の周辺が空爆を受けて爆破されているのを見て不安になったが、郵便局別館が無事だとわかると、急いで駆け寄り扉を開けた。何人かがすでに自殺して横たわっていた。亡骸を見て、一人は顔見知りの鈴木舞子であることがはっきりわかった。

大輔は、その前でうずくまっている一人の人影に声を掛けた。由美恵だった——。

「由美恵ちゃん、無事だったか」

「大輔さん！　お姉さんと一緒に疎開しなかったの？　お姉さんは無事なの？」

こういう危機が差し迫る状況でも、由美恵は姉の千鶴子を思いやった。

大輔は輸送船が撃沈されるのを見ていたが、千鶴子がどの輸送船に乗っていたのかはわからなかった。大輔は由美恵に返答をせず、

「話は後だ！　ここは危険だ！　みんな早く逃げるんだ」

と叫んだ。

「私たちはここで死にます……」

残った女性の一人が、震える声で言った。

「私もここで死ぬわ……」

と由美恵も言った。

「何を馬鹿な事を言っているんだ！　諦めるな！　加藤さんが南の防空壕で待っている。全員そこまで、急いで行くんだ！」

と大輔は諭した。しかし、彼女たちは動こうとしなかった。いや、恐怖と連帯感で動けなかったのかもしれない。外からはソ連兵らしき声が聞こえてきた。もう目と鼻の先だった。

焦る大輔は全員連れていくことを諦めて由美恵だけでもと思い、

「生きるのだ！」

と言い放って由美恵の手を握り、無理やり部屋から引きずり出した。

そして車に由美恵を乗せ、大輔はエンジンをかけた。

「大輔さん、みんなと一緒に死なせて！」

由美恵が泣き叫んでいるが、お構いなしに大輔は車を飛ばした。

後ろから銃声が聞こえる。バックミラーを見ると、ソ連兵が追ってきていた。

「俺が君を助ける！　千鶴子さんと約束したんだ！　必ず助けるからな！」

ソ連兵の激しい銃撃が車に当たり、生々しい金属音を立てる。

「由美恵ちゃん、伏せていろ！」

「わ……私、死にたくない……」

由美恵は顔を下に向けてそう呟いた。

後ろから甲高い音が聞こえた。ソ連の携帯式ロケット砲だ。

ズドーンと音が鳴り、目と鼻の先に着弾した。直撃は免れたがその爆風で車は横転してしまい、大輔と由美恵は車から放り出されてしまった。強い衝撃であったが、由美恵の意識はなんとかあった。目を開けると、二人のソ連兵が前に立って何やら話していた。

意識朦朧（もうろう）の状態で由美恵は吹き飛ばされた車を見た。そこには、転倒した車に挟まれて血まみれになっている大輔の姿が無情にも由美恵の目に映った。

「そんな……、大輔さん……」

悲嘆に陥る由美恵を、ソ連兵は腕をつかみ無理やりどこかに連れていこうとした。

その時、銃声が聞こえた。振り向くと、堤師団長率いる10人ほどの陸軍部隊が走り寄ってきていた。すぐさま銃弾が飛び交い戦闘が始まった。由美恵は銃弾から逃れるように、体全体を地面に這わせ必死に生にしがみつく。瞬（また）く間にソ連兵は堤たちに射殺され、由美恵は助かった。憔悴しきった由美恵を見て堤が叫んだ。

「女性は大丈夫か?」

「はい師団長、意識はあります」

「男性はどうだ?」

「おい! しっかりしろ!」

一人の兵士が大輔の体を起こして揺すると、うめき声を出した。

大輔は奇跡的にも生きていたのだ。

「男性も生きています!」

「よし、すぐに医務室に連れていけ! 急いで残りの生存者を探すのだ!」

その後も堤の部隊は、他の生存者の確認を行いつつ、ソ連軍と戦闘を続けた。そして引き込まれるように真岡郵便局別館の扉を開けた堤たちは、若い女性9人が自決して横たわる無残な光景を目の当たりにし、全員が言葉を失う。

死に顔の形相が、みんな凄まじかった。

きっともがき苦しみながら死んでいったのであろう。

「なんと残酷な……、もう少し早く我々がここに来ることができれば……、すまない……」

そう言って堤は彼女たち一人ひとりの目を、そっと閉じてあげた。

この悲劇は、後々まで語り継がれることとなる。鈴木舞子の最後の仕事となった電文が、彼女たちの最後の思いとなって後世まで残ったためだ。真岡町でのこの最後の戦いで、日本軍は600人、ソ連軍は3000人の死傷者を出した。防空壕に避難した加藤郵便局長も、ソ連兵に手榴弾を投げ込まれて死亡していた。しかし樋口中将、堤師団長たちの活躍と、最後まで町の人たちの疎開を願って業務を行い、死んでいった9人の女性交換手たちのお陰で8万人以上の人たちが疎開できた。日本はソ連の北海道上陸を食い止め、この時に本当の終戦を迎えることとなった。その後、スターリンは樋口中将を戦犯と指定して身柄を引き渡すよう米国に申し入れたが、マッカーサー元帥はその要求を断固として拒否した。

9月になり、避難所の前田キヌエたちは悶々（もんもん）とした思いを抱えながら、毎日を過ごしていた。

まともな生活ができない中、子供たちが元気でいてくれることだけが救いであったが、遂に戦争の影が忍び寄ってきたのだ。

「それより、ここにも長くはいられないだろう、早くここも離れたがほうがいいかもしれん」

と哲郎が言った言葉の通り、治安は日々悪くなっていた。日本人たちが集団で避難生活していると知った満人や中国人たちが、あちらこちらで略奪や強盗をしているという噂を聞くようになっていたのだ。

匪賊がここに来るのも時間の問題であった。そこで数少ない男たちが、夜間は交替で警備をすることとなった。

静寂の中、夜の避難所の周りには各所にかがり火が焚（た）かれていた。来る者を拒むかのように炎が激しく揺らめく中、避難民たちはいつ襲われるかわからないという緊張感に包まれていた。この日の夜は哲郎が警備に立っていた。かがり火の炎に照らされて赤々と顔を染めながら、哲郎は銃剣を両手にしっかり持ち、身動き一つせずに前を見ていた。

「前田さん、今晩はもう自分たちでやるから、休んでおきなよ」

一緒に警備していた田代が年配の哲郎を気遣ったが、

「わしは大丈夫じゃ。男手が少ないのだから、寝ている場合じゃないよ」

と若々しく言い、齢（よわい）65を過ぎた哲郎はパチパチと火の粉がはぜて夜空に消えていくのをじっと見つめた。

キヌエは全員が眠りに就いた中、2階の窓から哲郎を心配そうにじっと見守っていた。何日か前にも匪賊が襲ってきて、警備していた男性が怪我をしたことがあったからだ。

キヌエは、森の中に動く人影を見つけた。胸騒ぎを覚えて目を凝らすと、天秤棒や草刈り鎌等を持った者たちが近寄ってきている。この場所に着いた時に対岸に見えていた集落の農民たちが、大人数で襲いに来たのだ。

「お義父さん！　逃げて！」

キヌエは窓を開け、哲郎に向かって大声で叫んだ。キヌエの声に振り向いた瞬間、不意をつかれて哲郎は棒で殴られ、地面に叩きつけられてしまう。横で寝ていたトシも、何事かと目を覚まして飛び起きた。匪賊の狙いは、金目の物や衣類、家財道具や女性だった。匪賊の集団はキヌエたちの建物内に一斉に雪崩れ込んできた。

「お義父さんが！」

キヌエはドアを開けて哲郎を助けに行こうとすると、

「キヌエ！　あんたどこに行く気か！」

とトシが怒鳴った。

「お義父さんを、助けに行ってくる！」

「何を馬鹿な事を言うのかい！　あんたが行ってどうなるね！　早くドアを閉めんね！」

トシの泣いている姿ばかりを見ていたキヌエは、その気迫に圧倒された。トシはキヌエの手を取って急いでドアの鍵を締めると、全員で固まって布団を被って身を隠した。

あちらこちらで悲鳴や怒鳴り声が聞こえる中、どこかで銃声が鳴った。別の部屋にいる男性が、匪賊たちに威嚇射撃しているのだ。

悲鳴と怒声が交じり合う中、匪賊たちがガツンガツンとキヌエたちの部屋の扉を叩きだした。バールか何かで扉をこじ開けようとしているのだ。キヌエは恐怖の中、身を盾にするようにしてしっかりと功一郎を抱き、叩かれている扉が開かないことを願うしかなかった。

不意打ちを食らった哲郎は意識を取り戻し、起き上がってキヌエたちのもとに向かった。

「男は全員殺せ！」

との声が響き、３人の匪賊が哲郎に鎌を持って飛びかかった。哲郎は怯みもせず一人を銃剣で刺し殺し、残りの二人を溝川に投げ捨てた。小さい頃から柔道で鍛えていた哲郎は強かった。建物の中に入ると、階段を駆け上がりながら、次々と襲ってくる匪賊たちをなぎ倒していく。キヌエたちのいる部屋の扉をこじ開けようとしていた賊の一人も、返り血を浴びた哲郎の気迫に押されて咄嗟に逃げ出してしまった。

「トシ！　キヌエ！　大丈夫か」

哲郎の声が聞こえ、布団の中からキヌエたちが鍵を開けて扉から顔を出すと、哲郎は安堵のため息をついた。

トシの咄嗟に鍵を締めた判断と哲郎の獅子奮迅（ししふんじん）の活躍で、キヌエたちは無傷で済んだのだ。

しかし哲郎は、この死闘で傷を負ったことが災いとなり、体を壊してしまう。

傷薬もなく、食料も少ないなか、徐々に哲郎の体力は奪われていった。夏の暑さがまだ残り、ツクツクボウシが鳴き出した頃、哲郎の命の炎は消えかけていた。

「お義父さん！　死なないで！」

「お祖父ちゃん、早く元気になって……」

キヌエと功一郎は横たわる哲郎を見て泣いていたが、トシは哲郎の横に座ったまま、泣き疲れて言葉も出ない様子であった。

哲郎の全身の機能が徐々に停止して呼吸も止まりかけた時、哲郎の目が大きく開かれた。そして哲郎は天井を凝視したまま、僅かに口を震わせ、

「トシ、キヌエ、わしはここまでじゃ……。傷を負って死ぬことに後悔はしていない。お前たちを守れたのだからな……。正……、正よ……」

哲郎はそう言って、新京に取り残されている息子の正の身を案じ、名前を呟きながら静かに息を引き取った。キヌエたちは一晩中泣いた。キヌエは、最初の過酷な運命を受け止めなければならなかった。そして男手がなくなった今からは、自分が強くならなければいけないと心に強く誓った。


最後の関東軍山田乙三総指令官は、満ソ国境ハンカ湖付近でソ連極東部司令官アレクサンドル元帥と停戦交渉に入っていた。

「コーヒーはどうかね？」

「いえ、結構です」

山田はまっすぐアレクサンドルを見つめて言った。

「そうか、では本題に移る。日本関東軍は速やかに武装解除の上、直ちに全員指定の場所に集合すること。そこでこちらの指示に従い、指定の産業施設等の工作機械の撤去及び搬出作業に当たること」

「了解致した。こちらの要望は、武装解除後の残留民間人の保護と、満州に生業や家庭を有する者のうちの希望者を貴軍の経営に協力させること。その他の兵や捕虜及び民間人は、内地へ逐次帰還させせて頂きたい」

アレクサンドルは、コーヒーカップを静かに置いた。

「日本は敗北したのだ。敗者は勝者に意見することはできない。そして今のあなたの言葉に、私は返事をする気もない」

「せめて残留民間人の保護だけは、ここで確約して頂きたい！」

山田は理不尽に殺戮され続けている民間人を慮り、自分の思いを伝えた。

「考慮しておこう」

アレクサンドル元帥は冷たい笑みを浮かべながら、そう答えた。

赤い大地

―哀　惜―

地上の楽園と呼ばれた満州国は消滅していた。

奉天飛行場に、ソ連軍の輸送飛行機が次々と着陸していく。満州全土から奪った物資を、ソ連本国へ輸送するためだ。日本降伏後、捕虜となった前田正は新京に残され、ムチを持ったソ連兵の監視の下で産業機械の撤去作業を行い、解体した物資を列車に積み込んでいた。ソ連は、満州のすべてを略奪していた。貴重品等以外にも建物の窓ガラスや畳、床板、トタン屋根の1枚、柱1本、ネジ1本まで。列車に乗せられた物資は奉天飛行場に送られ、そこからソ連本土の各地へと運ばれる手筈となっていた。

正が担当していたのも、満州各地からソ連兵が奪ってきた物資だった。少しでも作業が遅れればムチが飛んでくる。黙々と作業を行っていた正だが、一つの物資に目を奪われて手が止まった。

それは満州国の紋章を付けた、車や馬車用の朱塗りの装飾品であった。

「貴様！　早く運べ！」

ムチで叩かれた正は、急いでその物資を積み込んだ。貴族か高級官僚が使用していたと思われるその装飾品を見て、正は戦争敗者としての立場を実感したのだった。

「これら物資は、復興のために日本に送り返す、貴様らの働きで、日本復興を早めるのだ！」

リーダーらしき監視兵が叫んだ。

「嘘をつけ！　お前らの本土に持っていく魂胆だろ！」

するどい目つきで監視兵を睨みつけ、声を発したのは井本だった。

井本は家族を殺され、人格がすっかり変わってしまっていた。

「黙れ！　貴様！」

監視兵が井本をムチで叩くと、井本は興奮してソ連兵に掴みかかっていきそうであった。するとすぐに他の監視兵たちが集まってきて、瞬く間に井本はさらにムチで叩きのめされた。

「やめろ！　やめてくれ！」

正はソ連監視兵の前に立ちふさがり、井本を庇ったが、

「止めるな、前田！　こいつらは許さん！　俺は許せんのだ！」

と、井本は叫び続けた。

そんな二人を監視兵はなおもムチで叩き続け、4人で取り囲む。

首根っこを押さえて、その場に跪（ひざまず）かせようとしていると、騒ぎを聞きつけた梨川順次と

二宮たちが駆けつけてきた。

「もういいだろ！　ここまでやれば！　俺たちが言って聞かせるから、今日はこの辺にしてくれ！」

順次が二人を必死に庇いながら言うと、

「次は射殺する！　わかったな？」

と、監視兵たちは冷たく言い放ち、その場を離れた。

「大丈夫か？　井本」

順次が声を掛けたが、井本はその手を振り払った。

「梨川よ、今度から余計なことはするな。わかったな？」

そう言うと井本は、息を切らし、足を引きずりながら作業に戻っていった。

二宮が傷だらけになった正の肩に手をやる。

「前田、大丈夫か？　あまり無茶はするな。今は何があっても我慢するのだ」

今の正に二宮の言葉は聞こえていなかった。何故なら、井本の変わっていく姿が正を困惑させていたからだ。

キヌエたちを含む避難民は、大栗子から歩いて南に下り朝鮮に入っていた。

この先に駅があり、そこから列車に乗れると聞いて、希望者らのみで向かっていたのだ。

女性狩りから自衛するため、女性は全員断髪して丸刈り頭で帽子を被り、顔に煤（すす）を塗り、男性用のズボンをはいていた。この時、日本人女性の中には、女性狩りに遭うかもしれないという不安で心労しきった末、現地の男性と結婚していく人も少なくはなかった。食事もトウモロコシの粉に大根の葉が少し入った程度のもので、なんとか腹を満たすことはできたが避難民たちの体力は消耗していく一方だった。体を清潔にしたくても風呂に入ることなどもちろんできず、道すがらにある川やため池で、身を隠しながら体の汚れを落とすしかなかった。食事は不味く、大人はなんとか口にできたが幼い子供たちは食べることができず、キヌエは歩きながら息子功一郎の手を握り、体がやせ細っていくのを心配していた。食事は功一郎を叱って無理に食べさせていたのだ。

目的地の駅に向かって歩いていると、人々が列を作って立っていた。日本人におにぎりや卵等をぼったくりの金額で売って、ひと儲けしようとしているのだ。

日本人はすぐさま、そこに群がっていった。

誰もがなけなしの金を払って食料を手にしていたが、キヌエは満人と交渉をした。

「その金額でおにぎり2個は高すぎよ。4個にして安くしておくれよ」

「勘弁してくれよ。買わないのなら他の人に売るから、あっちに行ってくれ」

しかし、キヌエは怯まない。

「あんた、それでも人間かい？　こっちはみんな腹減らせて困っているんだ。困った人たちを見たら、助けるのが人間だろう！」

周りの避難民や満人たちはキヌエを物珍しそうな目で見たが、キヌエにとっては死ぬか生きるかの交渉であった。人の目など気にもせず、キヌエは必死に食い下がった。

結局、圧倒されたその満人は、

「あんたには負けたよ。どうぞ持って行ってくれ」

と言い、キヌエにおにぎりとゆで卵を安く売ってくれた。キヌエは卵を半分だけ口に含むと、功一郎やこずえの娘のサキに沢山食べさせてあげた。おにぎりを食べ終えた功一郎の口の周りにご飯粒が一つ付いていたので、キヌエはそれを手で取ると功一郎の口に優しく入れてあげた。この時の日本人たちにとって、米一粒はとても貴重であったからだ。

日が暮れかけた頃、廃墟同然の団地が見えたので、この日はそこで休むこととして、キヌエたちは各々部屋に入った。朝晩は気温が下がる時期だったので、寒さを凌げるだけでもありがたかったが、５００人ほどの避難民が入ったため、体を横にもできずに全員が座って寝る有り様だった。

深夜、壊れた窓の隙間から冷たい風がヒューッと吹き込む音が不気味に聞こえ、キヌエは目を覚ました。窓の外を見ると、黒い雲の中に月が呑み込まれていくかのように霞んで見え、普段は美しく思える朧月夜（おぼろづきよ）も、この時だけは何故か不気味に思えた。

すると暗闇の中、誰かの泣き声が聞こえてきた。

誰かが亡くなったようだ――。

キヌエは次々と死んでいく人たちを見て、初めは涙を流していたが、最近ではめっきり涙を流すことはなくなった。きっとキヌエは哲郎を失い、自分が強くならなければいけないと、自分の心にムチ打つ思いがそうさせたのだろう。

キヌエは横で気持ち良さそうに眠っているトシを見た。新京脱出から今まで歩き続けてきた疲労と哲郎を失ったショックで、明らかに衰弱しているのが見てわかった。淀んだ月の光が、忍び寄るようにキヌエを照らし続けていた。

この夜、キヌエは何故か不安で眠れなかった。


翌日、朝日が昇る頃に外から空砲の音が聞こえ、避難民たちは全員目を覚ました。

「ソ連兵が来たぞ！」

みんなが騒めき立った。

ソ連の兵隊10人ほどが3台の車に乗って、銃を空に向けてこっちに向かってくる。キヌエはソ連兵の横行を聞いてはいたが、遂にこの時が来たかと身構え、こずえも娘のサキを急いで毛布に包み身を隠させた。

扉が開き、ソ連兵が入ってきた。金色の髪に白い肌、冷たく光る緑の目のソ連兵が背中に自動小銃を背負っている姿を間近で見て、キヌエの背筋は凍りついた。

全員があまりの恐怖で声が出ず、震えている。

「時計や万年筆を持っているものは出せ！」

「そんな物、わしらは持っていない」

年老いた男性が抵抗するように言うと、ソ連兵は躊躇（ためら）わずその男性を撃ち殺した。

「なんということをするのだ！」

悲鳴が上がり、泣き声と怒声が一気に広がった。

キヌエは功一郎を毛布で包んで強く抱きしめていたが、隣で寝たままのトシに気づいた。

胸騒ぎがしてトシを揺すった。

「お義母さん！　お義母さん！　起きて！」

しかし、トシからの返事はなかった。

「そんな……」

――トシは、昨夜のうちに息絶えていたのだ。

そんな中、ソ連兵は断髪している者たちの胸を触り、女性とわかれば次々に車に乗せていき、キヌエとこずえの所まで近づいてきた。ソ連兵はこずえの横にある毛布に気づき、力ずくではぎ取った。サキは震えて下を向いていたが、ソ連兵は構わずサキの手を掴み引きずり連れていこうとした。

「この娘だけは助けて下さい！　まだ9歳なのです！」

こずえはソ連兵に泣いてすがりつくが、言葉が通じるはずもなかった。そして、こずえも女性だとわかったソ連兵は、こずえの手も掴んで引きずって行こうとした。

まさに恐怖の時間であった。持っているお金や貴重品は一つ残らず持っていかれ、抵抗すれば射殺され、女性とわかれば引きずって連れていかれる。

「やめて！　手を放せ！」

トシの死に気を取られていたキヌエが叫んだ。

キヌエは、引きずられながら連れていかれる二人を見てソ連兵に立ち向かい、必死にサキの腕を掴んで抵抗した。

「お前も来るのだ！」

ソ連兵は、キヌエまでをも連れて行こうとした。

「鬼どもめ！　離せ！」

キヌエは後先考えず抵抗を続け、こずえとサキを守ろうとした。あちらこちらでも、抵抗している女性がいた。すると、ドーンといきなり銃声が鳴った。抵抗を続ける女性が射殺されたのだ。そしてソ連兵は、キヌエにも冷たく光る銃口を向けた。

キヌエは怯みもせず、死の恐怖に立ち向かい、

「撃てるものなら撃ってみろ！」

と思わぬ言葉を口に出していた。キヌエはもはや、新京を脱出した頃のキヌエではなかった。

すると、

「やめろ！」

と大きい声がした。その声を聞いたソ連兵たちは、銃口をすぐに降ろした。

扉から将校らしいソ連兵が入ってきた。

満州攻略時にマギー少佐の下にいた、ソ連将校候補のルドルフ大尉だった。

シーンと部屋が静まり返る中、ルドルフはゆっくりと部屋に入ってきた。

「我がソ連と日本は、終戦協定をすでに結んでいる。これ以上の横行は許されない。女性たちや略奪品を今すぐ返すのだ！」

日本人にとっては信じられない光景であった。

「今回死亡した日本人には、申し訳ないことをした。我が軍は、今後は日本人に対しての横行を取り締まり、二度とこのようなことがないようにする。許してくれ」

ルドルフは死んだ人たちを見て詫びた。戻された女性たちが家族と泣いて抱き合っている中、ルドルフがゆっくりキヌエの所に歩み寄ってきた。

「勇敢な女性だな……」

そう言うと、横で呆然と見ている功一郎の頭を撫で、チョコレートらしきものを渡した。そしてルドルフは、この事件に対しての詫びとして、ある程度の食料を日本人たちに置いて去っていったのだ。その姿は、日本人たちが持っているソ連軍に対してのイメージとは、とてもかけ離れたものだった。

怒りと呆気に取られていたキヌエは我に返り、トシの亡骸に縋りついた。

「お義母さん、すみません……。私を許して下さい……。きっと疲れて歩けないほどだったのに私たちに心配をかけないようにと無理をして、何も言わずに頑張ってくれていたのですね。私はそれもわからずに……。許して下さいね……」

トシの死に顔は安らかに眠っているようで、頰に少し笑みを浮かべているように見えた。

トシは長い間連れ添った哲郎の所へと、笑って旅立っていたのだ。

キヌエは泣いた。

強く生きなければと思い、泣かないと決めていたキヌエだったが、その日キヌエは身を震わせ、声が嗄れるまで泣き続けた。戦争は哲郎の命を奪い、トシの命までも奪っていった。自分をいつも優しく見守ってくれた哲郎と、自分のことを本当の娘のように愛してくれたトシを亡くしたショックは、胸が張り裂ける思いであった。

しかし、キヌエの試練はこの後、なおも続いていく。

だが泥にまみれ、雑草を食べてでも、決して屈することなく生き抜かなければならない。

血と哀惜が混沌とするこの赤い大地で——。

前田正たちが新京で物資の積み込みを終える頃、スターリンは新たな指令を出していた。

日本軍捕虜のうち、身体健康な捕虜を50万人選抜しておくこと。

そして各捕虜には、ソ連が鹵獲した戦利品の中から、真冬の服を1着ずつと寝具類、下着類、生活用品等を与えておくこと。

スターリンは、日本人強制拉致後のシベリア強制労働のため、シベリアでの抑留を決めたのだった。北海道を奪えなかった代償として、男は殺さず奴隷として酷使し、女は兵の慰みものにしようと考え、関東軍捕虜が50万人に満たない場合は、軍人であるかどうかを問わず、満州の街から日本人男性を掻き集めるように指示していたほどである。

開戦直前、ソ連のモロトフ外相がクレムリンで日本の佐藤駐ソ大使に手渡した宣戦布告文には、「ソ連は連合軍の求めに応じて連合軍のポツダム宣言に参加することとした」とあったにも拘らず、ソ連がポツダム宣言を守ることはなかった。

ポツダム宣言には、

九、日本国軍隊ハ完全ニ武装ヲ解除セラレタル後各自ノ家庭ニ復帰シ平和的且生産的ノ生活ヲ営ムノ機会ヲ得シメラルヘシ

と記載されている。

正たちは整列させられ、列車に乗るところであった。ソ連兵がうすら笑いを浮かべ、何か言っている。

「何と言っているのだ？」

聞き取れなかった順次が呟くと、

「トウキョウダモイと言っている。東京へ帰ろうという意味だ」

と二宮が後ろから答えた。それを聞いて、周りの日本人たちは素直に喜んだ。

「日本に帰れるのだ」

「家族と会える！」

みんなの顔に笑顔がこぼれた。

「乗り込め！」

「トウキョウに帰ろう！」

ソ連兵の意味深な言葉を聞きながら、正たちは黙ったまま、急かされるように列車に乗り込んだ。

反応はまちまちだった。今までのソ連共産党への歪んだ偏見を悔い、心から感謝して涙している者もいれば、監視兵を睨みつけて今にも飛びかかりそうな雰囲気の井本は仲間たちに押さえられている。

その中で二宮は、一人だけ冷静に日本帰還はないだろうと思っていた。こういう時に約束を守るソ連人を、見たことも聞いたこともなかったからだ。

何度も何度も日本はソ連に騙され、今また騙されようとしている。しかし喜ぶ部下たちを見ていると気の毒で言葉を発することができなかった。

ソ連兵は移送を効率良く行うため、反乱を起こさせないために、日本人たちに平然と嘘をついていたのだ。

正たちは列車に詰め込まれるように乗り込んだ。車輌内は上下2段に仕切られており、足を伸ばして立つことができず、全員座り込んで身動きができない状態となった。その上、食事は微々たるものしか口にできず、水さえも毎日飲むことができない。用便するにも、車両の底板に何ヵ所か穴を開けてそこで用を足すような状況の中で、２週間以上も過ごさなければならないのだった。

列車が走り出して何日かすると、海が見えてきた。

列車内では歓声が湧き起こり、涙を流す者も沢山いた。青く広がるこの海の向こうに、我が祖国日本がある。目に見えている海が日本海だと彼らは思っていた。

しかし、そうではなかった。それは日本海ではなくソ連との国境にあるハンカ湖だったのだ。

「二宮少佐、ここは？」

正が二宮に聞くと、二宮は黙って頷いた。

二宮の顔を見て、正は今の自分の立場を理解した。正たちは満州から東にある日本ではなく、真逆の西、極寒のシベリアに向かって満州を後にしていた。


一方、朝鮮に入っていた前田キヌエは駅に辿り着き、再び貨物列車に乗り街の外れにある集落で避難民たちと一緒に身を寄せて暮らしていた。

通化近郊に滞在する残留邦人や良心ある満人、中国人のお陰もあって、なんとか生活することはできていたが、食事に関してはさほど前と変わらず、満足のいくものではなかった。ソ連兵や匪賊の横行は以前より少なくなり、キヌエは時間があれば通化街郊外に並ぶ露店に足を運んだりもした。そこで満人や残留邦人が売っている食べ物などを直談判して安く買ったり、自分の持っている貴重品や必要のないものを売り捌いたりして、やっとの思いで毎日の食事を口にすることができていた。

この頃から、避難民全員がお互いに協力しながら生きていくことを一番に考えて過ごすようになっており、一人でソ連兵に立ち向かっていった一件で、キヌエはすっかり有名になっていた。

この日もキヌエは、避難民の人と一緒に残り少なくなった貴重品を郊外の裏通りで売っていた。すると身なりのいい男性がやってきた。その男性はキヌエの品々をじっと見ているだけで金額を聞いてくるわけでもなく、先ほどからずっと突っ立ったままであった。キヌエと目が合うとその男は歩いて通り過ぎ、再び戻ってきてはキヌエの前で品々を見た。

見かねたキヌエは男性に向かって言った。

「あんた、さっきから見ているだけだけど！　買うなら早く買っておくれよ！」

と声を上げ、一緒にいた避難民たちを笑わせた。

結局その男は、苦笑いしながら何も買わずに去っていってしまった。

夕方になるとキヌエたちは露店を閉め、みんながいる集落に戻ることにした。

「キヌエさん、今日は1個も売れなかったね」

一緒に露店に出ていた多田真知子が言うと、

「しかし、あの男は何だったんだろうね。買うなら早く買えばいいのに！　男がウジウジしてみっともない」

　とキヌエは、先ほどの男の事を言って再び皆を笑わせた。キヌエは、死んだ哲郎とトシのためにも、いつまでも落ち込むことはせず、明るく笑顔を絶やさないように生きていた。

　元気なキヌエが夕焼けの中を足早に帰ると、功一郎はこずえの娘のサキと裸になって、シラミを取り合って遊んでいた。最近になって功一郎はサキを姉のように慕い、サキも功一郎を弟のように可愛がって、いつも一緒に遊んでいるようだった。

　しかし風呂などはもちろんなく、たまに川水で体を洗えるくらいの状況なので、避難者たちの生活は最悪の衛生状態が続いていたのだ。大人の女性にも羞恥心などはもはやなく、お互いに裸になってシラミを取り合う姿が見られた。その日中に取らないとシラミはますます増えていくので、それが日常の一場面になっていた。

　キヌエは、功一郎たちの姿を見て束の間の幸せを感じていた反面、朝方に気分が悪いと言って床に伏せているこずえが気になって声を掛けた。

「こずえさん、大丈夫かい？」

「キヌエさん、すみません。なんだか体がだるくて一緒に出かけられず……」

「私は大丈夫よ。具合はどうなの？」

　こずえは目が充血していた。こずえは発疹チフスに感染していたのだ。

　発疹チフスは細菌による感染症である。人に寄生して吸血するシラミの糞に菌がいて、人間の皮膚や傷などを介して感染する病気である。体にだるさを覚え、その後、目が充血して熱が39度以上となり、重症化する病気であった。

この頃の致死率は年齢によって異なり、20歳未満だと10パーセントほどだが、60歳以上になると100パーセント近くにもなった。

この夜、功一郎が寝ながら体を掻いている姿を見て、濡れたタオルで優しく拭いてあげているとキヌエの胸に不安が押し寄せてきた。

功一郎の体がますますやせ細っていたのだ――。

略奪強盗の不安は減ってきたが、病気や栄養失調の足音がキヌエたちに迫ってきていたのだ。そして何日か経つと、集落でも発疹チフスによる死者が続出する。集落の横で死体が埋められていく光景が毎日のように続くようになっていく中、こずえも虫の息となっていた。

「お母さん！　死なないで」

サキが今にも死にそうなこずえを見て泣き叫ぶ。キヌエは少しでもこずえの熱が下がるようにと、川まで水を汲みに行き、濡らしたタオルを何度も取り替え、こずえの額に置いてあげた。

「キヌエさん、ごめんなさい。サキを、サキをお願いします……」

「何を言っているの！　こずえさん、しっかりして。諦めないで！」

泣きながらキヌエの手を弱々しく握るこずえに、しっかりと手を握り返して力強く応えた。だがこずえは、一刻すると息を静かに引き取った。娘を一人残し、無念のまま力尽きてしまったのだ。キヌエは大事な人をまた一人失ってしまった。いつまでも泣きやまないサキに、キヌエは優しく語りかけた。

「サキちゃん、今日からあなたは、私の娘だからね。お母さんの分まで強く生きるのよ」

その夜、キヌエはサキが泣きやむまで抱きしめて眠ってあげたのだった。

この夜辺りから、寝ているとサー、サーという不気味な音が聞こえるようになった。

音が気になった功一郎が目を覚まして周りを見ると、横で寝ている人の顔が真っ黒だった。不思議に思って眺めていると、その人の顔色が戻った。幼い功一郎には訳がわからなかったが、これは人が死ぬと、その人の顔にたかっていたシラミが集団で、どこかに消えていく時の音だったのだ。このままでは全員が死んでしまうと思い、キヌエたちはシラミ退治をすることにした。ある昼下がり、釜に水を入れてお湯を沸かしていたキヌエたちに、清水団長が気づいて近寄ってきた。

「キヌエさんたちは何をしているのですか？」

「お湯を沸かして、衣類や毛布を熱湯消毒しようと思って。これを何度か繰り返せば、シラミを退治できるでしょ！」

「なるほど、考えたね。さすがキヌエさんだ」

するといた一緒にいた多田真知子が、

「清水団長は、他の場所にも指示をして下さいね。全員で清潔にしておかないと、シラミは減りませんよ」

と言うと、清水は頼もしそうに、

「そうだね。早速今から伝えに行こう。キヌエさんがやっていると言えば、きっとみんなが真似をするだろうからね」

と答えた。キヌエたちの言う通り、それを繰り返すうちにシラミは徐々に少なくはなったが、この病気で集落ではたくさんの死者を出してしまった。

ソ連兵や匪賊からいつ襲われるかもしれない状況で掃除や衛生面のことまで考えている余裕はなかったのだが、避難民たちにもやっと他の事を考える余裕が出てきたのかもしれない。しかし、キヌエたちが安心したのも束の間、今度は栄養失調問題が深刻になってきた。子供はもちろん、大人までもがどんどんやせ細り、顔色が悪くなって、死んでいく人たちが増えていった。功一郎とサキもやせ細っていた。特に功一郎は弱っていき、寝込むことが多くなっていたのだ。このままでは飢え死にするのは明らかだった。

そしてこの頃になると、日本人の赤ちゃんや子供が欲しい中国人や満人が集団で押し寄せて玄関に並び、日本人の子供たちに毎日食事を与える姿も見かけられるようにもなった。日本人の子供を買うためだ。中には、1個の野菜と子供を交換する親もいた。時には、いつの間にか満人の農民に囲まれ、子供を300円で売れと強要される場面も見られたという。

栄養失調で死ぬくらいならと思い、泣く泣く子供を中国人に託す人も多くいた。

毎日何十人もの人が息絶え、死体を片付ける者もいなくなり、そのまま放置されている死体も多く見られるような状況の中で、食事もできず、死を待つだけの子供を手放した親をどうして責められようか――。

しかしキヌエは、「子供は絶対に日本に連れて帰る！　あっちに行け！」と中国人や満人を一喝し、近寄らせなかった。だがこのままでは子供たちはもちろん、自分たちも栄養失調で死んでしまう。キヌエの不安は、あの新京脱出から今に至っても消えることはなかった。次から次へと押し寄せてくる試練を、キヌエは一つひとつ必死に乗り越えていくしかなかった。

ある日、清水団長から数名が呼ばれ、今後の話し合いが持たれることとなった。

「皆さんの協力によって、発疹チフスも少なくなってきましたが、今後の食糧問題をどうするかを話し合いたい。特に栄養失調問題は深刻で、子供はもちろん大人の命にもかかわる問題となっています」

清水がそう言うと、いくつもの意見が出た。

「みんなでお金を出し合って、何かできないでしょうか？」

「満人や在留邦人の露店で食料を買っていても、お金はそのうち底をつくでしょう」

「もっと効率良く、お金を生かしていくことができればいいと思いますが」

「露店で物を売っても、売る物がそのうちなくなりますからね……」

いろいろな意見が交わされる中で、一人の男性が発言した。

「満州は大豆の産地です。皆さんでお金を出し合い、大豆を沢山仕入れるのはどうでしょうか?」

そう発言したのは田代であった。匪賊が襲ってきた夜、前田哲郎と一緒に警備を担当していた人物である。田代は満州の加工工場で働いていた。そのノウハウを生かして大豆を加工して豆腐やもやしを作って自分たちの食料とし、またそれを売ってお金にしたりして、生活基盤を築いていこうと提案したのだった。

全員一致で田代の案を実行することが決まったが、その大豆を大量に仕入れるお金と供給場所の課題が残り、引き続きその解決策を模索することとなった。

そして数日後、ロウソクが灯る部屋の中で清水は集落全員の寄付金を計算し、ため息をついた。ある程度のお金にはなっているが、どうやってこれを活かしていくかを何人かで思案していた。

「このお金でどれくらいの大豆が買えるのだろうか」

「大量に売ってくれる人など、この辺りにいるのでしょうか?」

するとー人の男性が、

「露店でこの前買い物している時に、仲買いの商人らしい人物を見かけましたよ。多分露店の中国人か残留邦人を訪ねていけばわかると思いますが。よければ明日、私がその人たちを訪ねて探してきましょうか?」

と言った。もう集落の人たちには後がなかった。避難民では騙される可能性もあったが、とりあえずは行動しないと始まらないと思い、清水はその男と会ってみようと思った。

二日後、清水はその男が来ると聞いて、緊張した面持ちで待っていた。

扉が開き、男が案内されて入ってきた。清水は初めにその男の腕に巻かれている高級時計に目がいった。目力の強い人物で、身なりもきちんとしており紳士的に見えた。

「初めまして」

二人が握手をして椅子に座ると、男は佐藤信男と名乗り、現地の卸店や闇市にも顔の利くブローカーであった。佐藤は清水の前で綺麗に磨かれている革靴を見せびらかすかのようにゆっくりと足を組み、部屋を見渡しながら表情一つ変えずに清水を見て、

「内容はお聞きしております。大豆が大量に必要だとのことですが、お聞きしている金額では残念ながら、あなた方の思われている量はとても供給することはできません」

と、のっけから否定するように話を切り出した。

「そこを何とかして頂けないでしょうか？　私たちに生きる希望を与えて下さい」

「もちろん、私にはあなた方に同情するところもあります。やれることはやってあげたいが、それでも今の金額では、どう頑張ってもあなた方が希望されている量の半分ほどでしょう」

「半分？　佐藤さん頼みます。ここの集落の人たちは栄養失調で死んでいっているのです。私たちにはもう後がありません。どうにか助けて頂けませんか？」

清水はなおも食いつき、諦めなかった。こうしている間にも集落では栄養失調で死人が続出していたのだ。

「困りましたね」

佐藤はそう言って煙草に火を点けた。清水が佐藤の前に素早く灰皿を置くと、二人の会話はそこで止まった。沈黙が続く。気まずい雰囲気の中、ドアがノックされた。

「どうぞ」

清水が言うと、ドアが開きキヌエが入ってきた。キヌエは、大釜を貸してもらいに来たのだ。集落のみんなが話している豆腐やもやし作りの話を聞いて、少しでも多く作れる大釜を探していたのだった。佐藤は、キヌエの顔を見てドキリとした。何日か前、露店で売っていた品物を見ていた時に、怒鳴りつけたのがキヌエだった。

キヌエも佐藤に気づいた。

「あれ、あんたあの時の人じゃない？」

「はは……。あなたはここの集落の方でしたか」

「こんな所で何をやっているんです？」

キヌエが佐藤に尋ねると、それを不思議そうに見ていた清水団長が尋ねた。

「佐藤さんは、キヌエさんとお知り合いなのですか？」

「いや、以前に露店で見かけた方だったので……」

佐藤はなんとなく居づらい面持ちになり、気づけば何故か組んだ足も解いていた。

そして清水団長が事の顛末をキヌエに話すと、

「またウジウジしているのかい。そんなに偉い人なら、スパッと決断して助けておくれよ」

と、またしても佐藤はキヌエに言いたいように言われ、返す言葉がなかった。

しかし佐藤は、キヌエを何故か憎めなかった。物事をはっきり言って口も悪いが、すでにこの時から佐藤は、キヌエの人柄に惹かれていたのかもしれない。

「私、こんな所で油を売っている暇はないので行きますね。息子と娘が待っているの！清水さん、大釜の件お願いしますね！」

そう言うとキヌエは、悪びれもせずにさっさと出て行ってしまった。

終始苦笑いだった清水を前に、結局佐藤は「今回だけ」と渋々頷き、大豆を提示されていた金額で譲ることとなった。

――2週間ほど経っただろうか。

前田正たちを詰め込んだ列車は、変わらず北の大地を走っていた。貨物列車の中は、無理やり詰め込まれた捕虜たちの発する湿気でジメジメとしており、特有の臭気が鼻をつく。初め正は、自分の吐く息が煙のように白くゆっくりと漂うのを身動きせずにじっと見つめながら日数を数えていたが、途中で数えるのをやめた。さすがに、日本に帰れると思っている者はもういなかった。列車の走る方向と太陽の沈む位置で、日本に向かっているのではないと全員わかっていたのだ。

この時、50万人以上と言われた日本人たちは、ソ連全土の各50ヵ所近い鉄道や炭鉱、工場、山林、鉱山の作業場に、知らされずに配置されていた。

移送中の環境変化や精神的ショック、疲労、発病等で死亡した者も少なくなく、満州からシベリアに移動する間だけでも、３万人近くの日本人が死んでいったという。

ソ連兵は正たちの目の前で、その死体をゴミのように次々と列車の窓から投げ捨ててゆき、遺棄された死体は熊や狼の餌食となってシベリアの地に消えていくこととなった。それを黙って見ていることしかできなかった正は、ますます日照時間が短くなり寒くなっていくのを肌で感じながら、自分の置かれている状況に歯を食いしばって耐えるしかなかった。

「ソ連の奴らは、俺たちをどこまで連れて行くつもりだ」

横に座っている順次が呟くと、

「相当奥地まで来たな……」

正がそう答え、二人の会話はそこで終わった。

目的地が収容所であることは薄々わかっていたが、この時はまさか、これから何年間も強制労働をさせられるとは誰も思っていなかった。

ガシャーンと音が鳴り、急に列車が止まった。

「ここで降りろ！」

ソ連の監視兵が外で叫んだ。

長い間貨物列車に詰め込まれ、そこからやっと解放されると思った正たちだったが、降ろされた瞬間、全員が驚愕して目を見合わせ、言葉を失った。

真っ白い壮大な世界が目の前に果てしなく広がっていた――。

肌が凍りつくほどの寒さだった。全員が冷たい風から身を守るように肩をすぼめた。

「我々の指示に従い、ここからは徒歩で指定の場所へと移動する。少しでも不審な動きや私語を発した者は射殺する。また、列からはみ出たり遅れたりする者も、脱走の疑い有りとみなして射殺する。以上だ」

「俺たちをどこに連れて行くのだ、答えろ！」

ある日本人がそう言うと、ドーンと銃声が鳴り響き、すぐさま全員の目の前で銃殺された。見せしめだ。

仕方なく一同は黙って列を作り、指示通りに歩き始める。氷のような冷たい風が頬に突き刺さる。雪が深く積もっているので足が取られ、一歩一歩に力が入り、移動は困難を極めた。

正たちが降ろされたのはイルクーツク州のタイシェト駅だった。シベリア中央部に住むケット民族のケット語でタイシェトは、「冷たい川」を意味する。

正たちはここから10キロメートル以上徒歩で、何も知らされることはなく収容所まで歩くことを強要されたのだった。１０００人近い行列で極寒の中を歩く奇妙な姿は、これからの未来を暗示しているようだった。

銃声があちらこちらから聞こえてきた。誰かがソ連兵に射殺されているのだろうか。気になりつつも、正を含めた全員が目の前の一歩一歩を踏み出すことで精一杯だ。

正の前を歩く人物は、足を引きずり倒れそうになりながらも必死に歩いているのに気が付いた。気になり目を取られていると、その男はいきなり倒れてしまう。

「大丈夫か？」

正はすぐに、その男を監視兵が気づく前に起こしてやった。

「すみません、ありがとうございます……」

顔をしかめながら振り絞るように声を出した男は、秋山幸次であった。幸次は満州東寧重砲兵連隊に現地召集され、渡辺大佐と自決しようとしたが奇跡的に生き残り、倒れていたところをソ連兵に拘束されて今に至っていた。

「足を怪我しているのか？」

正が尋ねた。

「いえ、大丈夫です……。歩けます……」

幸次の足は、まだケガが治っていなかった。ここで死ぬわけにはいかないという思いだけが、幸次を前へ、前へと突き動かしていたのだ。

正たちが連れて行かれようとしているソ連の捕虜収容所は「ラーゲリ」と呼ばれ、元々はソ連国内の反革命罪等の罪を犯した政治犯罪者や重犯罪者を家族まとめて収容する施設であった。そこに収容された者は過酷な環境に身を置くことで恐怖や疲労に支配され、ソ連の体制に対する恭順な態度を導き出す手段として利用されていたのだった。

ソ連全土には50以上の地方に作業場があり、各ラーゲリには２０００人近くが収容されていた。ラーゲリ内部は木造宿舎が何十棟と並び、周りは高さ3メートル近い塀で囲まれ、堀壁の四隅には高い監視塔が設けられ、脱走者を一人も出さないように工夫されていた。

雪が降る中、その収容所が見えてきた。やっとの思いで到着した日本人捕虜たちは、極度の疲労でその場に座り込んでしまった。

「全員立って整列せよ！」

監視兵は容赦がなく正たちを五列に並ばせた。人数を確認するためである。左から順番に番号を叫ばせ、声が聞こえなければ何度もやり直しを行った。かなりの時間がかかったことに、正たちは戸惑った。五列に並ばせたのは、ソ連の監視兵たちが数えやすいためだが、これは当時のソ連兵には掛け算ができなかったことも関係している。人員点呼が終わっても、さらに三十分ほどは立たされたままであった。早く休憩させてくれと口に出せずに全員が待っていると、空からヘリの音が聞こえ、強風で雪を舞い上げながら颯爽（さっそう）と着陸した。

日本人捕虜全員が身を縮ませ顔をしかめながら、ヘリから降りてくる人物に注目した。マギー少佐だった。満州をいち早く攻撃して、女性や子供、老人を躊躇うことなく次々と殺していった人物だ。マギーは予め置かれていたステージにゆっくり上がると、整列させられている捕虜たちを見下ろすように見渡し終えてから言葉を発した。

「日本人の諸君。少々お待たせしたようだが、私はイルクーツク地方全体の収容所所長となるマギーだ。私はこうしてあなたたちと会えたことを大変嬉しく思っている、今からあなたたちに私から大事なことを伝えたい。今、日本の国内は敗戦で酷く混乱しており、治安は最悪である。食糧難はもちろんのこと、経済や国民の生活も安定していない。そこで全員一度に帰国してもらっても困るということで、日本政府の依頼を受けて半年ほどあなたたちはソ連に滞在してもらい、その後帰国することとなった。あなたたちには生活のために多少の労働もしてもらうようだから、明日からはそのつもりでいてほしい」

一同がマギーの話を聞いて騒めき立つと、ズドーンと空砲が空に向けて何発か放たれた。

「これからは私たちの指示及び命令は絶対である。そのことを決して忘れないようにしてほしい。命令に逆らう者には厳しい処分が与えられることになる。君たちが無事に日本に戻れることを、私は心から願っている。以上だ」

マギーは最後にそう言うと、笑みを浮かべながら再びヘリコプターに乗り込み飛び去っていった。正たちは呆然と見送るしかなかった。そんな中、二宮だけは、この収容所生活がこれから何年も続くであろうことを予測していた。

マギーが飛び去ると、正たちは休息をとることを許された。

各グループに分けられ、ラーゲリの中に入ると、鉄パイプのベッドを自分たちで組み立てさせられ、その日は寝ることとなった。2週間近くも列車の中に詰め込まれていたので正は疲れきった体をすぐ横にしたが、なんだか体がとても痒かった。

目を凝らして見ると、すごい数の南京虫が壁や床、ベッドにへばりついている。

周りの仲間たちは叫び回って南京虫を殺していたが、正は痒さも忘れるほど疲れており、そのまま起き上がらずに体を休ませることにした。

少し考える余裕ができた正は、新京で別れたキヌエたちをふと思い出した。

考えても仕方ないと思ったが、どうしても考えてしまった。父哲郎の威厳、母トシの優しさ、妻キヌエの温もり、息子功一郎の笑顔を頭に思い浮かべたのだ。

キヌエや両親、そして息子の功一郎は無事であろうか。

そしてこのラーゲリでは明日からどのようなことが待っているのだろうか。

そう考えているうちに、極度に疲れていた正は眠ってしまう。

このシベリアに、これから何年間もいることになるなど夢にも思わずに――。


前田キヌエの暮らす集落には、活気が漲(みなぎ)ってきていた。

女性たちが仕入れた大豆で豆腐を作り、もやしを育て、それを露店で売ってはお金に換えることによって、トマトや卵などもたまには口にできるようになっていた。

もやしは、豆を発芽させることによって豆にはない新たな栄養が生み出されるので、今の集落の人たちには欠かせない食料となった。

キヌエの息子・功一郎の顔色も良くなり、体力も付き始めた。栄養失調で亡くなる人は少なくなり、みんなの顔にも少しずつ笑顔が見られるようになっていた。

清水団長は田代と空き部屋を改造して麹室(こうじむろ)を作り、味噌や醤油作りを始めた。

それぞれが責任を持ち、協力し合って、生活は日を追うごとに良くなっていた。

キヌエはこの日、集落の女性たちや功一郎、サキと一緒に、豆腐の加工から出るおからを使っておやつを作っていた。おからに小麦粉を混ぜ、ドーナツ状ににぎり、焼いて食べるのだ。キヌエは子供が喜んで食べられるように考え、いろいろと工夫していた。

「形がうまくいかないな」

功一郎はキヌエの横に座り、笑顔で遊びながらキヌエの料理の手伝いをしていた。

「お母さん、これ見て！　うまくできたでしょ」

サキが嬉しそうにドーナツをキヌエに見せた。この頃からサキは、キヌエを「お母さん」と呼ぶようになっていた。明るい笑顔を見せるようになったサキと、元気になった功一郎。キヌエにとっては新京を南下して以来、何か懐かしさを感じる幸せなひと時であった。

キヌエの目に、足早に歩いていく佐藤の姿が映った。佐藤は大豆を安く譲って大赤字を出していたが、代わりに豆腐や味噌、醤油を売って集落の利益が出れば少しずつ返してもらえるように清水団長と話し合っていた。今はその集金の帰りであったのだ。

「待って、佐藤さん！　この間は本当にありがとうございました。トマトを食べられてみんな、すごく喜んでいたわ」

「ああ……、これはキヌエさんでしたか。とんでもありません、キヌエさんたちのお役に立てたのなら、喜ばしいことですよ……」

前回佐藤は、キヌエと会った時にトマトをねだられ、渋々安い金額で集落に持ってきていたのだった。

「あの……、お願いがあるのだけど」

キヌエが言うと佐藤はドキッとした。今度は何を言い出されるのかと思い、

「ちょっと今日は急いでいますので。昼より打ち合わせがありまして……」

と言って帰ろうとするが、キヌエは佐藤の手を握って、みんなのいる場所に連れていった。

「これ、ドーナツみたいにして食べているのだけれど、砂糖はないでしょうか？　だってドーナツを食べるのに、甘くないと子供たちがかわいそうでしょ？　ね？　佐藤さん」

佐藤は子供たちにもすっかり顔を覚えられていた。皆に取り囲まれた佐藤は、

「そ……そうですね。砂糖はあったほうがいいですよね……」

と言うしかなかった。

「それと、もう一つお願いがあるのだけれど」

「え！　まだあるのですか？」

佐藤は、笑いながらも顔をひきつらせて言うと、

「ニワトリを何羽か欲しいの……。卵は栄養があるから、子供たちに食べさせてあげたいの。お願い！」

「しかし、ニワトリは貴重ですよ……」

「何ですって？」

キヌエは冗談で、凄みを利かせた。

「いや……」

佐藤は、キヌエには何も言えない。そんな会話を聞いていた子供や周りの女性たちは笑っている。

「キヌエさん、あまり佐藤さんをいじめたらだめですよ！」

「ニワトリほしい！」

子供たちははしゃいで佐藤の両手を掴みながら小躍りする。キヌエは、

「ちょっとここで待っていてね」

と佐藤に言うと、自分の家に向かって走っていった。そして、すぐに戻ってきて佐藤に何かを手渡した。それは一本の万年筆で、以前に佐藤がキヌエの露店でじっと見ていた物であった。

「これ、あげるから。じゃあお願いね！」

子供たちが手を叩いて喜んでいる中、佐藤が帰ろうとすると、清水が声を掛けてきた。

「おや、佐藤さん、まだいらっしゃったのですね」

「いやー、今日もキヌエさんに捕まりまして……」

「はは……、それは大変ですね」

「今度は、砂糖とニワトリを持ってきてほしいと、せがまれましたよ」

「そんなに高級で貴重なもの、手に入るのですか？」

「キヌエさんに言われると、できないとも言えないですしね……」

清水もこのようなことに関しては慣れたのか、苦笑いをしながら聞いていた。

「しかしここの集落には、それを買えるお金がないのですが……」

「先ほど、キヌエさんからこれを貰いましたよ」

佐藤は先ほどの万年筆を見せた。

「え！　万年筆ですか？　でもそれだけで、全部買えるのですか？」

清水が尋ねると、佐藤は首を横に振った。

「これ、実は私が昔使っていたのと同じやつでしてね。私が商売を始めた時に買ったのと同じやつなのですよ。それを失くしていたから、これをキヌエさんが以前、露店で売っているのを見かけて、びっくりしたのです。買おうか買うまいかと思い、金額を聞こうとしたら、キヌエさんに何と言われたと思います？」

「んー」

清水が答えられずにいると、

「あんた、買うなら早く買っておくれよ！　と怒鳴られましたよ」

と言いながら大笑いした。

「でも、これを先ほどキヌエさんからあげると言われて手渡された時、実は私、心が震えましてね……。何か商売を始めた時の初心を思い出させてくれるようでした」

「佐藤さん、なんていいお話なのですか……」

涙もろい清水は、目を潤ませた。

「まあ、これで今日のこれも吹っ飛びますけどね」

そう言って佐藤は、清水から集金した金の入っているカバンを見せた。

「佐藤さん、私たちも頑張って一日でも早くお金をお返しできるように頑張りますから、今後とも宜しくお願いします」

「清水さん、頑張って下さい。私も微力ながら応援していますよ！」

こうして二人はその後、奇妙な友情で繋がっていくようになる。

佐藤はこの後すぐ砂糖を、後日にニワトリ4羽と子豚を1頭おまけして集落に送った。

そのお陰で、子供たちは喜んでニワトリや子豚の世話をするようになった。子供たちの笑顔に大人たちは癒やされ、ますます笑顔が絶えない集落になっていった。その光景を見て、キヌエは佐藤には感謝しても感謝しきれないとお礼を述べありがた涙に暮れたのだった。

キヌエが佐藤に手渡したのは、義父哲郎の形見である万年筆だった。

哲郎の万年筆が集落に笑顔をくれたのだから、きっと天国で見守ってくれている哲郎も喜んでいるに違いないと思いながら、キヌエは夜空を見上げていた。

すでに寒い季節になっていた。星が綺麗だった。眩い星が互いに支え合って輝いているように見え、キヌエにはそれが集落の人たちと同じようにも思えた。

口には出さなかったが、日本にはいつ帰れるのだろうかと、キヌエも正と同じような思いをかかえていた。しかし、キヌエの日本への帰還、それはまだ当分先のことになる。

満州で正とキヌエが別れて、１２０日以上の月日が経っていた。キヌエは大切な人たちとの別れや悲しみを乗り越え、そして怒りや喜びなど、さまざまな感情に揺さぶられながらもなんとかここまで生きてくることができた。それは、明日の自分を信じ、必ず生きて日本に帰ろうという思いが光芒となって、キヌエを力強く奮い立たせていたからだった。

「正さん……」

キヌエが夜空を見上げて正の名前を口にすると、漆黒（しっこく）の夜空の中に輝く一条の光が、東の方角に流れるように落ちていった。

それを見たキヌエは、遠い東の空から暗闇を切り裂くように陽が昇ろうとしているのが、はっきりとわかった。正とキヌエが共にその陽を見る時は、一歩ずつだが確実に近づいてきていた。

キヌエはそう思い、大きく息を吸って心を落ち着かせると、功一郎とサキの隣にそっと体を横たわらせ、目を閉じて静かに眠りについた。

赤い大地

—在　天—

関西新聞社の記者上川直樹は、満州を含む中国全体に今も取り残されている２８０万人とも言われる日本人の帰還の時期及び方法を取材して、早期解決を求める社説を書いていた。

海外残留日本人問題

日本が降伏して以降、中国大陸にはなおも２８０万人の日本人が取り残されている。中国地方に残っている軍人は１００万人以上、民間人は50万人である。軍人が多い原因は、最後まで日中戦争が展開されていたためと思われる。満州地方は軍人４万人、民間人は１００万人以上、そのうち20万人は満州開拓者と呼ばれた農民移民者である。満州地方の民間人１００万人に対して軍人が圧倒的に少ないのは、この記事を読むあなた方の判断にお任せする。政府は終戦直後この記事を読んでいるあなた方たちも知っての通り、「できる限り現地に定着」との判断を下した。

日本政府はその理由を以下のように述べた。

『占領下にあった日本は、戦後ほどなく外交機能を停止され、独自で日本人引き揚げを行うことができない。戦争によって財政苦難に陥ったため、引揚者のための膨大な数の船や食料、衣料を用意することが困難である』

それが日本政府の見解であった。

しかし私が思うに、日本人を残留させる方針を採った背景には、「財産の保護」があったと思われる。日本が大陸進出以降設置してきた工場や施設、農地といった「財産」を、日本人残留者に保護させたいというのが、政府の本当の見解だろう。

幸いアメリカ政府の協力により、中国国民政府支配地である地域の日本人の日本帰還が決定したが、今も尚、中国共産党支配地域の満州では何も手が打たれていない。旧満州に今も残る日本人たちのためにも、早急に日本へ帰還できるよう政府の尽力に期待したいものである。


「それを社説に載せるのか？」

記事を書き終えて一息ついていると、上川の後ろでその記事を見ていた宮ノ内が言った。

「ああ……」

「また大神さんと揉めないか？」

「さぁな……」

上川は気にもせず返事しました。

「君、これを大神さんに渡しておいてくれ」

近くにいた女性社員に原稿を渡すと、上川は椅子から立ち上がって屋上への扉を開いた。

空襲後の街を見渡すと、トタン板や廃材で建てられた小屋の中、食事の支度をする時に出たと思われる煙が立ち昇っているのを見ることができた。路上で芋か何かをおいしそうに食べている家族や、商売する人も多く見られる。少しずつだが復興の兆しが感じられた。

後ろから声がした。

「街も随分復興してきたな」

宮ノ内だった。上川は、街の風景に目を奪われたままである。

「日本復興も今からが正念場だな」

宮ノ内がさらにそう言うと、

「今更ながら、日本人の逞(たくま)しさには感服するよ」

と上川は、煙草をふかしながら呟いた。

「なあ上川よ。日本政府は何故今になって、急に引き揚げを中国から開始すると方針を変えたのだろうな」

「アメリカ政府からの圧力だろう。今の日本は、アメリカに従うしか道はないからな」

「たしかに中国国民党にとって日本が財産を残し、それをそのまま利用できるのは、アメリカにとってもプラスだしな」

「それだけではないと俺は思うけどな」

「どういう意味だ？」

「アメリカはまだ日本が怖いのだよ、きっと……」

この時、宮ノ内には上川の言葉の真意が理解できなかった。

日本と中国は日本人を現地に定着させ、日本は上川の社説の通り、財産の確保をそのまま日本人に継続させたかった。そして中国国民党も、日本人の残した財産も人財も流用したかった。そして、アメリカが日本人の帰国に尽力した理由は上川の思った通りだった。それが確信できるのはもっと後になるのだが、当時のアメリカ大統領トルーマンは回顧録で次のように語っている。

『1945年の中国には300万人近い日本人がおり、100万人以上の軍人がいた。我々がこの日本軍を除く措置を講じなければ、日本軍はたとえ敗れても中国を抑えることができた』

関西新聞の社説で上川は、中国に残る日本人は、表面上はアメリカ政府の協力という形で帰国できると書いたが、アメリカの本音は依然として日本は脅威であった。それで日本人の帰国を急がせたのだと上川は見抜いていたのだった。だが、そのことを上川が口にすることはなかった。敗戦国である日本がアメリカの協力を得て中国からの帰国を促したとわかれば、現在満州にいるソ連と共産党支配下の日本人たちの耳に入ることで、帰国できる希望が芽生えると思ったからであった。上川が原稿を渡した女性社員が屋上に来た。

「ここでしたか、上川さん。大神室長が呼んでいますよ」

上川と宮ノ内は顔を見合わせた。

宮ノ内は上川に「あんまり、やり合うなよ」と言い、肩を叩いて戻っていった。

編集室の扉を開けると、室長の大神は煙草をくわえて憮然として椅子に座って待ち構えていた。上川は焦りもせず、ゆっくりと大神の所に向かった。

「大神さん。遅れてすみません。屋上で一服していました」

「上川、先ほど原稿を読ませてもらったよ。そこで、一つ聞きたいことがあるのだが？」

「何でしょうか？」

「『この記事を読むあなた方の判断にお任せする』とは、どういう意味だ？」

「言葉の通りですが」

上川は素っ気なく答え、続けて言った。

「関東軍が一般人を置いて先に逃げたからとは、さすがに書けないでしょう」

「なぁ上川、お前の気持ちは、俺は十分わかっているつもりだ。しかし俺たち新聞社は、公平に物事を見ていかなければならない。満州にいた関東軍の人たちもいろいろとその時の状況や環境で自分たちなりの判断を下していたのではないのか。この文章では、読んだ人の中に『関東軍は全員逃げたのだ』と解釈する者も出てくるかもしれないじゃないか？」

「しかし、開拓者20万人を含め、一般人をほとんど置いていったのは真実ですよ」

「上川よ、それは結果論だ。お前、この記事に私情を挟んではいないだろうな？」

大神が上川に問うと、

「この記事に私の私情は一切ありません。あるのは真実と、私の使命だけです」

と、上川が真っすぐ大神を見て言った後、お互いに目を逸らさずにいると、

「よしわかった、ではこれでいこう」

と大神が矛を収め、記事は掲載されることとなった。

終戦後、東条英機の自殺未遂を発端に、全新聞社が手のひらを返し、元日本帝国軍の将兵たちを紙面で一斉に叩き出した。軍が暴走して招いた結果が今の日本の姿だと書かれている記事を読んで、上川はその変わり身の早さに呆れて言葉が出なかった。そして、こうした時はいつでも後回しにされている民間人の現状をどうにかしたいと思った。中国では残留邦人の日本帰還が始まるが、関東軍から満州に置き去りにされた日本人の帰還は未だに何も進捗がない。関東軍すべての軍人が我先に逃げたとは、上川ももちろん思ってはいなかった。しかし、そのせいで死んでいった日本人が大勢いたのも事実だった。

上川は、今何が大事で、今の自分に何ができるのかを考えた時、大切なのは戦争によって踏みつけられた弱い立場の人たちの痛みや悲しみを知ることだと思った。その時の状況を理解することは、決して簡単なことではないだろう。空襲で家族全員を失った上川も、そんなことは十分わかっていた。自分は死んでいった人たちの心情を受け止めながら戦争の愚かさを伝え、未来を少しでも切り開いていかなければならない。

過去を反省することは、決して後ろ向きの行為ではなく、未来に向けての責任でもあると、上川は自分自身に力強く言い聞かせていたのだ。

日本が敗戦したことにより、中国では再び、毛沢東率いる共産党と蔣介石率いる国民党との内戦が起きていた。中国共産党はソ連が満州侵攻後に連携を取り、旧満州の哈爾浜、長春、広州を拠点としていたのに対し、国民党は上海、重慶、南京などを拠点としてアメリカから軍事的、政治的支援を受けていた。中国共産党八路軍は強力ではなく、アメリカの援助を受けている国民党に対してゲリラ活動を行いながら抵抗していたが、戦況は徐々に悪化していき、周りの人たちを巻き込みながら戦禍は大きくなっていた。

１９４５年が暮れる頃、この内戦停止の任務にアメリカから派遣されたのが、後々「マーシャルプラン」でノーベル平和賞を受賞する、国務長官のジョージ・マーシャルであった。

マーシャルは中国国民から「平和の使徒」と呼ばれてもてはやされたが、中国国民党と中国共産党の狭間で揺り動かされることになる。

国民党と共産党の内戦の影は、前田キヌエたちの集落にも迫っていた。

年明けを通化の下町で迎えていたキヌエたちは、厳しい真冬の寒さの中、一日一日をなんとか生き、帰国命令の出る日をじっと待っていた。本格的な冬の前に女性や子供は草を刈り、捨てられている石炭殻の燃え残りを拾い集め、男性は全員森に行き、木を伐採してかき集め、冬に備えた。しかし、それも毎日全員が使うと日を追うごとに少なくなっていくので、真冬でも女性が落ち枝を拾いに森に出かけることが日常化していた。外は零下20度以下の時もある。火を熾せないということは死を意味する。

キヌエは今日も極寒の雪の中、集落の仲間と二人で落ち枝を拾いに森に出かけ、集落に戻るところだった。

「キヌエさん、ちょっと待って……」

多田真知子が後ろから声を掛けた。

「真知さん、大丈夫かい？　あと少しだから」

「だってキヌエさん、歩くのが速いんだもん」

息を切らせて真知子が言う。

「あとちょっとよ、ほら頑張って！」

この頃になるとキヌエは男勝りの性格もあって集落の女性たちからますます頼られるようになっていたのだ。キヌエは真知子の手を取って肩を貸すようにして集落に戻ると、寒さを凌ぐために固まり、抱き合うように座っている子供たちが見えた。子供たちはキヌエに気づくとすぐに駆け寄ってきて、キヌエと真知子の帰りを喜んだ。キヌエは小さくなりかけた火の中に落ち枝の雪を振り払って入れると、横に置いてある板を団扇代わりにして煽り、火を大きくした。

「キヌエさん、すみません。遅れて足手まといになってしまって」

「大丈夫よ、気にしないで。明日は私一人でも行けるから、無理しないでね」

キヌエたちがそう言って会話をしていると、

「お母ちゃん腹減った！」

と功一郎が言いだした。疲れた素振りも見せずにキヌエが食事の用意にとりかかろうとすると、極寒の中、扉が開いて清水団長が慌ただしく入ってきた。

「キヌエさん、いるかい？」

清水はそう言ってキヌエたちに気づくと、

「ちょっと大人は、こっちに来てくれないか」

と子供たちの耳の届かない所にキヌエたちを手で招いた。

「どうしたのですか？　清水さん」

清水は頭と肩に積もった雪を払い、口籠る。

「いや、実はあまり良くない知らせが入ったので……」

「良くない？　と言うと」

「ここ通化付近で、中国の内戦が起こっているらしい」

「内戦？」

キヌエが不安に駆られて聞くと、

「共通の敵だった日本が降伏したことで、中国の国民党と共産党の内戦が再び始まったみたいだ。ここは、ちょうど二つの勢力地域の境界線辺りだから、今後は内戦の動向を見て、酷くなるようならここをいち早く離れることになるかもしれない」

と清水は伝えた。

「え！　せっかくここの生活も安定しだしたのに……」

真知子は、清水の話を聞いて落胆した。

「その中国の軍人の方たちは、私たちを襲ってきたりするのでしょうか？」

キヌエがそう聞くと、

「ソ連の時のように無差別で虐殺されることはないと思いたいが、他の集落の人の話では、それに似た行為が行われているらしい」

と清水は困惑を見せた。

今でも、ソ連兵がこの集落に来ることはたまにあったが、殺戮や強盗などは殆どなくなり、食事をさせてほしいとか、子供たちにお菓子を配るとか、そういったことだけであった。しかしここ最近、ソ連兵は見なくなっていた。ソ連は中国共産党に満州支配を任せ、徐々に撤退していたのである。一つの不安がなくなると、次の不安が生まれる。キヌエは清水の言葉を聞き、今の自分たちの生活に再び危機が訪れる予感を感じずにはいられなかった。

この後、ある男の行動によって、キヌエたちの集落に危機が及ぶことになる。

――藤田実彦。

鹿児島県の士族出身で、「髭の参謀」と呼ばれた軍人である。司令部を通化に移転していた関東軍が、本国の命令に従って武装解除を進める中、第１２５師団参謀長の藤田実彦大佐は納得せず、「俺は停戦のために軍人になったのではない」と言い残し命令を無視して、仲間や家族と一緒に姿をくらました。

ソ連により満州支配を任された共産党八路軍は、まず通化市の旧満州市役所幹部職員をすべて連行して殺害し、日本人社会の行政機能を奪った。さらに清算運動として、日本人の家宅に侵入しては強奪や強姦を繰り返し、最低限の衣料や食糧確保を嘆願する日本人に没収を見合わせる条件として、共産主義者になる誓約を強制的に要求していった。

共産主義を受け入れる者には特権を与え、同民族間の分断工作を行い、日本人民解放連盟「日解連」の下、次々と日本人を恐怖で縛りながら共産主義に取り込んでいった。

新京から通化に下っていた元南満州鉄道総裁大村卓一も、南満州鉄道総裁であったことを罪状に抑留され、暴行を受けて投獄され獄中死するという事件も起きていた。

こうした事件によって残留日本人たちの怒りが徐々に高まっていく中、藤田は虎視眈々と共産党八路軍に一矢報いる機会を狙っていたのだった。

通化から少し離れた街で邦人民間人に匿われる中、藤田は極秘に国民党現地指導者である孫耕暁と密談を行った。通化を支配下に置きたい中国国民党軍と思惑が一致すると、決起隊を結成して武装蜂起する方針を固めた。

「では、2月3日午前4時に通化市内にある共産党八路軍司令部を、一斉攻撃するという結論でよいですか？」

「我が軍で変電所を占拠して通化市内の電気を2回消し、それを戦闘開始の合図と致しましょう」

そう言って二人は互いに最終確認を行った。

そして2月3日午前4時――、通化市内の電灯が2回点滅したあと、街は暗闇に包まれた。

決起隊は、八路軍司令部と満州宮内庁など、重要人物が収容されている公安局に一気に襲いかかった。しかし決起隊に銃はほとんどなく、武器は日本刀や斧、そしてスコップや棍棒であった。なんと蜂起成功後に敵から武器を奪うという無謀な計画であったのだ。

100名ほどで専員公署めがけて突進したが、待ち構えていた八路軍の機関銃や手榴弾の反撃を食らい、重火器の前に決起隊はあっという間に空しくも全滅してしまった。

決起隊10名ほどで日本人が監禁されている牢屋を目指し、救出しようともしたが、待ち構えていた八路軍によって射殺され、牢屋にいた日本人も全員が射殺された。

八路軍は「日解連」の日本人スパイを国民党に侵入させて各動向を探りつつ、さらに国民党の工作員2名を拉致して、拷問の末に計画の全貌を聞き出していた。決起隊のすべての動向が筒抜けであったのだ。

血に染められた夜が明け旧正月の朝が来た――。この事件は、八路軍に大きな衝撃を与え、もとより日本人に対してくすぶっていた感情は怒りに変わって頂点に達し、日本人弾

圧の口実ができた。八路軍は抗戦派だけではなく、すべての日本人に対して、

「今朝、日本人を主とした反乱軍のために、我が軍は多大なる被害を受けた。16歳から60歳までの日本男子は同胞として、その罪を免れることはできない。今すぐに各兵舎に全員引き立て、処罰せよ」

との命令を発し、仮借（かしゃく）なく復讐することを決めたのだ。

この噂は、すぐキヌエの集落にも届いた。

「大変だ！　今、隣の村に八路軍が来て、男は全員牢屋に連れていかれているそうだ」

「俺たちは何もしていないのに何故だ？」

「わからない。関東軍の残党が八路軍の司令部を襲ったらしい」

「え！　なんてことを……」

この騒ぎを聞いて、集落の仲間が全員集まってきた。

清水団長が声を掛ける。

「皆さん、落ち着いて下さい。女性や子供、年老いた人たちは、各自の家に避難しておいて下さい。ここは危険ですから、八路軍が来ても出てこないようにお願いします」

「捕まったら殺されるのではないか？　集落を捨てて今から逃げてはどうだろうか？」

「いや、どちらにしても今からでは遅すぎます。八路軍が来たら話をしてみましょう」

「しかし、話の通じる相手ではないだろう……」

「とにかく早く家族の避難をさせて下さい。今は、それしかありません」

清水は力強くそう言った。

一刻して、八路軍が集団で集落に到着した。

トラックの荷台には、他の場所から拘束されてきた日本人の男たちが、家畜同様の扱いで荷物を詰め込むように乗せられていた。

八路軍のリーダーらしき人物が、集落に入ってくるなり叫んだ。

「今からこの村にいる男はすべて逮捕する。昨日市内であった反乱軍の残党狩りのためだ！」

清水はそのリーダーらしき人物に向かって、

「待って下さい。私たちは何も関係ないのです、反乱軍に加担した者はここにはいません」

そう言って話しだすと、いきなり後ろから棍棒のようなもので床に叩きのめされた。

「話はすべて取り調べで聞く！　連れていけ！」

清水たち男性は、全員が次々にトラックに乗せられていき、下は15歳くらいの男の子まで連れていかれた。

キヌエが身を隠している家に、八路軍の兵隊がドアを蹴り上げて入ってきた。

まだ17にも満たないような少年の兵はキヌエに銃を向け、じっと睨み、

「ここに男はいないか？」

と迫ってきた。

キヌエが功一郎とサキをしっかり抱いたまま、

「ここには小さい子供たちしかいません……」

と返事をすると、その兵は幼い功一郎を一瞥して振り向き、すぐに出ていった。

「助かった……」

この時キヌエたちは何事もなく無事で終えたが、男たちが拘束されている間、八路軍の兵士の中には住居に押し入り、日本人女性に対して暴行や強姦を行う者も数多くいた。

この時、逮捕された日本人は３０００人を超えていた。

八路軍の収容所に着いた瞬間、清水は言葉を失う。

８畳くらいの牢屋に、１００人以上が強引に詰め込まれていたのだ。清水はすぐに押し込まれ、酸欠状態に陥る。清水の話し合うという考えは甘く、今の八路軍はとても話で解決できる相手ではなかったのだ。そして、共産党八路軍の取り調べは凄惨を極める。それは、「血潮が壁に飛び散り、言語に絶したもの」との証言が残るほどの悲惨な状況であった。連れて行かれた日本人は１００畳ほどの大広間に並んで座らされ、中央に一人ずつ引きずり出されて尋問と拷問を受けていった。

「誰の命令を受けたのだ?」

「私は何も知りません！　通化市内で何があったのかも、私は知らないのです」

どこかの村から連れてこられた日本人男性が言った。しかし、ここでは何を言っても、前に出された者は拷問を受けることとなっていた。容赦なく棍棒やムチで、気絶するまで叩き続けたられた後、その男は起き上がれずに中庭に放り出されてしまう。

次は、15歳のあどけなさが残る少年が正面に引きずり出された。この少年は関東軍の残党に加わり、訳もわからず決起隊として八路軍を攻撃していた。市内に潜んでいた日本兵や血気盛んな若い者たちに脅かされたり騙されたりして、ついつい参加していた者も少なくはなかった。

「武器をどこで手に入れた？」

「いや……、あの……」

その少年が怯えて口籠ると、裸にされた。そして、膝の関節に棒をかまされて拷問が始まる。帯革で背中を何度も何度も叩かれ、棍棒で顔が鮮血で染まるまで殴り続けられた。八路軍の兵が次々と同胞を殴り殺していく光景に全員が恐怖を覚え、自分が前に出されるのを恐れて失禁する者も多数いた。

中庭が日本人の死体の山になると、八路軍は服を全部剥ぎ取り、死体をまとめて川に投げ捨てていった。手を尽くせば蘇生する者もいたにも拘らず、彼らにとって日本人は憎悪の塊でしかなかった。鴨緑江は八路軍に虐殺された数多くの日本人の死体で血の河となる。その死体は夏になっても浮かんだままで、消えることはなかったというほどだ。

悲劇は、あらゆる所で起きていた。ある時、トイレから脱走した者がいて、一緒にトイレについて行ったばかりに協力した疑いがかけられ、その場で射殺された。また、事件の朝、運悪く通化駅に着いたばかりなのにも拘らず八路軍に連れていかれ、拷問を受けて死んでいった。そして、清水団長の詰め込まれた牢獄も凄惨を極めていた。トイレに行くことも許されずにその場で用を足し、「助けてくれ！」と誰かが精神的に追い込まれて異常をきたすと、八路軍はお構いなしに周りの人間を巻き添えにして銃撃した。清水の足元には、血の海ができ、横にいた人物は立ったまま死んでいる。村で一緒に麹室を作り、哲郎と共に警護をしていた田代も流れ弾に当たって絶命していた。清水はこの世の地獄を見ていたのだ。

集落に残されていたキヌエたち女性の多くは広場に集まり、佐藤が来るのを今か今かと待ちわびていた。すると砂煙を立てながら、佐藤が車でやってきた。

キヌエたちは佐藤にすぐ駆け寄る。

「佐藤さん！　大変です！　清水さんたちが八路軍に連れていかれました」

「このままじゃ、みんな殺されてしまいます！　助けてあげて！」

「皆さん落ち着いて下さい！　私も先ほどそのことを聞いて駆けつけてきたのですが、一足遅かったですか……」

「佐藤さんお願い！　清水さんたちを助けてあげて！　あの方たちがいないと、私たちだけじゃ、とてもここでは生きてはいけないの……」

キヌエたちにとって、清水の存在は大きかった。彼の存在なくしては、今までの生活はあり得なかったのだ。キヌエたちは佐藤に縋るしかなかった。

「私もやれることはやってみるつもりです、今から八路軍の収容所に行ってきますので、待っていて下さい」

佐藤は八路軍にもツテはあった。しかし、一人で収容所に乗り込むのは命懸けの行動となる。意を決し佐藤は、八路軍の本部に急いで車で向かった。

——意識を失いかけそうになっている清水は必死に歯を食いしばり、牢獄の中、一人耐えていた。すると、八路軍の兵の呼ぶ声が聞こえてきた。

「清水！　清水という者はいるか？」

「私が、私が清水です……」

清水は、声を振り絞って返事をした。

「お前は今すぐ出ろ！　隊長が呼んでいる！」

「隊長が？」

拷問を受けるのかと思い、清水はふらつく足取りで歩いていったが、ドアを開けると佐藤が待っていた。

「清水さん！　大丈夫ですか？」

佐藤は満身創痍（まんしんそうい）の清水に駆け寄り、抱きかかえた。

「良かった。間に合って本当に良かった……」

奥に座っている八路軍の隊長らしき人物が抱き合う二人をじっと見つめながらこう言った。

「清水とか言ったな。ここにいる佐藤のお陰で、お前は今回釈放されることになった。お前は運がいい。しかし一つだけ言っておく。ここであったことや我々のことは、他人に絶対話してはならない。話したことがわかれば、その時はすぐにお前を再び拘束して死ぬまで拷問するからな。もちろん、お前以外の集落全員、女、子供まで死ぬことになる。それがわかれば行ってよい」

清水はギリギリのところで命拾いした。

佐藤が八路軍上官に直訴して、清水を救ったのである。

しかし、清水が釈放された後も、八路軍の日本人への拷問は3日間続いた。この通化事件での日本人の死者数は2000人を軽く超え、3000人にものぼると言われている。連行された日本人のほとんどが、八路軍の手によって殺されていったのだ。

この事件を起こした主犯の藤田大佐も事件の翌日、民家の天井裏に隠れているのが見つかって八路軍に逮捕され、孫耕暁も日解連のスパイによって事件の前日に捕らえられた。

そして3月上旬、八路軍は通化市内の「玉宝興百貨店」で先の戦勝祝賀を行った。事件に関する命令書や武器を展示し、逮捕した藤田と孫耕暁を3日間、首に罪状を記した札を下げて大衆の前で晒し者にした。

藤田はやせ細っていた。風邪をひき、鼻水を垂らしながら、冷たい目で通り過ぎいく人たちに、

「すみませんでした、許して下さい、自分の不始末で皆様に申し訳ないことをしました」

と、頭を下げて死ぬまで謝罪させられていた。心ある人たちはその姿を見かねて百貨店に背を向けたという。

日本の新聞各社は、藤田を八路軍の日本人に対する虐殺暴行に立ち上がった英雄のように掲載したが、現地の日本人たちの目は冷ややかだった。

集落に戻った清水は、みんなの看護のお陰で徐々に体が回復していた。

「しかし、無事で良かった。清水さん、体はもう大丈夫ですか？」

「ありがとう。皆さんに今回は心配をかけてしまった、本当に申し訳なく思っています」

「田代さんは残念でしたが、他の方たちも元気になってくれて本当に良かったですね」

集落の人たちは喜びを分かち合っていた。そして安心し終えた集落の人たちからは、関東軍に対する不満の言葉が次々と出てきた。

「しかし何故、関東軍は今になってああいったことをしでかしたのだろうか」

「こんな無謀な暴動を起こさなければ、無実の人たちも殺されることはなかったのに……」

「勝てるわけがないのに。冷静に相手の兵力の分析もできなかったのだろうか」

「それも戦争で勝った中国が、記念すべき最初の正月に日本人が暴動を起こしたことで、ますます日本人の印象は悪くなりましたね」

「関東軍の主犯の藤田大佐は、市内で晒し者にされて肺炎で死んだそうです、2週間経った今でも死体はそのまま市内に晒されているとのことです」

集落の人々のそれぞれの思いを聞いていた清水が言った。

「自業自得だろ！　どれだけの人たちに迷惑をかけたのだ！　奴は！」

と、怒りを吐き出すようにある男が言った。

「しかし、無敵とも言われた関東軍の大佐ほどの人の最期がこのようなものかと思うと、なんとも忍びないですね……」

と清水は言った。

全員がその言葉を聞いて黙り込み、清水は続ける。

「私も考えが甘かった。田代さんには申し訳ない……。八路軍と国民党が殺すか殺されるかの戦いをしている今その時に、話してみれば何とかなるかもしれないという考えは、通じるはずもなかった。話をして解決しようとしたこと自体、無謀だったのかもしれない。藤田実彦大佐が八路軍の内戦相手の国民党と手を結んだ。これはそれに対する日本人への報復だったのでしょう。今後はうまく立ち回っていかなければ私たちにもまた害が及ぶかもしれませんね……」

その言葉を聞き、改めて全員がこの大地で生きていくことの難しさを痛感した。

内戦はこの後もずっと続いていた。集落の人たちは佐藤が間で立ち回ってくれたお陰もあり、その戦禍に巻き込まれることはなかった。男性は八路軍の越冬に必要な枕木の運搬や雑務を手伝い、キヌエたち女性は集落で食事の用意や負傷兵の救護、弾薬置き場の整理を行いながら、なおも、この赤い大地で生きていくこととなる。

大東亜戦争が終わっても、満州や朝鮮にいた日本人残留民の引揚者が無事に日本に帰ることは容易ではなかった。通化事件で死んでいった者たちの多くは、渾江の河畔や通化橋のたもとに廃棄物同然に捨てられたという。

その霊は慰められることもなく、浄国に無事に旅立てたのだろうか――。

私たちにそれを知る術はない。

ただ故人たちの死後の平安を祈ると共に、「願わくは在天の霊よ、安らかにあれ」と願わずにはいられないのである。

昨年12月に中国に乗り込んできたアメリカのジョージ・マーシャルは、共産党八路軍と国民党の停戦に尽力していたが、難しい立場に立たされていた。

国民党を支持するアメリカが軍事力と経済力を持って戦えば、満州を八路軍から奪還して、満州に今なお滞在する日本人を帰還させることは可能であった。願わくは国民党が民主主義をもって中国を支配できれば、アメリカにも都合が良いはずであった。

しかし、その手段は取れなかった。その理由はヤルタ会談にまで遡る。

1945年2月、終戦の半年前のことであった。

ソ連領内のクリミア半島ヤルタで開催された会談の出席者は、アメリカ大統領フランクリン・ルーズベルト、イギリス首相ウィンストン・チャーチル、ソ連の最高指導者ヨシフ・スターリンの3人であった。

アメリカはこの頃、日本に対する本土空襲を行っており、降伏させる一歩手前まで追い込んでいた。とどめをさすにはソ連の協力が必要だとルーズベルトは思っていたが、当時のソ連は日本と日ソ不可侵条約を結んでおり、日本に宣戦布告することはできなかった。

アメリカは、ソ連が望んでいた満州の利権や樺太、千島列島の領有化を認めることを約束し、ソ連がドイツを降伏させた後、日本に宣戦布告することが決まった。

そう、ソ連を動かしたのはアメリカだったのだ。

今、ソ連の後ろ盾で動く八路軍を一方的に倒せば、後々ソ連とアメリカの争いに繋がっていくことにもなる。

アメリカは蔣介石率いる国民党に武器弾薬を供給し、その物量の前に八路軍が徐々に後退していくと、マーシャルは通商禁止措置を行い、国民党に武器弾薬を供給するのを抑えた。国民党が内戦に勝つことも負けることも許さなかったのだ。そしてマーシャルは、両軍の戦場での形勢を見極めながら停戦の機会を探っていたのであった。

当初からアメリカは国民党を内戦の勝利へと導くつもりはなかった。そして、ヤルタ会談で満州における中国の利権がすべてソ連に引き継がれることが決まっているのを知らされていなかった蔣介石率いる国民党軍は、後に共産八路軍に敗れて台湾に逃げ、そこで中華民国を存続させることとなる。

1946年5月11日、遂にマーシャルは停戦工作に成功した。

満州に滞在する残留日本人を帰還させるには、少なくとも二つの湾港が必要であった。

書　名				
お買上 書　店	都道 府県	市区 郡	書店名	書店
			ご購入日	年　月　日

本書をどこでお知りになりましたか?
1.書店店頭　2.知人にすすめられて　3.インターネット(サイト名　　　　　　)
4.DMハガキ　5.広告、記事を見て(新聞、雑誌名　　　　　　)

上の質問に関連して、ご購入の決め手となったのは?
1.タイトル　2.著者　3.内容　4.カバーデザイン　5.帯
その他ご自由にお書きください。
(　　　　　　)

本書についてのご意見、ご感想をお聞かせください。
①内容について

②カバー、タイトル、帯について

弊社Webサイトからもご意見、ご感想をお寄せいただけます。

ご協力ありがとうございました。
※お寄せいただいたご意見、ご感想は新聞広告等で匿名にて使わせていただくことがあります。
※お客様の個人情報は、小社からの連絡のみに使用します。社外に提供することは一切ありません。

郵便はがき

差出有効期間
2022年7月
31日まで
(切手不要)

1 6 0-8 7 9 1

1 4 1

東京都新宿区新宿1－10－1

(株)文芸社

愛読者カード係 行

ふりがな お名前		明治　大正 昭和　平成　年生　歳
ふりがな ご住所	□□□-□□□□	性別 男・女
お電話 番　号	(書籍ご注文の際に必要です)	ご職業	
E-mail		
ご購読雑誌(複数可)		ご購読新聞 新聞

最近読んでおもしろかった本や今後、とりあげてほしいテーマをお教えください。

ご自分の研究成果や経験、お考え等を出版してみたいというお気持ちはありますか。

ある　　ない　　内容・テーマ(　　　　　　　　　　　　　　)

現在完成した作品をお持ちですか。

ある　　ない　　ジャンル・原稿量(　　　　　　　　　　　　　　)

葫蘆島と大連である。しかし、この地域はソ連と中国共産党の支配地域であり、内戦を一時停止することでしか満州にいる日本人避難民を帰国させる手立てはなかったのだ。

マーシャルは「在満日本人の本国に関する協定」をアメリカ、国民党、共産党八路軍によって締結し、ようやく葫蘆島を確保したのであった。

それは満州の人たちに日本への帰還の道が開かれたことを意味し、ここから１００万人以上の日本人が帰国することになる。

帰国できる人数は月５万人と協定で決められ、全員が帰国できるまで２年もの歳月が必要となったが、キヌエたちが日本に帰国する道が遂に開けた瞬間でもあった。

シベリア抑留

―確　信―

ソ連軍が「ヤボンスキー・スコーラ・ダモイ（一生懸命働けば早く日本へ帰す）」と言って抑留者を騙し続け、前田正たちがシベリアに抑留されてから2年近くの月日が流れていた。

抑留者は零下30度以下の極寒の中で過酷な重労働を強いられ、まともな食事も取れずに飢えてゆき次々と倒れていった。

この地獄の苦しみから逃れるために首をくくって自殺した者。空腹のあまり湿原に茂っていた野草を食べて毒死した者。そして前日に故郷を偲(しの)んで語り合っていた戦友が翌朝目を覚ますと隣で死んでいたことも多々あった。

正は、収容所で炊事配膳係をしていた。炊事配膳係には負傷者が多くいたが、関東軍で炊事担当をしていた正は、責任者として抑留者の朝夜の食事の用意を任されていた。そして昼は薪割りや抑留所内での水汲み等の運搬作業を行いつつ、抑留所内で死亡者が出ると指定の場所に穴を掘って遺体を埋葬する作業も行っていた。

シベリアの大地で穴を掘るのは大変な作業で、凍土のため、ツルハシで地面を叩くと鉄板のように固く、火花を散らして跳ね返ってくる。地面で火を熾して表土を溶かしながら土を取り除いていくが、1尺を掘るのに4時間ほどを要した。浅い穴に仲間の遺体を埋葬し、雪を被せる。そうやって仲間たちがシベリアの土に還っていく姿を、正は目に焼きつけてきたのだった。さまざまな思いを胸に無念の死を遂げた仲間たちの墓標は、すでにこの収容所だけでも400基にものぼっていた。

1メートル先も見えないシベリア極寒の吹雪の中、正は一歩一歩足元を確かめるようにして一人で歩いていた。シベリアの酷寒は、髪の毛や鼻毛、まつ毛はもちろん、体全体も凍りつくほどの寒さで、それは寒いと言うより痛いという表現のほうが当てはまる。

正は朝4時に起床し、朝食のスープを温めるのに使う落ち枝を収集するために森の中にいたのだった。凍りつく手で雪を掻き分けて落ち枝を拾えるだけ拾い、背中に担いだバッグに落ち枝を押し込むと、急ぎ足で抑留所に引き帰した。

抑留所入り口には、自動小銃を持ったアンドレが立っていた。

「早かったな」

アンドレが声を掛けてきた。

「昨晩薪を使いすぎてね。もう少し欲しかったけど、また昼にでも行くつもりだよ」

正が白い息を吐きながら言うと、

「今日は一日吹雪で大変だぞ、明日にしたほうがいい」

と言って、アンドレは門を開いて正を通した。

アンドレが惹かれるほどの人柄である正は、今では落ち枝の収集の時のみだが、一人でラーゲリの門から外に出ることが特別に許されていた。

厨房に戻った正は、早速凍ったキャベツを取り出し、腐った部分を取り除く作業に取りかかった。と言っても、腐った部分を捨てると半分ほどになってしまうので、腐ったキャベツを水に浸して凍えそうになる手で必死にかき回しながら洗い、一切れでも多く食べられるようにした。そして600人分のスープを作るために何個も並べられている直径3尺ほどの釜に水を入れると、先ほど拾ってきた落ち枝で火を熾し、顔を火にゆっくり寄せて目を瞑った。正はこのひと時だけ、火の温もりをゆっくりと肌で感じることができたのだ。

シベリアの環境下の炎はあまりの寒さに赤く燃えることはなく、ゆらりと青く燃え上がる。それを見つめながら、やりきれない気持ちになった。毎日、食事はキャベツのスープと一人150グラムほどの黒パンである。昨夜はキャベツ以外に、牛の頭が食材として与えられた。肉が腐りかけていて火をよく通して焼いたため、薪を使いすぎたのだった。

抑留所で与えられている食事は、日中重労働の作業をしている仲間たちにとって、食事とは思えない物だった。量も少なく、仲間たちが日に日にやせ細っていく姿を見ている正は心苦しかった。全員ここで死ぬまで働かされて、生きて日本に帰れないのではないだろうか。正はそう思うことが多くなっていた。

ここに来た時には1000人ほどいた仲間たちのうち、冬に300人近くが命を落としていた。実際、シベリアに抑留された人たちで最初の冬を越せなかった者は、全体の32パーセントとも言われている。特に正は、死ぬ間際に絞り出すような声で「お母さん」と言いながら死んでいった若い少年兵を今でも忘れることができず、ふと思い出すことがあった。そう、シベリアの初めての冬は、日本人たちにとって想像を絶していた。

シベリアは夏が短く冬は長い。

正たちがこのラーゲリに収容されてまず驚いたのは、その寒さである。零下20度は満州でも経験していたが、零下30度、零下40度などは経験したことがない。本格的な冬になると、場所によっては零下50度に下がる所もあるという。それは想像もつかない寒さであり、暖かい場所で育ち、寒さに弱い者が多い日本人の体にかかる負担は凄まじい。正はラーゲリに来て、外でソ連の子供たちが裸で元気に遊んでいるのを見かけた時に目を疑った。

その光景を見ていると、ドイツやナポレオンがロシア軍に敗北した理由がわかる気がした。

ソ連軍は、シベリアで日本人収容者をさまざまな作業に当たらせた。抑留者たちは監視兵の下、線路敷設に伴う鉄道作業や土木及び建築作業、炭鉱や鉱山での採掘作業、そして森林奥地での伐採作業などのグループに分けられ、強制的に働かされていた。慣れない作業を押し付けられた抑留者たちは1日の作業を極寒の中で行い、やっとの思いでやり終えると眠りにつけるのだが、毎朝のソ連兵の鳴らす鐘の音が抑留者たちを憂鬱（ゆううつ）にさせていた。

採掘場で目がうつろになりながらも、必死に作業をする人物がいた。

18歳のまだあどけなさが残る君野和利は、終戦の年の4月に満州の孫呉（そんご）鉄路警護団附警察兼警備隊に新人として補せられたばかりであった。

君野は父を早くに亡くし、母に育てられた。君野が鉄警に就職したことを、母はとても喜んでくれた。これからは母に沢山親孝行できると思っていた。だが、入隊して半年もせずに状況は変わった。

終戦間近のソ連侵攻をニュースで知った君野が、飛行機の急降下爆音を聞いて空を見上げると、紛れもなくソ連の偵察機であることがわかった。独り身の母を心配しつつも、君野が急いで団に駆けつけると、上官から、

「鉄警本来の任務を遂行せねばならないが、地区駐屯司令官の指揮下に入って行動せよ」

との命令を受けた。

君野は孫呉南方付近にすぐ移動し、避難する日本人の南下並びに鉄道保全に万全を期した。しかしソ連軍の激しい銃撃を受け、機関車は機関部を撃ち抜かれて立ち往生し、客車は脱線転覆して残骸を曝（さら）すなど、策を施（ほどこ）す術（すべ）とてないような状況となった。

君野はこの時、最終列車に乗れなかった多くの女性や子供たちの姿を見かけた。子連れの若い母親や、自分の母親と同じくらいの年齢の女性が一人で荷物を背負い、よろめきな

がら線路の上を歩く姿を見て、助けてあげたいと思ったが、どうすることもできなかった。何のための、誰のための鉄警なのだろうかと思いながら、見送ることしかできなかったのだ。

その後、線路伝いに歩いて南下していったほとんどの人たちは、消息不明となる。

ソ連の空襲は激しさを増し、身を潜める民家も危うくなって逃げ場を失った。上官である梶原盛蔵大尉がゲリラ戦の戦訓を生かし、山に入ってゲリラ戦を行いつつ敵の進撃を阻止すると言った。その時、君野が、

「母を捜しに行ってもよろしいでしょうか」

と、打診すると、

「貴様、敵前逃亡は銃殺刑だぞ！　戯言を言うな！」

と何発も殴られ激しく叱責された。

結局、ゲリラ戦を行って山に籠（こも）るも、ソ連軍に包囲されて多数の死者を出した。君野は上官共々身柄を確保され、母の消息もわからないまま今に至っていた。

君野はシベリアに抑留されると、第２級炭鉱労働を課された。収容所から５キロメートルほど歩くと、待ち構えていたかのように不気味に佇（たたず）むトンネルに辿り着く。じめじめした真っ暗な坑道を１００メートルほど歩いて炭層に辿り着くと、１本のツルハシをソ連兵から与えられて採炭作業を行わされた。リスタークと言って電動式の丈夫な鉄板の箱に石炭を入れていくのだが、１箱入れ終えると次のリスタークが回ってくる。少しでも遅れる

と、監視兵が容赦なくムチを飛ばした。地下水が滝のように流れ出てくることもあり、ずぶ濡れになって体温を奪われながら、作業を行わなければならない時もあった。

　この採掘作業は、シベリア抑留者への強制労働の中でも特に過酷な作業であったため、怪我をしたり病気になったりする者が多く、「死の穴倉」と呼ばれていた。

「大丈夫か？　君野」

　同じ採掘班の男が声を掛けてきた。竹田登だった。

「はい……」

　よろめく体で君野は返事するのがやっとであった。

「お前、熱でもあるのではないか？」

　君野の姿を見て、竹田は只事ではないと思った。顔は真っ黒で、ふらつきながらも目だけが異様に白く、不気味にぎらついていた。

　明日は2ヵ月に1回の定期健診があることを聞いていた君野は、今日一日なんとか頑張れば、別の作業場に移動できると思い必死に働いていたのだった。

　昼休みになると作業者たちは落ち枝を集めて火を熾し、昼食の冷めたスープを温めながら暖を取った。竹田は採掘班長で上官である梶原大尉に君野の異常を訴えたが、聞き入れてもらえなかった。

　一人が作業を怠ると、周りの人がその分まで働かなくてはならないからだ。

「竹田よ、お前も他人の心配をする暇があるのなら、自分の心配をすることだな」

と言われた。すでに沢山の死傷者を出している抑留生活の中、他人のことを構っている余裕など、誰もがなくなっていた。

翌朝、定期健診が行われた。ソ連の女医ジェンは身長180センチを超え、体重は70キロと日本男子より大きく貫録があった。裸で立たされた抑留者たちは、恥ずかしいというよりも捕虜の身の情けなさに涙が出る思いであった。身体検査と言っても、聴診器も血圧計もない。ただ見るだけで、肉体労働に耐え得るかどうかの判断であった。ジェンは抑留者を裸にさせて尻の肉を強く引っ張り、その伸び具合と復元速度で体力を計り、傷病の状態は関係なく1級から4級までに抑留者を分けていった。1級、2級は重労働、3級は軽作業に回される。4級は自分で歩くことができない者たちである。

「働かざるもの食うべからず」の考えの下、食事量も労働の種類によって変わる。飢えた日本人を食べ物で釣って過重な労働をさせることはソ連の巧妙な狙いでもあった。ほとんどの者が1級や2級と言われて肩を落としていく中、君野の番になった。

君野が後ろを向き背中を見せると、ジェンは君野の尻の肉を強く引っ張った。

ジェンは「2級」と軽く言い放った。

たった8秒の出来事であった。

「そんな……」

言い与えられた結果に屈する抑留者の悲哀(ひあい)を、君野は感じた。反論するとたちまち横に立っているソ連軍の監視兵から拷問を受け、酷い時には独房に入れられることもあった。

君野はこれ以上、体は動かないと思い、独房に入ったほうがましだとも思ったが、独房に入ると死ぬまで放置された者もいたと聞いていたので、何も言わずにその場を立ち去った。

部屋に戻って体を横にすると、立ち上がることができなかった。

同じ部屋の仲間たちが心配してくれても、言葉を返す気力がなかった。採掘作業は3交替制で朝8時から夕方4時、夕方4時から深夜0時、深夜0時から午前8時の三つに分けられていた。君野の今度の作業は深夜0時からだったので、夜9時には叩き起こされることになる。体が重い。頭もガンガンする。咳が止まらず喉が詰まり、痰を吐くと血が混じっていた。食欲もなかったので夜食を取らずに体を休ませていたが、その間に自分の夜食は仲間たちが食べてしまった。君野は横たわりながら独り身の母が今どこで何をしているのだろうかと思い、心配でたまらなかったが、母に会えずに自分は死ぬのだろうかとこの時から思い始めていた。

翌朝、外は吹雪いていたが、正は薪割りをしていた。食事に使う薪も沢山いるのだが、全員が暖を取るために使う薪は、さらに大量に必要なのだ。正が黙々と必死に作業をしていると、門が開いて抑留者の仲間たちが慌てて入ってきた。竹田たちだった。何事かと正が駆けつけると、棒担架に載せられた血まみれの君野が苦しそうにもがいていた。

「一体どうしたのだ?」

正が尋ねると竹田が、

「おお、前田か。採掘現場の発破で君野が逃げ遅れてしまい、大怪我を負ったので運んできたのだ！」

　と言いながら、急いで医務室に駆け込んでいった。

　発破とは、採掘現場で穴倉の壁に爆薬を仕掛けて爆破させる作業である。発破でできた空間の天井と壁に丸太や板で土留めをしながら、掘り進んでいく。思いがけない落石や大量の水が流れ出てくることもある危険な作業であり、逃げ遅れて命を落とした者たちも少なくなかった。

　大怪我を負った君野は４級とされ、抑留所内の病院に入院することとなった。

　院内は大きい部屋と小さい部屋に分けられており、君野は診察後に小さい部屋に回された。病院と言ってもベッドが並べてあるだけである。ここで体を回復させて普段の作業に戻るのだが、ここに来る者たちの多くはぎりぎりまで働かされていた重傷者や大病者がほとんどであり、３人に２人が死亡するという有り様であった。

　君野は落石で体全体に強い衝撃を受け、足と腕を何ヵ所も骨折していた。その上、熱も40度を超えており、体力がなくなっていた君野の体は悲鳴を上げていたのだ。

　君野がベッドで寝ていると、隣の男が声を掛けてきた。

「落石事故とは災難だったな……」

　男の名は東一郎。60歳であった。返事をする気力のない君野は寝返りを打って東を見たが、東自身の顔色もどす黒く、かなり具合が悪そうである。

「これ、わしの昨晩の食事のパンだよ、良かったら食べておくれ……」

力のない声でそう言って、君野に震える手でそっと自分の食料のパンを渡してきたが、君野自身も食欲は無かった。

「あ、ありがとうございます、でも、あなたも食べないと……、顔色が悪いですよ」

「あなたは若いから、いくら食べても物足りないでしょう。私はいいのですよ……」

君野には、そう言う東が年齢的にも死んだ父の面影と重なった。

この人は何の病気なのだろうか。助かるのだろうか。

自分の命も明日どうなるかわからない状況だったが、何故か君野は東を案じた。

東と話していると、ドアが開いて配膳班が入ってきた。正だった。

正は朝と夜は収容者の食事の用意で多忙だが、昼は病院で入院している人たちに昼食を持ってきていたのだった。東が自分のパンを君野に渡しているのを見た正は、

「東さん、食べてないじゃないか。きちんと食事しないと、体は良くならないよ」

そう言って、昼食である少しのパンとスープを東の横に置いた。

「前田さん、私はもう助からないよ。自分でもわかっている。この昼食も彼にあげて下さい。若い彼には、頑張って元気になってもらわないと」

「そんな弱気なことは言わずに、頑張って下さい。家族が待っているのでしょう?」

そう言って正は東を励ましながら、何故か胸に込み上げてくるものを感じていた。正は食事を持ってくるたびに、東から家族の思い出話をいろいろと聞いていた。目を潤ませながら渡満した頃の話をする東が印象的であった。そして今この時でも、東は病の中で食べ

なければ良くならないとわかっていながらも、君野を励まし、食事を譲っている。そんな東の姿は、地獄のような抑留生活の中で正が見ることのできた、小さな良心の灯でもあった。

正は君野の横にも食事を置き、話しかけた。

「君野君、体は大丈夫かい？」

「ええ……なんとか」

力なく返事をする君野を見て、正はたまらなくなる。頬はこけ、顔はげっそりしている。手と足は骨と皮だけのようなのにも拘らず、尻の肉付きだけで2級と判断された。

衰弱した体で採掘現場に追いやられ、ふらつく体を必死に支えながら作業をしていたのだろう。そんな体では、発破で逃げ遅れるのもわかりきっているではないか。正は強くそう思った。病院に食事を持ってくるたびに、気力も体力もすべて奪われた姿で運ばれてくる者たちを見てきた。目には力がなく、体は衰弱しており、あとは死を待つだけといった者が多い。まだ幼さが残る君野を見て、正は、

「しっかり食べて、体をゆっくり回復させるのだ。いいね」

と励ましたが、君野は小さく頷くだけであった。

病室を出た正は、医務室に向かった。正が扉を開けると、女医のジェンがテーブルで事務仕事をしていた。

すると、ジェンの部屋にいた監視兵のアンドレが銃を正に向け、

「貴様、何をしに来た?」

と威嚇してきた。ジェンは正を見て少し驚いた様子であったが、椅子から立ち上がると
アンドレの銃を手で制した。

「あら前田じゃない。ノックもしないで、一体何事なの?」

「ジェンさん、仕事中にいきなり申し訳ない。一昨日の定期健診の件ですが、明らかに体調が悪いのに2級と診断され、次の日、採掘現場で大怪我を負って入院している者がいるのです。ジェンさんも一人で600人もの数の診察は大変だと思いますが、もう少しどうにかならないのでしょうか」

正は君野を見て、居ても立ってもいられずジェンの元に来たのだった。

「あら、あなたは私の仕事に文句をつけに来たの?」

「ジェンさんの仕事に、文句をつけに来たのではないのです。ただ、抑留者のお尻の肉を触るだけでは、本人の体調はわからないでしょう。せめて体温を測るとか、もっと詳しく診察できないのでしょうか」

「以前までは体温は測っていたわよ。ただ、体温計をあらかじめ温めて39度と嘘をついている者が多数いたので、私は人数も人数だから、今は目視で外観検査をしているの。それにあなたは、多分君野のことを言っていると思うのだけど、あの人は残念だけどもう助からないわよ」

「え……」

正はジェンの言葉を聞いて絶句した。

「さっき検診したら、結核を発症していて急性肺炎を起こしていたわ。結核は空気感染するから、あなたもあまり近寄ると感染するわよ」

ジェンはそう言うと机のほうに向き直って、再び自分の仕事に取り掛かった。

抑留所内の大きい病室は、主に発疹チフスや赤痢、凍傷等で足や手を切断してしまった人たち用に、そして小さい病室は、結核症状のある人たちの隔離部屋として使われていたのだった。

この時代、結核は「不治の病」として恐れられていた。

結核とは、空気中の結核菌が体内に入り、さまざまな部位を病巣として体内で増殖する病気である。特に栄養状態が悪いと発症のリスクが高くなり、シベリアの過酷な労働下では、結核の発症が収容所内で相次いだ。

初めは微熱や咳き込み等、風邪と似た症状のために結核であるということを自覚しにくく、さらには発症まで数ヵ月から年単位の潜伏期間があるため、結核にかかっていてもすぐにはわからない場合が多い。

本人はもちろん、医者でも見逃す可能性があった。

結核は非常に強い感染力を持ち、空気感染をする。このため、一人が結核菌に感染して咳で菌を排出してしまうと、同じ部屋にいるほとんどの人が感染すると考えられる。そのために感染者を早期に隔離する必要があったのだ。

ただし、実際に結核を発症するのは、感染した10人に1人くらいと、ごくわずかであった。

次の日の昼、正は再び病院に食事を運びに行った。

すると、隔離室の入り口に監視兵のアンドレがいた。

「前田じゃないか、ここに食事を持ってきたのか?」

「そうだ」

正が強い口調で言うと、

「昨日のジェンの言うことを聞いていなかったのか? ここは結核患者の入院室で、お前も感染する危険性があるのだぞ」

と言った。

「ここが隔離部屋だってことは、薄々わかっていたよ。でも、今の自分には関係のないことだ。食事を置けばすぐに出るから、通してくれないか」

アンドレは驚いた。前田という男は、なんとなくわかっていて、今までも何度も自ら足を運んできていたのかと。アンドレは外での門番だけでなく、昼間や夕方は収容所内の各場所に監視兵として配置されていたが、隔離室だけは結核感染のリスクがあるので近寄るのを嫌がっていたのだ。

アンドレは大きい布切れを取り出し、正に差し出した。

「これでせめて鼻と口を覆って入るのだ。お前が感染すれば、他の仲間たちも困るだろう、少しは自分の身を案じろ」

正は不意にも思えたアンドレの行為に少し戸惑ったが、感謝して布切れで顔を覆い、隔離室に入った。

中に入った瞬間、君野の隣のベッドが空いていることに気づいた。

東は亡くなって遺体安置所に運ばれたらしい。

そして君野はすでに危篤状態で、今夜を越すことは難しいとも聞いた。

正は君野のベッドの横に立って、声を掛けたが、君野からの返事を聞くことはできなかった。君野は、苦しそうに呻き声を出すのが精一杯だったのだ。君野が何か言いたそうにしていたので、正が顔を覆っていた布切れを外して耳を近寄せた。

「お母さん……」

と、君野はたしかにそう言っていた。

満州で終戦直前に別れた母を思い出しているのだろう。きっと母は生きていると信じ、母を一人残してこんな所で死ぬわけにはいかないと思っているのだろう。

東に続き、君野もまた死の底へと落ちていこうとしている。

君野の目から一筋の涙が流れ頬を伝った――。

どうすることもできない正は、押し寄せる思いを必死に抑えながら、震える手で君野のベッドの横にパンとスープを置いて静かに部屋を出ていった。

二日後の夕方、正は遺体安置所に安置されている凍りついた東と君野の遺体から服を脱がせた。せめて服を着せて埋葬してやりたかったが、衣服や靴は貴重であるため、死亡者は裸で埋葬すると決められていたのだ。この作業が正には一番辛かった。

正は、仲間たちと3人で遺体を指定の場所に運び、穴を掘った。

ツルハシで凍土を叩くとギャーン、ギャーンと鳴り響き、何度もその音を聞いていると、死んでいった者たちの行き場のない悲しい叫び声を聞いているように思えた。

穴を掘り終えた正はせめて二人の顔に土がかからないようにと思い、白い布を被せてからゆっくりと土をかけて埋めてあげた。日が沈む中、埋葬が終わると正たちは目を瞑り、手を合わせて3分ほど祈りを捧げた。

抑留されてから1年間に、正は何人もの死んでいった仲間たちを見てきた。それは辛いと言うよりも痛いという感覚であった。家族に会えずに死んだ東と君野の胸中と、二人の帰りを待っている家族の気持ちを思えば思うほど、正の心には大きい波が痛みを伴って押し寄せてくる。正の心は、それに耐えきれず呑み込まれそうになっていた。

正はわかっていたのだ。

東や君野が助からないということを——。

正自身が心身共に麻痺していく中、東が死ぬ間際まで君野に対して見せた良心だけが、今の正の心を救ってくれていたのかもしれない。

夜の帳（とばり）に包まれ、正は白い輝きを見つけた。

しばらくの間、目を奪われていると白い輝きは徐々に緑色に変わっていき、カーテンのような形をしたオーロラとなって、その幻想的な姿でシベリアの夜空を埋めていった。

それを見て正は、人間にとって一番尊（とうと）いことは、自分を犠牲にして人のため、世の中のために尽くすことだと、確信した。

シベリア抑留

―民主運動―

「前田さん」

君野と東のことを思い出していた正が振り返ると、秋山幸次が足を引きずりながら入ってきた。

幸次は怪我人であり、正と一緒の炊事配膳担当であった。

「前田さん、今日も朝早く落ち枝を取りに行かれていたのですか？　言って頂ければ、私が取りに行きますのに……」

幸次は申し訳なさそうに言ったが、

「いいのだよ、日課みたいなものだから」

と言われて幸次は畏（かしこ）まったが、正の様子がいつもと違ったので、

「何かあったのですか？」

と尋ねた。

「いや、何でもないよ。それより、もうすぐ朝食の時間でみんな起きてくるから、用意にかかろう」

そう言って正は作業にとりかかった。正は幸次から北方での農民開拓団のこと、東寧に召集された同胞は自決して自分だけ生き残ったことなどの話を聞いていたので優しく接し、幸次も誠実な性格の正を慕い、二人はシベリアで親交を日毎に深め合っていた。

食事を作り終えて6時になると、起床の合図である地獄の鐘がギャーン、ギャーンと何度も鳴らされ、日本抑留者の仲間たちが入ってきた。正の幼馴染みである梨川順次の姿も見えた。

「おはよう、正」

「やあ、順次」

二人の挨拶は、こんな時でも昔と変わらず気さくなものであった。順次は、抑留生活の中でも周りに明るく振る舞っていた。しかし順次自身も、極寒の地での作業やこの環境で疲労していることに変わりはなかった。

「正よ、たまには別の料理を食べさせてくれよ」

と冗談っぽく順次が言う。

「先日も門番のアンドレを通して、マギー所長に違う食材を入れてもらえるようにお願いしたんだが、まだ返事がないんだ。もう少し辛抱してくれ」

この頃になると、収容所内では生活改善の声や健康問題が議論されるようになっていた。

正は抑留者たちの栄養失調問題の改善を挙げ、今とは違う食材を与えてもらえるように改善していこうとしていたのだ。

正はそう言うと、食事を受け取るために整列している仲間たちの浅い皿に、1杯ずつキャベツスープを注いでいった。

正の横では幸次が、3キログラムの黒パンを150グラムほどに20等分し、仲間たち一人ひとりに配っていた。「もうちょっとくれよ」と言う者もいれば、力なく眠たげな目をして受け取る者もいる。以前はパンの切り方一つで喧嘩が起こったこともあった。井本が幸次のパンの切り方に文句をつけると、たちまち他の仲間たちも騒ぎ出し、配膳係の者たちを殴りつけたのだ。この時は、騒ぎを止めようとした正までもが殴られて怪我を負う始末だった。

食事中でもソ連の警備兵たちが横で目を光らせながら立っているので、食堂で喧嘩をした井本たちが独房に1週間ほど入れられて騒ぎは収まったのだが、それ以来抑留所内の警備はさらに厳重になっていた。井本はシベリアに来てから一層粗暴になり、収容生活でも暴言や勝手な単独行動が目立つようになって、独房入りを繰り返し、ソ連の監視兵から目を付けられていたのだ。配膳を終えて仲間たちが食事を終わるのを正たちが立って待っていると、食事を終えた井本が、

「前田はいいよな、朝夜の食事だけを作っていれば一日過ごせるからな。楽でいいだろ？」

と不満げに、正に辛く当たるように言い放った。正は井本には何も答えず、ただ黙って

いた。ここ最近の正や順次に対する井本の口調は、日を増して尊大になっていた。周りの仲間たちはなるべく井本には関わりたくなかったので、井本の言葉を聞いても聞かぬふりをしていたが、順次は違った。スープを飲み終えて井本を見ると、

「おい井本、お前は本当にそう思って言っているのか？」

と言った。すると井本は順次を睨みつけ、

「梨川よ、俺たちは毎日馬車馬のように働かされているのに、何故前田たちだけが楽をできるのだ。こいつらは日本人の恥だ！　女がやるようなことをしている。おまけにあいつらだけが火に当たれるとはどういうことなのだ！」

　井本は悪びれずに言った。

　基本、収容者が火に当たれる機会は少なかった。作業中も休憩時間だけに限られており、井本に限らず収容者の心は寒さと飢えで荒んでいたのだった。

「井本よ、もう少し仲間を敬（うやま）えよ。こうやって俺たちに毎朝毎晩、温かい食事を作るために正は朝4時に起きて落ち枝を拾いに行ってくれたり、昼には死んだ仲間たちを埋葬したりしてくれて、やっていることは大変だぞ。人のやることをそう卑下してはいけないだろう。炊事担当が楽と思うなら、お前が正と交代してやってみろよ」

　順次が井本に叱りつけるように言ったが、

「お前は相変わらず正義の味方だな。でも俺は、そんな女がやるようなことはやるわけにはいかないな。それに死んだ奴を埋葬するのが大変だというのなら、お前が埋葬される時

は前田にやってもらい、あの世で労ってやるのだな！　前田も喜ぶだろうよ」

井本は吐き捨てるように言い返した。順次は、たまりかねて立ち上がった。

「貴様！　いい加減にしろ！」

二人が取っ組み合いの喧嘩になりそうになると、監視兵の二人が駆け寄ってきた。

その時、後ろのほうから声がした。

「やめるのだ！　お前たち」

二宮であった。

「こんな時に仲間同士でいがみ合ってどうなるのだ」

二宮が制したことで二人はなんとか収まったが、この時には二宮の体は連日の重労働でやせ細って、少量の食事のために栄養失調となり、戦争時の勇ましかった姿ではすでになくなっていた。二宮は食事を静かに終えてゆっくり立ち上がり、正に向かって言った。

「前田よ、いつも温かい食事をありがとう」

そう言って扉を開け、作業場に向かった。正は日を追うごとにやせ細り、弱々しくなる二宮を見ていると、心配でたまらなくなった。正が順次に、

「二宮さん、体は大丈夫なのか？」

と聞くと、順次は誰にも聞こえないように正の耳元でそっと、

「二宮さんと同じ班の奴らに聞いたのだが、作業場で民主運動の奴らからかなり過酷な作業を押しつけられているらしい、俺が一緒ならそうはさせないのだが……」

と言って足早に出ていった。

正は順次の言葉を聞いて、民主運動の中心にいる難波明夫という男が真っ先に頭に浮かんだ。抑留者たちには予想すらできない出来事が次々と起こっていたのだ。


この頃になると、収容所内では民主運動が活発になっていた。

シベリアでは極寒や飢餓、過酷な労働の他に民主運動の名の下、ソ連に従わない者を日本人同士が密告し合うという荒んだ人間関係が出来上がっていた。ソ連は日本人をシベリアに抑留させて1年経った頃、捕虜の中から将校や下士官ではない25歳以下の若くて社会主義的な素質のある者を選んで労働を免除すると、ハバロフスクにある特殊学校へと派遣した。その中心にいた人物こそ、難波明夫だった――。3ヵ月の特殊教育を修了した難波たちは「アクチーブ（積極分子）」と呼ばれ、収容所内で民主委員会を設立して夕食後に集会や演説会などを毎日開き、壁新聞や「にほん新聞」の発行を行っていた。難波たちが言うことに従わない者は反動分子として収容者たちの面前でつるし上げ、反動的な言動をするとダモイ（帰還）が遅れると噂を流した。今や収容所内で将校や部隊長を凌ぐ権力を持つソ連当局の手先となり、他の日本人たちを陰惨極まるいじめ行為によって抑圧していた。敵国であった国の権力を笠に着て同胞をいびり尽くすという異常な行動を、正はおぞましく見ていたのだった。抑留者たちは休日でも安らぐことはできなかった。数ヵ月前のある休日の朝、全員が広場に集められて集会が開かれたことがあった。何事かと思いつつ抑留者たちは集まり、収容者が500人ほど集まった前で、難波はソ連兵監視の下、壇上でこう切り出した。

「はじめに、私はハバロフスクの長期政治学校で3ヵ月間『ソ同盟共産党小史』を学ばせてもらい、大変有意義な時間を過ごさせて頂いた。私はここでソ連同盟の方々に改めて感謝の意を伝えたい。そして私が何故、今ここに立っているのか。それは同志諸君たちに是非聞いて頂きたいことがあるからに他ならない。日本は戦争で負けた。そして我ら同志諸君は、今ここシベリアにいる。何故か！　私は戦場で必死に戦った。そう、君たちも上官の理不尽な暴行にも耐え、必死に戦ってきたではないか！　それなのに、一部の特権階級の者たちだけが発案する無謀な作戦に振り回され、何人もの仲間たちが戦場で散っていったのを君たちは知っているだろう？　そして我らが国家のためにと血を流している時でも、一部の特権階級の者たちは安全な場所でのうのうと暮らしていたのだ。おかしいと思わないか！　現に満州では女や子供、老人など弱い民間人を残し、関東軍の将校たちは自分の身と自分たちの家族だけを連れて我先にと逃げていく始末だ！　神である天皇が治める国、神国日本と偽って我らを騙し続けてきた日本資本主義の走狗、反動を赦してもよいのだろうか！　共産主義は我らを平等に迎えてくれる！　レーニンが生み、スターリンが育てたこの共産主義を、我ら全員で受け止めて日本に持ち帰り、腐った日本国家を我々の手で変えていかなければならない！　今こそ我らは、共産主義の旗の下に一致団結する時なのだ！」

難波の演説に、収容者たち全員が圧倒されていた。そして一部の者たちが、

「そうだ、そうだ！」

と騒ぎ出した。

声を上げた者たちは、予め難波に取り込まれていた者たちであったのだ。

正がこの抑留所で一体何が起ころうとしているのかと思っていると、難波が、

「これより梶原盛蔵を糾弾する！　梶原、前へ！」

と叫び、抑留者の一部が再び騒ぎ出した。

梶原盛蔵――。元関東軍大尉で、シベリアに抑留されてからは採掘現場の班長。故君野の元上官でもあった男だ。

梶原はすぐには前に出ていこうとしなかったが、周りの抑留者たちから、

「早く前に出ろ！」

と追い立てられ、難波の面前に引き出された。梶原は難波をするどく睨みつけたがそれを気にもせず、難波はふた回り以上も年上で上官であった男に対して、

「この男、梶原盛蔵は日本軍の権力を笠に着て、戦時中は前戦で自ら戦うことはせず、我らを馬車馬のように顎で使い、安全な場所でのうのうと茶を飲んでいたという！　そして自分で立案した無謀なゲリラ作戦で山に籠り、部下をほとんど死なせておきながら、自分は生き残ってシベリアに来る始末だ！　どうなのだ！　貴様、答えろ！」

と難波は自分の発言に興奮し、高揚感から顔を真っ赤にさせて叫んだ。

逆に梶原の顔色は、見る見る青白くなっていった。収容者で元梶原の部下たちは難波に戦時中のことやシベリアでの労働態度などを逐一詳細に密告していたのだ。

「私は戦時中、満州では最後まで国のために戦ったのだ。何も恥ずべきことではない。それに部下だけを前線に立たせ、自分だけが茶を飲んでいた事実などない！　死んでいった部下たちのことを思うと、今でも私は胸が痛くなる。しかし、戦時中では仕方のないことだ！」

と梶原が言った。

すると周りの抑留者たちから声が上がった。

「仕方のないとはどういうことだ！」

「今の発言を撤回せよ！」

難波は不敵な笑みを浮かべて梶原を見下ろしながら、

「ほう、それが貴様の見解か？　では労働に対してはどうだ？　シベリアに来て部下が必死に作業しているにも拘らず、貴様は頻繁(ひんぱん)にトイレに行くなどして作業を常にさぼり、神聖なる労働作業を疎(おろそ)かにしているとの報告を受けているのだがな」

「私は作業をさぼってなどいない！　下痢で腹を下していただけだ！　お前は俺に一体何を言わせたいのだ！」

実際、抑留者の中には劣悪な環境のせいで下痢を伴う赤痢になる者が多数いた。梶原は必死に弁解したが、難波は聞き入れない。

「そのような言い訳は通用しない。まぁいい、最後に一つ聞いておきたいことがある。貴様は天皇とスターリン総帥のどちらを支持するのか」

難波は不敵な笑みを浮かべながら、梶原を見据えた。

梶原は、天皇陛下だと正直に言いかけたが、何か画策を秘めているように感じ、自分の身に危険が及ぶことを察知して無言を貫いた。

「何故黙っている？　答えろ！」

梶原がなおも黙秘して答えずにいると「反動」の烙印を難波から押された。

そして周りは、

「梶原こそ、天皇の手先だ！」

「戦争犯罪人だ！　叩き出せ！」

「跪(ひざまず)いて謝れ！」

と再び騒ぎ出し、場内は騒然となった。

シベリア抑留者たちの心が荒んでいたこともあり、溜まりに溜まったものを一気に吐き捨てるかのように怒り狂う感情を梶原にぶつけていたのだ。元上官という立場はすでにない。目の前に広がる光景は単なる大人たちのいじめであった。梶原は面前で土下座をさせられ、無理やり頭を地面に押し付けられて謝罪させられた。

正がたまらず表に出ていこうとすると、後ろから手を掴まれた。

「正、やめておけ！」

順次だった。

「あいつらにはソ連がバックにいる。お前が今、何を言っても無駄だ」

そう言って正を制した。

アクチーブの当面の目的は、特権階級としての旧軍隊組織を解体し、敵意を持つ元将校を摘発して糾弾することであった。「反動は日本に帰すな」がスローガンであり、反動の烙印を押された者は、食事も与えず、眠ることもトイレの自由もないという拷問のような目に遭わされた挙句、一日の作業を終えてへとへとになっても、その後に収容所全体の掃除や洗濯、臨時作業に駆り出され、24時間徹底的に肉体的にも精神的にも追い込まれた。

この後、梶原は「反動」という文字が書かれた紙を服の上から貼られ、見せしめのような生活を強要された。四六時中、罵声を浴びさせられ約30日後――、その屈辱に耐えきれなくなった梶原は、自ら首を吊って命を絶った――。

順次や二宮たちが朝食を終え作業場に向かうと、正は今日こそマギー所長に会い、収容所生活での改善を直接訴えようと決心した。

食事の片付けを早々に終え、炊事班の幸次たちは水汲み作業に取りかかり、正はいつものように薪割りをし始めた。すると、歩いてくるアンドレが目に映った。正は、足早にアンドレのもとへと駆け寄り声を掛けた。

「アンドレ、ちょっと待ってくれ」

「ん？　正か、どうした？」

「忙しいところすまない、前から頼んでいた食材の仕入れや収容者の食事の件だが、所長に伝えてくれたのだろうか」

「ああ、その件なら正に言われた時に所長に伝えてはいる。まだ連絡はないのか？」

「まだ誰からも、何も連絡はないのだよ。できたら直接、今日でも話がしたいのだが」

「マギー所長は今ここにはいない。来月には来られると思うが、秘書のレガリアが今いるので、自分から再度伝えておこう」

「ありがとうアンドレ、助かるよ」

　そう言って正が振り返り、薪割りに戻ろうとすると、アンドレは、

「正よ、俺たちも収容所の連中とそこまで変わらない食事なのだ。収容者の連中は温かいスープを飲めるだけでも恵まれていると思うけどな。まあ、それも正のお陰なのだろう」

　と珍しく笑いながら言った。普段は無口だが、頼まれごとは断れない、こういうところは気立ても良く、気さくなアンドレに正は親しみが湧いた。

　アンドレが言ったように、この頃のソ連はドイツとの戦争で莫大な人的損害と物的損害を被って(こうむ)おり、国民全員が貧困に苦しんでいた。

　スターリンは独ソ戦のため、中断していた５ヵ年計画を１９４６年に再び開始し、重工業、軍事産業を重視しつつ、戦前と同様の経済体制の維持と戦後復興に着手していた。ドイツと満州の占領地域から多くの産業施設を接収して国内に持ち帰ったのもそのためであ

り、それによって戦争で大きく破壊されたヨーロッパ地域の経済再建には重要な役割を果たした。そして、戦後復興を担う労働力不足を補(おぎな)う措置として、日本人とドイツ人を強制的に連行しシベリア抑留を決めたと言われている。

　昼休みも取らず、薪割り作業を終えて正が部屋に戻ると、窓の外を見ている幸次がいた。

「幸次君、どうした？　昼の休憩はもう終わりだぞ」

　正に気づき、

「前田さん、すみません。少し考え事をしていました……」

と言った幸次の手には「にほん新聞」が握られていた。「にほん新聞」とは、ソ連とアクチーブの難波たちによるシベリア抑留者向けに発行された日本語で書かれている新聞である。民主運動の名の下、日本批判とソ連の賛美を謳(うた)い文句にして、日本語に飢えていた日本人収容者を洗脳していった。そして「にほん新聞」を批判すると、一般収容所から数段厳しい強制労働収容所に送致されることもあった。

　幸次が見ていた「にほん新聞」には、天皇制や軍国主義への批判と弾劾、「社会主義と偉大なるソ同盟のためにハラショラボータ（一生懸命働け）」と書かれ、最後は「日本であなたたちの帰りを待っている者は誰もいない」と締められていた。そして天皇陛下がマッカーサー連合国軍総司令官を訪問した時のイラストが描かれていた。パイプを口にくわえてふんぞり返って足を組んだ傲慢な姿のマッカーサー司令官と、それに見下ろされた位置に礼儀正しくモーニング姿をした天皇陛下が描かれ、その下に「マッカーサーとかけて何と解く？　おへそ。その心は？　チン（朕）の上にあり」と面白可笑しく風刺されていたのだ。

「そんなもの読んでいたのか、そこに書かれていることなど気にすることはないよ」

正はそう言ったが、幸次は返事をしなかった。

正は幸次の態度が気になり、

「民主委員会の人たちと何かあったのか？」

と尋ねた。

「実は難波さんから呼ばれて、民主委員会に入会して教育機関に行かないかと言われました」

「それで、君は行こうと思っているのか？」

「いえ、まだ決めてはいません……」

正たち日本人が抑留された最初の頃は、捕虜という極限状態の中、全員が団結して逆境に立ち向かうのは当然で、

「我々は日本人同士なのだ。雑草となっても手を繋いで祖国に辿り着き、日本再建の捨て石になろう」

と全員で声を掛け合っていた。だが民主運動はすべてをひっくり返し、抑留者はいつしかマインドコントロールされ、共産主義へと傾倒する者も少なくなかった。実際に共産主義に賛同してアクチーブと認定されれば、ラーゲリ内での処遇は改善され、早く帰還でき

るとも言われた。実に陰湿な心理作戦だが、効果は絶大だったのだ。

正は幸次の思いつめた表情を見て、

「家族のことが気になっているのか？」

と聞いた。

「ええ……」

と幸次は口籠った。

幸次は、満州で別れた妻の花子や子供たちと母のことが忘れられずにいた。アクチーブに入れば早く帰国できると言われ、心が揺れていたのだ。

「幸次君、君がアクチーブとして民主運動に参加することを止めはしないよ。ただ、一つだけ言わせてもらうが、自分も新京で家族と別れてその後の安否はわからない。でも、今もきっとどこかで生きてくれていると信じている。ここにいる誰もが普段口には出さないが、家族のことを心配しているだろう。でもこういった時こそ大事なのは、自分が自分でいることだと、そう思うよ」

正の言葉を聞いて幸次は、

「前田さんはお強いですよね……」

と弱々しく言った。

「強くなんかないさ。自分も本音は早く日本に戻りたいよ。ただ、他人を踏み台にしてまで我先に日本に戻ろうとは思わないだけだよ」

自分の気持ちを見透かされたかのような厳しい言葉に、幸次は正の怒りを感じた。「しっかり自分を持ち、密告などするような人間にだけは絶対なるな」と言われている気がした。正はそれ以上幸次には何も言わず、部屋から出て行った。正の背中を見ながら幸次は、もっと強く生きていかなければいけないと思ったが、難波の勧誘をどうやって断ればいいのだろうかと考えた。難波たちから「反動」の烙印を押されると、24時間執拗に追い詰められるのが怖かった。今の幸次には、それを受け止める自信がなかったのだ。

正は、アクチーブの本部がある部屋に向かって歩いていた。

二宮が作業場で必要以上に働かされていることと幸次の勧誘の件で、難波に直接話を聞こうと思ったのだ。以前に正は、順次からこう言われていた。

「正、お前は馬鹿正直すぎるから忠告しておくが、アクチーブの奴らには絶対に深入りするなよ。今のあいつらに、いろいろと自分の意見を言っても無駄だからな。お前自身の身を危険に晒すことになるぞ。日の丸の赤と白を頭の中で入れ替えて、赤に染まったように今はカモフラージュするんだ。収容所のみんなも口では何だかんだと言っているが、ほとんどの仲間の本音は同じなのだ。今は逆にあいつらをうまく利用するのだ、わかったな？」

しかし、正は君野の時と同じように、思ったらすぐにでも行動してしまう。

これは正の長所でもあり、短所でもあったのかもしれない。不器用で穏やかな性格の持ち主であったが、いざとなれば決して自分自身の思いを偽ることなく誰にでも立ち向かい、怯むことなくそれを貫き通す信念があった。

民主委員会本部の部屋の入り口には「天皇制打倒」「生産を上げよ」「スターリンに感謝せよ」との貼り紙が何枚もあった。順次の忠告を聞いていたにも拘らず、正は迷うことなくその扉をノックした。

「誰だ、入れ」

中から声が聞こえて正が入ると、ちょうど難波しかいない時だった。他の民主委員たちは作業現場を見回りに行っているのだろう。

難波は、暖房がよく効いている部屋で本を読んでいたらしく、正の顔を見て驚いていた様子ではあったが、見下したような感じの口調で、

「これは前田さんじゃないですか？　どうしたのです？」

と言った。

炊事班の責任者である正のことは知っていたが、直接話すのは初めてであった。

「いや、実は秋山幸次の件でちょっと話があって伺ったのだけれど、少しいいですか？」

正は自分よりひと回り若い難波に向かって丁寧に話しかけた。

「秋山？　ああ、彼のことですか。彼がどうかしましたか？」

「先ほど秋山から聞いたのだけど、難波さんから呼ばれて教育機関で学んでみないかと言われたみたいで、どうして彼なのかなと思ってね。彼は見ての通り戦時中に足を怪我して後遺症があり、あまり無理をさせたくはないのだよ」

「彼の経歴を見て私が判断したのですよ。彼は満州開拓団として家族と一緒に満州に渡っ

た。しかし関東軍は満州開拓団からは徴兵しないと言っていたにも拘らず、関東軍は自分たちの都合で約束を軽く破り、民間人であった彼を東寧重砲兵連隊に派遣した。終戦になると彼は集団自決まで強制されたというではありませんか。そんな理不尽な仕打ちを受けてきた彼こそ私は仲間として最適だと思ったのです」

「彼は自決の時、強制などはされていないよ。彼自身が最終的に決めたと私は聞いているのだが」

「どちらにせよ、彼はいろいろと悩んでいる。そういう時こそ何かに没頭しなければならない。そうは思いませんか？」

「彼の悩みは自分も聞いてはいる。こういう環境だから、誰だって悩みの一つや二つはあるものだよ。それに彼は、炊事班としても必要としている人物だから、この話は一旦保留にさせて頂けないだろうか？」

　難波は、この時点で理解した。正は幸次が民主委員会に入ることを止めに来たのだと。

「前田さん、話はそれだけですか？」

「あと一つ。二宮さんのことだけど、二宮さんは見ての通り体の調子が良くないと思われるから、できれば激しい労働はなるべく控えさせてやってほしいのだよ」

　正がそう言うと難波は椅子から立ち上がり、

「前田よ、二宮が激しい労働をしていると誰に聞いた？」

　と凄んだ。難波の口調がいきなり変わり、正を呼び捨てにした。

「誰にも聞いていないよ。ただ、二宮さんを毎日見ていると、日ごとに衰弱しているように思えたから、そう思っただけだよ」

「まあ、いい！　どうせ誰かがお前に言ったのだろう。二宮は関東軍少佐の立場であったが、終戦前にお前と二人で満鉄総裁と最後まで民間人のために列車の手配に尽力したと聞いていた。だからこそ将校ではあったが、二宮は糾弾せずにいたのだ。だが、労働のことまで我らに意見するとなると、お前もただでは済まされないぞ？」

　難波はそう言って、正を脅してきた。

　正は怯みもせず、

「難波さん、君たちの思いや、やっていることを、自分は否定するつもりはないよ。ただ、若い君たちの力で、もっとみんなが落ち着ける環境を作っていくことはできないだろうか。それに……」

　と言ったが、二人の会話が噛み合わないまま正が話している途中に、扉が開いて民主委員会の仲間二人が慌てて入ってきた。

　仲間たちの顔は血まみれだった。難波が、

「何だ、その顔は？　どうしたのだ？」

　と聞くと、

「井本にやられました……」

　と血まみれの難波の仲間は答えた。

「何？　また、あいつか！　あの独房野郎、今度こそ息の根を止めてやる！」

井本は作業中に見回りに来たアクチーブの連中が威張り散らすのを見かねて、二人まとめて殴り倒したのだった。

「前田よ、お前の話は今夜の集会でゆっくり聞くこととする！」

そう言って話は、途中で終わった。


その日の夜、集会所には３００人ほどの抑留者たちが集められていた。その異様な雰囲気が今までと違うのは明らかであった。前に立たされているのは正と二宮、そして作業場でアクチーブの二人を殴り倒して独房に入れられていた井本。井本は集会で糾弾するために難波がソ連兵に訳を話して、連れてこられたのだった。秋山幸次は３００人の端っこで、恐る恐るその光景を見守ることしかできなかった。

「これより反動者、二宮、前田、井本の３人を糾弾する！」

そう難波が叫ぶと、待っていましたと言わんばかりの声が上がった。

「まず二宮だ！　貴様は自分の労働力の無さを知りもせず、労働することに対して不満を周りに漏らしていたというではないか！　どうなのだ」

二宮は、難波の横柄な態度を気にもせず反論した。

「私は一言もそういったことを誰にも言った覚えはない。私が誰に言ったというのだ？」

「それはおかしいな。前田が今日、お前の労働を軽減してほしいなどと言って本部に乗り込んできたのだぞ。お前は今でも将校気分で、部下である前田を手足のように思い、そういったことを言わせているのだろう」

二宮は馬鹿馬鹿しくなって黙っていた。すると、

「それを前田に言ったのは俺だ！」

と順次が叫んだ。順次は前に出てきて、正たちの横に立った。

「ほう、梨川。お前が二宮の労働を見て前田に喋ったのか」

「二宮さんは毎日与えられた作業をちゃんと行っているにも拘らず、お前たちは必要以上に二宮さんに労働させていたではないか！」

順次が難波に立ち向かっていくように言うと、

「それは、二宮の仕事は楽な仕事が多いからだ。レンガを積むだけの楽な仕事だけではなく、レンガを運ぶ重労働も平等にさせていただけだ」

「それはおかしい。二宮さんのような特殊な左官の仕事ができる人は少ない。元々材料運搬と左官は別作業ではないか！」

「黙れ！　貴様も後で糾弾するのでそこで立っていろ！」

そう難波が言うと、周りの空気が徐々に変わってきた。順次が立ち向かっていく姿に感化され、民主委員会に対して元々不満がたまっていたが赤大根の振りをしていた者たちが、今度は騒めきだしたのだ。赤大根は、見た目は赤いが切ると中身は白い。つまり表面上だけの共産主義者たちのことをそう呼んでいたのだ。アクチーブ派とそうでない者たちの声

が入り交じって騒ぎは収まらず、ソ連の監視兵が空砲を放ってなんとか場内が静まった。

「次は前田だ！　一歩前に出ろ！」

と声が掛かると、正は難波の顔から目を逸らさずに一歩前に出た。

「この男はいきなり本部にやってきて、私たちが行う労働の在り方に難癖をつけるだけでは済まず、我らが勧誘した仲間に対して勧誘拒否をさせようとしたのだ。この男こそ共産主義の敵である！　断じて許すことはできない！」

「自分は勧誘拒否を強要させた覚えなどないし……」

と、正が話しだしたが、話し終える前に難波は待っていましたと言わんばかりに興奮しながら被せてきた。

「本当か？　それでは本人に聞こうではないか！　秋山幸次、前へ！」

全員の視線が幸次に集まる中、幸次はここから逃げ出したくなった。だが騒然としている場内の前方に否応なく出されて正の前に立たされた。幸次は正の顔をまともに見ることができなかった。

「秋山よ、お前は前田から私たち民主委員会に入会することを拒否するように言われたのではないか？　どうなのだ？　嘘をつかずに本当のことを言うのだ」

難波は言われましたと言えと言わんばかりに幸次をじっと見つめた。

幸次は震える小さな声で、

「はい……言われました……」

と呟いた。

正は幸次の言葉を聞いても、幸次を咎めなかった。この状況では仕方のないことであると思い、元はと言えば自分の行動で二宮や幸次、そして忠告を受けていた順次までをも巻き込む結果となった。正は決して軽はずみな気持ちで行動したわけではなかったが、結果的にこうなっていることを後悔していた。

「それ見ろ！　前田は嘘の証言をした。この男の首を今からロープで吊れ！」

そう難波が言うと、アクチーブ派の仲間たちが天井の梁にロープを掛けだした。正の首を吊ろうとしたのだ。実際、アクチーブに難癖をつけられてこの拷問を受けた者は多かった。面前でロープに首を吊られ、体がぎりぎり宙に浮く寸前で止め、苦悶に歪む表情になっても絶命直前まで苦しめられるのだ。正が抵抗せずに大人しく首にロープを巻かれそうになると、順次が止めようとした。その時だった――。

「ちょっと待て！　そんな奴より今日の主役は俺だろ」

その声は、今まで黙って見ていた井本だった。井本はゆっくりと前に出た。

「井本、貴様は最後にゆっくり糾弾してやる」

「ん、俺はお前に糾弾されるような覚えなどないぞ。実際、貴様らは労働、労働と口だけで言って、自分たちは何も働いてはいないではないか。俺は今日、その二人に俺なりのやり方で教えてやったつもりだ。なんならお前も俺が教育してやろうか？」

「なんだ、その口の利き方は！　お前は我々の民主化活動まで馬鹿にするのか！　今日という今日は、独房だけでは済まさんぞ！」

　そう言うと難波は、壇上から降りてきた。しかし本音では難波は、井本のことが怖い。自分よりふた回りも大きく貫録があり、鋭い目つきで睨みつけられると、目を合わせ続けられなかったが、今の井本は、両手が縛られており安心して近寄ることができた。

「井本、それ以上はもうやめておけ！」

　と順次が言ったが、井本は聞く気配はまったくなく、

「難波よ、俺はお前らガキどもの言いなりになるつもりはない。俺を許せないというのなら、俺を先に吊るしてみろ！」

　と難波をさらに挑発した。

「貴様！」

　たまらず難波は、井本の横顔を思いっきり殴った。殴られた井本の顔は正面を向いたまま微動だにしない。難波は睨みつけられた瞬間、背筋が凍りつく――。
　3、4発食らわせたあと、反動で倒れ込んだ難波に井本は大きな体で乗りかかり、顔面を頭突きで何回も叩きつけた。難波の顔色は見る見る変わり血まみれになって前歯も全部吹き飛び、完全にのびてしまった。周りのアクチーブ派の連中も怖くて誰も止めに入ることはできず、正や順次、二宮までもが、あまりの瞬殺劇に呆気にとられた。
　場内は静まり返った――。
　ここにいる全員が、井本の迫力に押されて黙り込んでしまったのだ。

監視兵たちも同じように呆気にとられていたが我に返り、井本を独房に再び連れて行こうとした。

その時、正は井本に言葉を掛けようとする。だが、連れていかれる井本の横顔を見ると、黙って見送ることしかできなかった。

井本に一瞬で身も心もズタズタにされた難波は、結局この抑留所に戻ることはなかった。

それ以来、この抑留所でアクチーブは影を潜めるようになったが、正や順次を含め抑留者たち全員にとって、なんとも後味の悪い出来事となった。

シベリア抑留

―懇　願―

正は昼下がり、めずらしく外が晴れていたので幸次と二人で無造作に置かれていた丸太に腰掛け、昼の休憩を取っていた。幸次は3週間前の民主運動で正が難波の面前に出された時に、正を裏切るような発言をしたことを未だに悔やんでいた。

「まだ気にしているのか？」

正が幸次を気遣うが、幸次からの返事はない。

「ほら、これでもどうだ」

正はそう言うと、幸次に煙草を1本差し出した。

思いもしなかった正の行動に、幸次は驚く。

「前田さんは煙草を吸われるのですか？」

「いや、吸ったことはないよ。この前、門番のアンドレに貰ったのだけど、自分は吸わないから持ったままだったのだよ」

そう言って正は幸次に渡した煙草に火を点け、自分も煙草を初めて口にくわえ、火を点けようとした。だが、正は煙草の吸い方がわからないので、なかなか火がつかない。

幸次はそれを見て正に、

「前田さん、煙草は吸いながらじゃないと火は点きませんよ……」

と言って、正に煙草の吸い方を実演してみせた。

煙草を初めて吸った正は、ゴホゴホと咳き込む。

不味そうな表情で煙草を吸う正を見て幸次が笑顔になると、

「やっと笑ったな。そんなに可笑しいか、自分の煙草の吸い方は？」

と正が聞いた。

「はい……、可笑しいです」

幸次が答えると、正は晴れた空を見ながら、

「なあ、きっと人間って、後悔する生き物なのだろうな。自分も振り返ってみれば、後悔の連続だよ。でも悔やむことも大切だけど、人間は前を向いていかなければならない。こんな時だからこそ、お互い笑顔だけは忘れずに生きていきたいよな、そう思わないかい？」

と笑った。

そう言われて、幸次の心は何故か温まった——。

それは極寒の中、焚き火の前で得る暖かさとは違う、シベリアの昼下がりに不意に触れ合うことのできた人間だけが持ち得る言葉の温もりだった。

昼の休憩が終わりかけると、正は時間が気になりだした。前日にマギー所長の秘書レガリアから連絡があり、今日の昼1時半に所長室に来るようにと伝えられていたのだ。前々から伝えていた、抑留者の食と作業時間の改善の件だった。

「自分は所長室にちょっと行ってくるので、幸次君、昼からの薪割りは頼むぞ」

幸次は驚きを隠せず、

「あのマギー所長に会いに行くのですか？」

と聞いた。

「そうだ」

そう言って先ほどの優しかった表情とは打って変わり、正は気を引き締めた表情で所長室へと歩いて行った。

順次たちは収容所から10キロメートル以上歩いた場所で、鉄道の枕木に使用する大木の伐採作業を行っていた。抑留された頃は近くの森林で伐採作業を行っていたが、2年以上も過ぎると近くの森林での伐採作業はすべて終わり、遠くまで歩いていかなければならなくなった。

現地に到着すると、3人1班に分かれ、各班午前2本、午後2本のノルマが課せられた。この作業のすべての工程が危険を伴った。

大きいものになると直径1メートル以上もある大木を、引き鋸を使って、できるだけ根元の前後から引き押しして伐る。そして斧で斜めに少し切り込みを入れ、木が傾きだすと「倒れるぞ！」と必ず声を出して作業を行う。この作業は、時には大木が思いがけぬ方向に倒れ、下敷きになった者も多く、細心の注意が必要であった。

激しい音と共に大木が倒れると、倒れた木の小枝を斧で切り落として樹皮を剥ぎ取り、直径に応じて4メートルから6メートルの長さに切断する。伐採した大木を平地の集積場まで運ぶ時は、小さいものであれば二人で運んでいけるのだが、大きいものになると10人ほどで雪場の坂道を運搬しなければならない。一人が足を滑らせてバランスを崩せば全員が命の危険に晒される作業だった。

順次は班長であり、独房から出てきていた井本と一緒の班であった。順次は黙々と的確に指示を出していた。今日はいつもの極寒と違って晴れていたこともあり、滞りなく作業は進み、他の班と一緒にトラックに伐採した大木を積み込み、作業が完了するところであった。

「井本よ、ロープの固定は大丈夫か？」

順次は、叫びながら井本に確認した。

「梨川よ、ちょっと待ってくれ。2本目のロープの固定がどうもうまくいかない」

順次は3週間前の夜の集会での出来事が気になっていたが、特にそれについて触れることなく作業に没頭した。ロープで固定する作業もまた危険であり、今までも沢山の死者を出していたので、順次も一緒にロープの縛り具合を注意深く最終確認した。

作業が終わりかけた時、大木を支えていたロープから鈍い音がした。

「おい！　ロープが切れるぞ！」

気づいた作業員の一人が叫んだ。

「みんな避難だ！　急いで逃げろ！」

と順次が叫んだ瞬間、ロープが切れて大木が順次たちの上に一気に崩れ落ちてきた。

順次は動けず立ちすくんで逃げ遅れた男を助けようと、横から押し出した瞬間、荷崩れしてきた大木の下敷きになってしまった。あっという間の出来事であった。

井本を含めた周りの作業員たちは、すぐに大木を退かして順次を救出しようとしたが、順次の体から流れ出る鮮血が、雪で覆われたシベリアの大地を真っ赤に染めていた。


正はマギー所長の部屋の扉の前に着き、ノックすると、中から声がした。

入室するとレガリア秘書は、

「アンドレから聞いていたよ。所長は今、別の打ち合わせで出ているが、15分ほどで戻ってくるから中に入って待っているがいい」

と言いながら、正を招き入れた。正は部屋の中にある大きな暖炉に目がいった。このシベリアでは、暖は食事と同じくらいに貴重でもある。極寒生活の収容者たちには決して味わえない暖かさがここにはあった。レガリアは、目で部屋の片隅にある椅子を示した。正は椅子に座ってマギー所長を待つ中で、昼下がりのひと時ということもあってか、何故か順次と昔、自宅で飲み明かした時を思い出した――。

幼い頃から正の横にはいつも順次がいた。

正は小さい頃からどちらかと言うと人見知りであり、友達も少ないほうであった。10歳の頃、母から川に水汲みを頼まれて一人で作業をしていた時に、足を滑らせて溺れかけた。その時、偶然通りかかり、助けてくれたのが順次であった。

いつしか順次は、正にとって兄のような存在となり、一番の理解者となってくれた。

正は順次の自由に生きる姿、誰にでも向かっていく勇気に憧れ、逆に順次は正の優しさや、口数は少ないが芯のある強さをお互い認め合った。

孤立する日本が太平洋戦争に突き進む直前、順次は正の家に招かれて二人で飲み明かしたことがあった。

「正、お前、今の日本を正直どう思っているのだ？」

順次は顔を赤らめながら、空になった正の盃に酒を注ぎ入れた。正は順次に酒を注いでもらいながら答えた。

「今の日本は、アメリカに石油を止められている。これから一体どうなるのであろうかと、正直この先が不安で仕方がないよ。それに加えて、満州での日本兵の振る舞いも日増しに酷くなるばかりだしな」

「お前もやはりそう思うか。俺も今の日本は、何か大切なことを見失っている気がする。治安維持のためとは言え、さすがにやりすぎている気がするな。日本はこのままだと、一番大事な何かを失う気がする」

「治安維持部隊である順次の前でこう言うのもなんだが、連中は人間性を失っているな」

そう話していると、隣の部屋からつまみを持ってキヌエが部屋に入ってきて言った。

「順次さん、私は昨日とても恐ろしい光景を見ました。関東軍の方たちが、中国人男性の老人に因縁をつけ、その中国人の両足にロープを巻いて2匹の馬の尻を叩き、『やめて下さい』と泣き叫ぶ家族の前で股裂きをしている光景です。私たちは、希望の国と聞いてこの満州の国の大地を踏みましたけど、あのようなものを見せられてはとても耐えられそうにありません。順次さん、今の関東軍はどうにかならないの？」

正とキヌエは、満州各地で起きている日本関東軍による虐待やいじめを目撃するたびに、日本人だけが富を得て暮らす日々に疑問を感じ始めていたのだ。

「キヌエさん、俺も今の関東軍の行いはたしかにおかしいとは思う。ここだけの話なのだが、関東軍の内部は収拾がつかなくなるほど派閥や利害関係でバラバラになっている。この先のことを思うと自分も思いやられるよ、この前も殺されかけていた中国人を助けようとして上官に盾ついたのでこのざまだよ」

順次は上官に殴られて腫れた顔を見せ、にやりと笑った。

「順次、あまり無茶をするなよ」

「まぁ俺は大丈夫だ。それより今からは何が起こるかわからないぞ。お前こそしっかりキヌエさんや家族を大切に守ってあげることだな」

順次は赤らめた顔で、幼い頃の時のように正を気遣ってみせた。

正が思い出に耽（ふけ）っていると扉が開き、マギー所長が入ってきた。正が緊張した面持ちで立ち上がって頭を下げると、マギーは自分の椅子に座り、正をじっと見つめた。マギーは収容所内で収容者から改変・改善の声が前から出ていることは知っていた。無視していたが、前田という男だけが何度も何度も面会を申し込んできていた。そこで、前田正という男に興味を持ち、正の生い立ちや経歴を調べ、今回特別に面会することを決めたのだ。

「君が前田か？　聞いている話と見た感じでは少し印象が違うな。お前は女医のジェンの所にいきなり入っていって診察方法をどうにかしてほしいだの、アクチーブの本部に直接出向いて意見をするだのと、随分意気盛んな男だと聞いたが。まあその件は置いておいて、ある程度の話は聞いているが、食事に関しては私たちも誠意を尽くしているつもりだぞ。正直なことを言うが、私たちでさえも、ここ最近まともに食事は取れていないのだ。第2次世界大戦が終わり、今は世界全体に飢餓が蔓延している。決して君たちを餓死させようなどとは我らも思ってはいないのだよ」

そう言いながら煙草に火を点けた。正はマギーに一礼して言った。

「マギー所長、本日は面会の時間を取って頂きありがとうございます。本日私がお伝えしたいのは、収容所の仲間たちは貴国のために3年近く真摯に働いてきましたが、すでに体力的に限界を超えている者が多く見られるということです。食事の量はともかく、まず病人や怪我人に対する食事の改善や作業量の見直しを考えては頂けないでしょうか？」

「前田よ、日本兵がシベリアに来てからの働きは、私も十分理解している。実際効果も上がっていると聞く。線路は繋がり、新しい建物も建って国民が喜ぶ姿も私は見てきた。ドイツの奴らにも君たちの働きぶりを見せてあげたいくらいだ、私も悪魔ではないからな。必死に働く者たちには、やれることはやってあげているつもりだが」

「お気遣いありがたく思っています。ですが労働ノルマをこなす者には食事が多く与えられ、体をなんとか維持できると思いますが、逆に怪我をした人や体を病んでいる人たちにはノルマをこなすことができません。労働したくてもできない人たちが沢山見かけられるのです。そういった人たちは食事を減らされ、ますます体を壊して死を待つしかありません。私はここシベリアに来て今までに死んでいった同胞たちを埋葬してきました、これ以上仲間たちから犠牲者を出さないためにも、お願いします！　マギー所長の慈悲を是非我々に与えて下さいませんか」

　正がそう言うと、マギーは正の目をじっと見つめた。

その目は、満州攻略をしていた時の目ではなく、ドイツで飢餓に陥って死んでいった仲間たちを見る目であった。

　二人の間に何とも言えない空気が流れる中、マギーはレニングラード包囲戦で、

「少佐、私を食べて生き残って下さい。そして、必ずドイツを倒して平和を一日でも早く……」

　と部下が言った言葉を思い出した。

その時扉がノックされて監視兵が慌てて入ってきた。

「マギー所長、大変です！　またも作業場で事故があった模様です」

マギーは慌てもせず、吸いかけていた煙草を消して、その監視兵を近くに呼び寄せて聞いた。

「怪我人はいるのか？」

「まだ確認中ですが、今、怪我人を運んできている模様です」

「ここ最近、収容所全体で死者や怪我人が連続で出ており、上からもチクチク言われている。怪我人を全力で応急処置するようにしてくれ」

小声で話す二人の会話を、正は耳をそばだてて聞いていた。

この頃、日本政府は、ソ連に対してシベリア抑留者の詳細の提示を求めていた。ソ連の政治家たちはシベリア抑留者の状況や事情に特に敏感になっている時期でもあったのだ。

マギーは気を取り直して、

「前田よ、食事に関しては食糧不足の事情があり、今すぐとはいかないができるだけのことはしていこう。そして病人や怪我人たちにも食事を平等に与えることとする。それで良いか？」

と述べた。

「お約束して頂きありがとうございます。マギー所長の慈悲に感謝いたします。本日はお忙しい中、時間を割いて頂きありがとうございました」

正が深々と頭を下げて部屋を出ていくと、マギーは思わずこう漏らした。

「ふ、あの男は随分勇ましいものだな。この私に意見するなど」

と笑った。

「不思議な男ですね、前田という人間は。何故か憎めないところがありますね」

横で話を聞いていた秘書のレガリアがそう言うと、

「奴を調べたところ、満州国で関東軍が暴挙に明け暮れていた頃、中国人たちを陰から助けていたそうだ。食料に飢えた中国人を見つけては食を与えて、終戦時には関東軍やその家族たちは中国人たちからの仕返しを受けていたらしいが、前田だけは逆に中国人からの助けを受けたそうだ。そのお陰で、前田の妻たちは新京から無事脱出できたらしい」

マギーはそう言いながら、新しい煙草に火を点けた。マギーは煙草を吹かし、煙の動きをぼんやり目で追いながら、今日初めて正を見て、何か他の人とは違う何かがあると感じた。それは正の父、哲郎が言った、

「それがあいつの強さじゃよ」

という言葉に通じるのかもしれない――。

所長室を出た正は、先ほどのマギーと監視兵のやり取りを思い出し、不安が襲ってきていた。急いで仲間たちの所に向かっていると、昼間の門番グルンが暇そうに立っていた。

「作業場で事故があったと聞いた。怪我人を今連れて戻ってきているようだが、グルン、

何か知らないかい？」

「ああ、それなら先ほど戻ってきていたぞ。なにやら騒いでいたが、私にはよくわからない。一人だけ大怪我をしている感じだったな、医務室に行ってみたらどうだ」

とグルンは興味がなさそうに答えた。

「そうか、ありがとう」

正は駆け足で、収容所の医務室に向かった。


医務室では順次がベッドの上に包帯だらけの体で横たわっていた。

心配そうに仲間たちが見守る中、二宮が女医のジェンに問いかけた。

「梨川の命は大丈夫でしょうか？」

ジェンはうつむきながら、

「出血多量で、非常におもわしくはない。せめて輸血ができればいいのだけれど、残念だけどこの施設にはそういったものがないのよ」

と答えた。

包帯を巻き換えては血がすぐ滲み、真っ赤に染まっていく。取り替えた包帯を医療皿の中で洗うと真水が瞬く間に真っ赤に染まり、二宮たちはそれを見て言葉が出なくなる。

扉が開き、正が医務室に入ってきた。

正にはベッドに横たわるのが順次だとすぐにわかった。

「前田、すまん。このようなことになって……」

二宮が言った。

「順次ほどの慎重な男が何故？」

「伐採作業のあと大木を固定したロープが切れて、バランスを失った大木が、梨川たちの上に転げ落ちてきたらしい……」

「そんな……」

「梨川は逃げ遅れた一人を助けようとして、大木の下敷きになったと聞いた……」

そう聞いた刹那、正は昔幼い頃に川で足を滑らせ、溺れて死にかけた時の記憶が蘇った。

あの時も順次は溺れている自分を見て、脇目も振らずに川に飛び込んで助けてくれたのだ。

正は胸にぐっと込み上げてくる激情を抑えられなくなり、順次の手を強く握った。

「順次、しっかりしろ！　俺の声が聞こえるか！」

「うう……、ただ……、し……」

順次は正と気づいたのか、何か言いたそうだが声が出ないらしく、低く聞こえる呻き声だけが医務室に虚しく響く。必死に正に答えようとする順次の弱々しい手の力が、無残なほどに痛ましく感じた。

「死ぬな！　順次、お前には待っている家族がいるだろ！　奥さんやサキちゃんを置いていくのか？　戻ってこい！」

正の声が辺りに大きく響いた時、順次の握り返す手が動かなくなかった。

そして、その10分後に順次は息絶えてしまった。

収容所の裏手にある墓標が、また1本増えることになった。

正は思った。人とはこんなにも簡単に死ぬものなのかと。

正は順次の埋葬を終えた。

順次の墓標の前に二宮と二人で立ち、手を合わせながら、正は胸の内で何物にも形容しがたい感情と必死に闘っていた。きっと誰もが大事に想う自分の生命から見放された多くの者たちが、このシベリアの大地に水のように染み入って消えていく——。

数多くの墓標が立ち並ぶその光景は、さらに正をどん底の喪失感に追いやっていた。

「惜しい人物を失ったな……」

二宮が言うと、

「はい……」

と言ったきり、あまりにも呆気なく死んでいった順次のことを思うと、正は次の言葉が出てこなかった。皮肉な運命とでも言うべきであろうか、正が順次の最期を看取り、キヌエが順次の妻のこずえを看取ったのだ。気落ちしている正を見て、二宮は言った。

「お前は梨川の分まで生き残らなければならない。必ずその足で日本の大地を踏むのだ。奥さんや子供も待っているのであろう？」

「今、私は……私は、とても自分のことを考えられる気持ちではありません……。二宮さん、私は昼にマギー所長に会うことができました。その時に、病人や怪我人にも平等に食事をこれからは与えてくれることや、食事内容の改善も今すぐとはいかないが、今後はできるだけどうにかしていくとの約束をして頂きました。順次を含め、亡くなった人たちのためにも、自分は自分にできることを、今やらなければなりません。そう思っているのです」

「そうか……、亡くなった人たちのために……。前田よ、見ての通り私の体はボロボロだ。次の墓標は私かもしれず、長くはないだろう。今となっては、部下たちを一人、また一人と失っていき、上官である私が生き残っているのが申し訳ないと思っている……」

「そんなことを言わず、二宮さんも十分に体を労って下さい。一緒に日本に帰りましょう。私たちはここシベリアで生き残らなければなりません。そのためには少しずつでも変えていかなければならないことが多すぎます。遅すぎたのかもしれませんが……、これ以上の犠牲者を出さないためにも……」

二宮は今の今まで、ソ連の言う約束事はすべて偽りだと見抜いていたが、正の話を聞いて、今回それが真実だと初めて感じた。多分、正はマギー所長に殺される覚悟で仲間たちのために話しに行ったのだろう。二宮はそう思い、やはりこの男は「義の男」だと思った。正は、シベリアに抑留されてから何人もの死んでいった人たちを見てきて、拷問や独房入りを覚悟の上で、マギー所長に抑留所生活改善の嘆願書を何通も書いて送っていたのだ。初めは破られて捨てられていたのだが、顔見知りとなったアンドレの計らいもあってか、3年近くの歳月をかけてやっと正はマギー所長に会うことができたのだった。

この後、収容所の生活は少しずつだが改善されていったが、二宮は栄養失調と疲労が重なり入院してしまう。

そして正が「遅すぎたのかもしれませんが」という言葉を思い起こさせるかのように、シベリアの地に二宮は順次たちと共に眠ることになる――。

収容所の片隅の部屋で、井本は仲間たちとくつろいでいた。

「あの梨川が、まさか事故で死ぬとは」

そう言ったのは、生前の君野と同じ作業班であった竹田登だった。竹田が梨川順次の事故死がまだ信じられないと口にすると、

「人間はいつか死ぬのだ。あの男も、大木に押し潰されてはひとたまりもなかったであろう。こんな所にいると俺たちも全員いつか死ぬぞ」

と井本が寝転んだままで応じた。

「しかしロープが切れることなど、あるのだろうか。井本さん、一緒に作業していて何かわかりませんでしたか？」

ロープ等の点検は作業前に全員で行い、不良があれば点検後に報告して、新しいものに取り替えるようになっていた。順次ほどの男なら必ず点検するのは間違いないし、竹田も順次と作業場が同じであったこともあり、それを知っていたから納得がいかずに聞いた。

「ロープを固定したのは俺だが、まぁ不運としか言いようがないな」

井本は素っ気なく言ったが、何故か井本の口元はこの時緩んでいた。

竹田はそれを見逃さなかった。何かあると思ったが証拠もなく、井本を問い詰めるのは無理であった。竹田は順次のことを満州の時から知っていた。上官から信頼され、決して傲（おご）ることなく与えられた任務を全うする姿を尊敬していた。疑念を拭いきれなくなった竹田は翌朝、寝ている井本に気づかれないように正の所に向かった。

正は朝、いつものように誰よりも早く起きて落ち枝を拾い終え、朝食の用意をしていた。

この日は腐ったキャベツではなくジャガイモが届けられており、1個1個丁寧に実を削らないように皮だけを剥いていた。もちろん、ジャガイモの皮は捨てることなく有効に食材として使用する。最近では腐ったキャベツは少なくなり、量は決して多くはないがジャガイモなどの芋類や玉ねぎなどの違う食材も届くことが多くなり、正はマギー所長に心から感謝していた。扉がノックされた。正は幸次かなと思い、今日は早いなと思って振り向くと、扉が静かに開いて竹田が入ってきた。

「前田、ちょっといいか。少し話があるのだが」

竹田は正しかいないことを確認し、足を忍ばせて入ってきた。

「竹田じゃないか。どうしたのだ、こんな所に」

竹田は厨房の奥を目で示し、

「ちょっとこっちに」

と、隠れるように正を招いた。正は不審に思いながらも、竹田の言葉に従った。

竹田は小さな声で、正の耳元で囁くように、

「実は梨川の事故の件なのだが、言おうかどうしようか悩んだのだが、俺はどうも井本が怪しいと思うのだ。事故の件で井本と話をしていると、笑いながら話すのを見て、これはおかしいと思い、奴がトイレに行った隙に着替えを入れている箱を見たら、中からこういうものが出てきた」

そう言いながら竹田は、小さなヤスリのようなものを正に見せた。

「たしか、井本は順次と同じ作業班だったな。まさか、それで井本が故意にロープに切れ目を入れていたというのか？」

「これで奴が故意にロープに切れ目を入れていたという確証はない。しかし、今までの奴の言動や梨川に対する態度を見ていると、俺は奴に対する不信感を拭うことができない」

「まさか……。いくらなんでも仲間に対してそういったことをするであろうか」

井本は新京の出来事以来、確かに人がすっかり変わってしまっていたが、正にはにわかには信じ難かった。

「前田よ、信じるか信じないかはお前次第だが、井本には気をつけろよ。奴はお前をよくは思っていないぞ」

竹田はそう言い終えると、厨房から足音を立てずに部屋に戻って行こうとした時、幸次とすれ違った。幸次は、いつもは出入りのない竹田を見かけ、不思議に思い正に尋ねた。

「前田さん、竹田さん、何かあったのですか？」

「いや、特にないよ……」

幸次には心配をさせないように正は言ったが、先ほどの竹田との会話が頭から離れない。昔、家族同士でキャンプを楽しみ、自宅で飲み明かしたことを思い出し、正は井本の本当の姿や人間性を知っているだけに、今度井本に会って二人だけで、ゆっくりと向き合い、話をしてみようと思った。

翌朝、正はいつもより早く起きてまだ暗いうちに部屋を出た。

いつも通り正は門の入り口に寒そうに立っているアンドレに笑顔で会釈し、落ち枝を拾いに向かった。森の静寂の中、正の歩く一歩一歩がボフッ、ボフッと音を立てていたが、その足音さえも雪の結晶の隙間に吸い込まれているようで異様な静けさを感じた。

いつもの場所に辿り着き、雪を掻き分けて落ち枝を拾い集めていると、暗闇の中で絡みつくような気配を感じた。辺りを見渡した時、目の前に何かの影が見えて正は後ずさった。以前、熊に遭遇して襲われながらも命拾いしたことがあったからだ。

それで一瞬、熊かと思ったのだが、どうやら違ったようだ。

「誰だ！」

正は影に向かって叫んだ。

するとその影は、ゆっくりとこちらに向かってきた。正が身構えると、

「まさか、前田か……」

という声が聞こえた。影の正体は井本だった。

「井本……。お前、こんな所で何をしているのだ、まさか……」

井本が、正の近くに歩み寄ってきた。

「お前が毎朝落ち枝を拾いに行っていると聞いてはいたが、まさかこんな所で遭遇するとはな」

井本はそう言いながら、さらに正に歩み寄ってきた。

「前田よ、何も言わずに見逃してくれ。俺はこんな所で死んで、シベリアの土になるわけにはいかないのだ」

井本は1年ほど前から、監視兵の休憩の時間帯や交替する隙を探っていた。ここにきて井本は、脱走する時期をずっと一人で模索していたのだ。抑留された初めの年には、食事中に警備兵の目を盗んで脱走した者や、作業中にそのまま逃亡した者も少なくはなかった。だが、その男たちはすぐに見つかって銃殺刑となってしまった。一人を許せば、他の者たちも脱走を試みる。それを防ぐため、シベリア抑留者の脱走は問答無用で銃殺刑となるのだ。そういう意味でも、正は井本の身を案じた。脱走できたとしても、極寒の中で待っているものは死――、それしかないからだ。

「井本、脱走できたとしても逃げられる所などないぞ。この極寒の中では、生きてはいけないだろう。今ならまだ独房で許されるが、見つかれば即、殺されるぞ」

「独房などもうたくさんだ。お前はいいさ、そうやって毎日食事を作っておればいいのだからな。さあ、そこをどけ」

正は、井本の追い詰められている姿に圧倒されながらも、

「脱走を見過ごすわけにはいかない。脱走者が出れば収容所の仲間たちにも迷惑をかけるのだぞ。俺と一緒に戻ろう、俺がなんとかする」

と言って井本の肩に手をかける。

しかし井本は「離せ！」と言ってそれを振り払い、歩きだした。

「止まれ、井本！　止まらなければ、俺はお前を力ずくでも止めなければならない！」

正が感情を剥き出しに叫んだ。

すると井本は立ち止まった。

そしてゆっくりと微笑みながら振り向いた。

「ほう、お前が俺を力ずくで？」

と微笑んだその瞬間、大柄な井本は正に襲いかかってきた。二人の体が雪にまみれてもつれ、転げ落ちた。正は必死に抵抗しながら井本を押さえつけようとしたが、体格的に勝る井本は逆に正を押さえつけた。アクチーブの難波を秒殺した井本にとって、正は相手にはならなかった。井本が必要以上に正を殴る。昔、家族同士でキャンプを楽しみ、家で飲み明かした仲間同士がシベリアの大地で殺し合う。

正は背中に担いだバッグから落ち枝をなんとか取り出し、ひっくり返った反動を利用して、力の限り井本を殴りつけた。落ち枝で殴られた井本の顔から鮮血が飛び散った。

しかし井本は脳震盪を起こしながらも、なおも怯まず正を殴り続けた。

井本の両手が正の首を絞めに掛かった。正は完全に押さえつけられ、身動きが取れない。

正に殴られた井本の鮮血が、正の顔面にジンジンと降り注ぐ——。

「前田よ！　貴様までこの手で殺すことになるとはな！」

狂った獣のように井本が叫んだ。

井本の目は何かに取り憑かれているようだった。

「梨川は俺が殺った！　俺がロープに切れ目を入れていたのだ！　いけ好かない野郎だったが、あいつは下敷きになりそうな奴を助けようとして、大木の下敷きになりやがった！　あそこまでうまくいくとはな！　ははは！　前田よ！　お前もここで死ね！」

正は意識を失いそうになりながらも、組み敷かれた体で最後の力を振り絞り、井本を蹴り上げた。二人の体が離れて雪の中に転げ落ち、再び二人はよろめきながら立ち上がる。

息を切らしながら、血まみれの正が叫んだ。

「聞け！　井本！　順次がお前に何をしたというのだ！　お前は恨む相手を間違っている！　お前の家族を失った気持ちを、俺はわかるとは言えない。しかし、こんなことをしてどうなるというのだ！　死んでいった家族たちも悲しむぞ！　目を覚ませ！」

「うるさい！　黙れ！　お前もその目で、俺の家族が虐殺された姿を見ただろう！　俺の家族が悲しむ？　恨みを晴らせと叫んでいるに違いない！」

「だからと言って、俺たちが殺し合ってどうなるのだ！　井本、頼む。引き返してくれ」

「前田よ！　俺は……俺はあの時に死んだのだ！　俺は……俺はな……」

井本の表情が一瞬涙ぐんだ——。

最後に正に何か言おうとしたが、そのまま振り返り、吹雪の中に歩みを進めた。

もはや正に、井本を止める力は残されていなかった。

吹雪の中に井本の背中が消えそうになった時――、ドーンと太い銃声が鳴り響き、井本の体がシベリアの大地に頽(くずお)れた。

銃を撃ったのはアンドレだった。

「正！　大丈夫か？」

アンドレは正の帰りが遅く気になって、見回りに出ていたのだ。

正は横たわった井本に駆け寄り、呆然と立ち尽くす。

「ああ……、なんてことに……。何故撃ったのだ、アンドレ……」

正が嘆くと、

「脱走兵は銃殺刑だからな……。正は悪くない」

と冷静にアンドレが言った。

「井本は……、井本は最後、自分に何か言いたそうだった……。アンドレ、井本も昔は、人間味溢れるいい人間だったのだよ……」

正は井本の心の底にあった孤独や憤(いきどお)りを感じ、涙を流しながらそう言った。

正では、井本の孤独を癒やすことはできなかった。井本が最後に自分に言おうとしていた言葉は何だったのだろうか。井本はあえて死に向かい、永遠に帰らぬ旅に出ようとしていたのだろうか。それとも今の俺は本当の姿ではない、俺を誰か助けてくれと、そう叫びたかったのではないだろうか。今となってはわからない。ただ、井本も好き好んで順次や自分と争いたくはなかったはずだ。それだけはわかる気がした。正は横たわった井本の亡骸を前に、「すまない」と言って泣き崩れた。

アンドレはその姿を見て先ほどまで井本と殺し合いをしていた正の涙と言葉に驚嘆した。

通常、脱走兵の埋葬は認められないのだが、正の懇願によって井本の埋葬は認められた。正は自分を殺そうとし、そして順次を死に追いやった井本の墓標を、死んでいった仲間たちの傍(かたわ)らに立てた。

「井本さんの家族にそういったことが……」

正と一緒に、井本の遺体の埋葬を手伝っていた幸次が言うと、

「家族をああいった形で失えば、自分は理性を失わずにいられるのだろうかと思うと、正直自信がないよ」

と正は、噛み締めながら言った。

「幸次君、井本も戦争の被害者なのだよ……。戦争が人を、井本を変えていったのだ。井本よ、これからはゆっくりと家族と過ごしてくれ……」

そう言って正は、井本の墓標の前で静かに手を合わせた。

日本政府は、昭和20年11月に関東軍の軍人がシベリアで強制労働させられている事実を知り、翌年5月にようやくアメリカを通じてソ連との交渉を始めていた。そして、その年の12月に「ソ連地区引揚げに関する米ソ暫定協定」を成立させる。日ソ共同宣言をまとめた日本の政治家・鳩山一郎は、北方領土より人命に関わるシベリア抑留問題の解決を重視することを旨（むね）として実現化へと進展させ、やっと抑留者たちの解放が決まった。

昭和22年（1947年）から昭和31年（1956年）にかけてソ連との国交が回復するとともに、47万人とも言われる抑留者たちは日本帰国を次々と遂げていった。そして正は、この時から約3年後に日本に帰国することとなる。ソ連によってシベリアに抑留された日本人の数は、約57万5000人以上にも上った。一説には70万人近くの人たちが移送されたとも言われるが、モスクワのロシア国立軍事公文書館には約76万人分に相当する量の資料が所蔵されているという。無念の思いで死んでいった人たちの数は定かではないが約5万8000人とも言われ、冷戦終結後にはロシア側から収容所や墓地の在所リストが手渡され、遺骨収集が認められた。DNA鑑定の結果、平成22年（2010年）までに828柱の人たちが家族のもとに還ることができたのだが、今もまだ数多くの人たちがシベリアの大地で日本帰国を願ったまま眠っている――。

今は教科書から「シベリア抑留」の文字は無くなっていると聞く。だが平成27年10月10日に舞鶴引揚記念館が所蔵する『舞鶴への生還　1945~1956シベリア抑留等日本人の本国への引き揚げの記録』が第2次世界大戦後のシベリア抑留の重要な資料と認められ国際連合教育科学文化機関（ユネスコ）の世界記憶遺産に登録された。「シベリア抑留」の記憶が風化されていく中、この事実をいつまでも伝え続けられることは慶賀に堪えない。

しかし今も昔も私たちは、何一つ変わらぬことのない人間の性（さが）の中で生きていることを忘れてはならない。

今後このようなことが、起きないという保証は決してないとは誰にも言えないのだから。

青い海

夏の太陽が輝いている。

前田キヌエたちの集落は歓喜に包まれ、笑顔に満ち溢れていた。

ついにこの日がやってきたのだ。前日の夕方、清水団長から、

「私たちが日本に帰る日が決定しました。明日までに、出発する準備をしておいて下さい」

と言われてキヌエはその用意に追われていた。

「お母さん、どこに行くの？」

サキが手伝いながら聞いてきた。

「日本に帰るのよ。ほら、功一郎もさっさとしなさい！」

横で遊んでいた功一郎にキヌエはそう言いながらも、気持ちは昂(たかぶ)っていた。

すると玄関が開いて、佐藤が入ってきた。

「キヌエさん、居るかい？」

「これは佐藤さん、本日日本に帰国できる日が決まりました。本当に今までいろいろとありがとうございました」

「良かったね、キヌエさん。でも寂しくなるな、キヌエさんたちがいなくなると」

「またそんな、心にもないことを言って！　これから私にせがまれることもなくなるし、本当は喜んでいるのでしょ！」

「いやいやそんなことはありませんよ。それはそうと、実はこれをキヌエさんにお返ししておきたくて」

そう言って佐藤は、キヌエに万年筆を渡した。

「え！　でもこれは、あの時砂糖とニワトリに交換してもらったのでは……」

「先ほど清水さんと話して、ここにいるニワトリと豚は私が面倒を見ることとなりましたので、これはお返ししますよ。これ、キヌエさんにとってすごく大切な物なのでしょう？是非一緒に、日本に持って帰ってあげて下さい」

「佐藤さん、ありがとう。本当にありがとう……」

キヌエは、涙を浮かべてお礼を言った。

するとサキが、

「ピーちゃんを食べないでね！　優しくしてあげてね」

と笑って、佐藤に抱きついた。

「ピーちゃん？」

サキを撫でながら佐藤が聞く。

「豚のことですよ。サキが名前を付けて、ずっと可愛がっていたので」

キヌエが説明していると、

「僕も可愛がったよ！」

と功一郎が口を挟んだ。

キヌエは、功一郎の尻を軽く叩いた。

「早く自分の用意をせんね」

キヌエは集落を離れることになって嬉しい半面、幾許（いくばく）かの寂しさも感じていた。

みんなが栄養失調で死にそうになると全員でお金を出し合って豆腐やもやしを作り、それを売ってお金に換えてトマトや卵を買ったこと、醤油や味噌を作って露店で売ると評判が良くなり、周りの集落の人たちからも売ってほしいと言われたこと、厳しい冬を全員で肩を寄せ合って生き抜いてきたことを思い出した。とても辛く長かったが、みんなで乗り越えてきたことが、今となっては思い出深い。

荷物を持ち、キヌエたちは駅に向かった。遠足のような気分で、みんなの顔にも笑顔がこぼれていた。佐藤も駅まで見送りについてきてくれ、清水と話しながら歩いていた。

「命の恩人である佐藤さんに、駅まで見送りに来て頂くとは恐縮です」

「何を言っているのですか。清水さんたちがいなくなると、私も正直寂しくなります」

「そう言って下さり嬉しいのですが結局、私はあなたにお金を全額返せませんでした……」

「もう、その話はいいでしょう。私もあなた方から沢山教えて頂きましたよ。清水さん、何のことかわかりますか？」

清水が答えられずにいると、佐藤が言った。

「生きる力ですよ。知恵と言ったほうがいいかもしれませんが、大豆を仕入れ、自分たちで加工してそれを売ってお金にされたことは感心しました。私もこれからは横流しのような仕事をやめて、自分で何かを育て、人に喜んでもらえるようなことをしていければと思っています」

「そうですか、佐藤さんなら必ず成功すると思いますよ。是非頑張って下さい」

二人はその後も、手紙での付き合いを続けた。佐藤はブローカーをやめ、人のためになるよう野菜の栽培事業を起こして成功していく。


駅で佐藤と別れたキヌエたちは、引き揚げ船が待つ葫蘆島の港に着いた。

乗船する前には、名前と続柄、年齢、性別、職業、日本の住所を記入することとなっており、キヌエはサキの欄に、「前田サキ、長女、12歳、女性」と書いた。

そして、頭から爪先まで殺虫剤を振りかけられた後、船に乗り込んだ。

港ではずっと人々がキヌエたちに向かって手を振ってくれていた。

出港する船の中、キヌエの横にいた見知らぬ女性が、静かに呟いた。

「さようなら可愛い我が子……。私だけが先に帰ることとなってごめんなさい。今も残っている同胞が、一日でも早く無事に帰国できますように……」

幼い息子か娘を満州に置いてきたのだろうか。キヌエもその言葉を聞いて涙した。

引き揚げ事業が始まると、毎日平均7隻が出航した。一つの船には、2000人が乗船でき、多くの人が出航の時に涙したという。キヌエたちは運良くすぐ船に乗ることができたが、葫蘆島に着いた日本人居留民の多くは一時滞在して乗船を待たなければならなかった。短い場合は1日だが、長い場合は1、2ヵ月もかかったという。その間に栄養失調や病気で倒れ、亡くなる人も少なくなかった。乗船待ちをしなければならなくなった人たちは路上で煮炊きをして、雨で濡れた衣料を乾かしながらその日を待った。そんな中、困っている日本人たちを見て、現地の良心ある中国人たちは、高菜や粟、トウモロコシ、大豆等の食事を提供してくれた。中国人たちは、戦後は貴重となった野菜を食べて凌いでいたが、そんな状況下でもわずかに残っている食料を日本人に分け与えてくれていたのだ。100万人が消費する食料は膨大であったが、日本人は中国人の援助もあって無事帰国できた者も多かった。だが、帰国する船の上では沢山の死者を出した。親に死なれて孤児となった子供や、子供に死なれて悲嘆に暮れる親たちも多く見られたという。祖国日本まであと一歩で亡くなった人たちは日本の大地を踏めず、その場で水葬されていったのだった。

新京を脱出してからのキヌエは、体力的にも精神的にも強くなった。哲郎とトシを失い、梨本順次の妻のこずえとも死に別れた。大事な人を失えば、気落ちして気力を失っていくことも多いのだが、キヌエは逆に強くなった。発疹チフスが広がった時にも病気にかからず、極寒の中でも、暖を取るために一人で落ち枝を拾いにも行き、時には死を恐れずソ連兵にも立ち向かった。子供たちを、身を盾にして守り抜き、生き抜いてきたからこそ今がある。

「さようなら、さようなら……」

遠ざかっていく大陸に向かって、キヌエはそっと心の中で2回呟いた。

葫蘆島を出港する時、海は黒く淀んで見えていたが、次第に青く変わっていった。

辛く長かった暗闇のトンネルをくぐり抜けたキヌエの目には、ラピスラズリのような紺碧の海面が太陽の光に照らされ眩しく映った。風に吹かれて乱反射する波の煌きがキヌエたちの帰還を祝福しているかのように銀色に輝いている。船上では功一郎とサキが自由に遊び回り、キヌエは今自分がこの洋上にいることに感動せずにはいられなかった。

キヌエの生きていく強さがなければ、この船上からの景色は見られなかったであろう。果てしなく広がる青い空を仰ぎ、見渡す限りの青海原の中でキヌエが大きく息を吸うと、青い海越しに、美しい緑色を帯びた山並みの日本列島が見えてきた。

絶景だった——。

キヌエは遂にこの時を迎えることができたのだ。舞鶴港の南桟橋に向かって船がゆっくり寄っていくと、沢山の人たちが旗を振って出迎え大きな歓声が沸いた。

帰国の時を迎えることができた多くの人たちが、この時、感極まり涙したという。舞鶴港では、昭和20年10月7日に引き揚げ第1船「雲仙丸」の入港から昭和33年9月7日の引き揚げ最終船「白山丸」の入港まで13年に亘り66万人余の引揚者と1万6000柱の遺骨を迎え入れていく。病気を発症した人がいる船は、港で1週間から2週間待たされたというが、キヌエたちの船には病気を発症した人はおらず、すぐに上陸することができた。

キヌエたちが上陸すると、沢山の人が集まってきた。

「天皇陛下からの授かり物です」

そう言って、小さな羊羹（ようかん）を手渡された。

おにぎりや芋を配っている人もいた。

キヌエは、日本の米のおにぎりを食べた瞬間、あまりのおいしさに涙が出てきた。

「本当に……本当においしい……」

全員がそう言って、おにぎりを頬張（ほおば）っていた。

舞鶴の人たちは、終戦直後で食料も物資も十分でなく、自分たちの生活もままならない状況だったが、引揚者を温かく迎えてくれたのだ。

再会を喜び、抱き合う人などもたくさん見られ、港は歓喜と感動で溢れかえっていた。

キヌエが功一郎とサキと3人でおにぎりを食べていると、誰かが声を掛けてきた。

「すみません、少しお時間よろしいでしょうか？」

キヌエは振り返り、その男を見た。関西新聞記者の上川直樹だった。

上川は、名刺をキヌエに渡した。

「あなたは新聞記者？」

「はい、1年ほど前から、ここ舞鶴で満州やシベリアから帰還してくる皆様から、お話を聞かせて頂いております。お疲れのところ申し訳ありませんが、少しお話を聞かせて頂いてもよろしいでしょうか？」

するとキヌエは、上川の顔をじっと見て尋ねた。

「あなたは煙草吸いますか？」

「え、煙草ですか？　ありますすけど」

「1本下さいな」

上川は煙草を1本出して、キヌエに渡した。

キヌエは煙草をくわえると、

「火よ、火点けて」

と微笑みながら言った。

「あ、すみません。気が利かなくて……」

上川はキヌエの煙草に火を点けた。

キヌエが目を瞑り一服しだすと、上川は申し訳なさそうにもう一度取材を申し込んだ。

「満州での生活などを聞かせて頂きたいのですが……」

「あなた、チョコレートとか持ってないの？　子供を連れて帰ってくる親がいるのだから、そのくらい用意しときなさいよ」

キヌエが煙草を吹かしながら笑って言うと、横で聞いていた功一郎とサキが、

「チョコレート！　チョコレート！」

と騒ぎ出した。

「あ、チョコレートはありませんが、良ければこれをどうぞ」

上川はキヌエに饅頭（まんじゅう）を1個渡した。

キヌエはそれを半分にして功一郎とサキに渡すと、

「満州でのことを、一言で簡単に言い表すことなんてできないわ。話を聞きたければ、今度私の家に来てちょうだいね！　あと、これ貰っとくから！」

と言って、キヌエは上川の煙草を箱ごと持って行ってしまった。

上川は、

「母強しだな……」

と笑いながら一言呟いた。上川には二人の子供の手を引いて去ってゆくキヌエの背中が強くも優しくも見え、その姿が脳裏に強く焼き付いて離れなかった。

——キヌエはこの後、みんなと笑顔で別れて故郷の兵庫に戻る。

そして正の帰国をずっと信じて待った——。

北海道小樽市の旭展望台にあるホテルで、一面に広がる青い海を望みながら結婚式が行われていた。「新郎　内田将司　新婦　常盤由美恵」と示された式場は、少人数ではあったが笑顔が溢れかえっている。新婦のテーブルには、母の香苗と姉の千鶴子、そして千鶴子の夫である大輔が座っていた。大輔は戦争で負傷し、その後遺症で車椅子となっていたが、背筋をまっすぐに伸ばして由美恵を温かい目で見守っていた。

「良かった、由美恵ちゃんが幸せになって」

大輔は、心から嬉しそうに笑って言った。

「これも大輔さんのお陰です。本当にありがとう」

香苗が泣きながら言うと、

「お母さん、泣くのはまだ早いでしょ？　今日は由美恵の結婚式なのだからね！」

母の香苗は大輔の姿を見るたびに泣いていたが、今となっては千鶴子と大輔はそのことに慣れてしまっていて、この頃になるといつも可笑しくて笑っていたのだ。

結婚式は華やかに進行していき、最後に由美恵の手紙が読まれることとなった。

「皆様、今日は私たちのためにお集まり頂き、本当にありがとうございます。この場をお借りして、私の家族テーブルに座っている母と姉、そして義理の兄への感謝の手紙を読ませて頂くことをお許し下さい。

お母さんへ。お母さんはお父さんを戦争で亡くして、私たちを一人で育てるために朝から夜まで必死に働いてくれましたよね。お母さんは私たちの前では強い母であり、弱音を言ったりすることはありませんでしたが、夜、私たちが寝ていると、隣の部屋から泣き声が聞こえていたこと、今でも忘れられません。お父さんのことを思って泣いているのかなと思っていました。天国で見ているお父さんも、きっと今は喜んでいると思います。これからは私たちがしっかり親孝行をしていきますので、体を大事にしていつまでも元気でいて下さいね。29年間育ててくれて本当にありがとうございました。

千鶴子お姉さんへ。千鶴子お姉さんとは、小さい頃は喧嘩ばかりしていたけれど、いつも最後は私に何でも譲ってくれましたよね。高校を卒業して社会人になる時も、お姉さんと同じ郵便局の電話交換業務を紹介してくれ、困ったり悩んだりした時はいつも相談にのってくれました。本当に頼りがいのある姉が大好きです。千鶴子お姉さん、私が結婚してもお母さんを一緒に支えていきましょうね。これからも頼りにしています。

そして大輔さんへ。大輔さんには言葉では言い表せないくらいに私は感謝しています。終戦直後、真岡郵便局で働いている私を銃弾が飛び交う中、助けに来てくれました。私が諦めて死のうと思った時、大輔さんが言った言葉を今でも忘れられず、思い出すことがあります。『諦めるな！　生きるのだ！』そう言って私の手を取り、助けてくれたのです。だけど、その時に負った傷で大輔さんは……」

由美恵が嗚咽して手紙が読めなくなると、遠くから声が聞こえた。

「頑張れ！　由美恵ちゃん！」

その声は大輔だった。

由美恵は大輔の笑顔を見て、しっかりと前を向き、再び手紙を読みだした。

「その時に負った傷で、大輔さんは歩けなくなりました。私は大輔さんの介護をして生きていくと決めていましたが、大輔さんから自分の幸せを大事にしてほしいと言われて、横にいる将司さんを紹介して頂きました。私は大輔さんと千鶴子お姉さんのお陰で、結婚することができます。本当にありがとうございます。これからは将司さんと力を合わせて、幸せな家庭を築いていきたいと思っています。どうかこれからも温かく見守って下さい」

由美恵は、泣きながら最後まで手紙を読み終えた。

場内からは拍手が沸き起こり鳴り止まなかった。香苗も千鶴子も、そして大輔も、全員が泣いていた。しかし、その涙は樺太で流した涙とは違う希望の涙である。

日本が戦前に領土としていた樺太南部は、ソ連領土だった北部の赤茶色の土地ではなく、緑の木々が今でも大地を覆っているという。それは日本人たちが戦前から種を植えて必死に畑を耕し、緑を育んできたからだ。樺太には、戦前日本人たちが必死に育んできた希望が、今でも凜（りん）として残っているのだ。

そして、疎開する人たちのために死ぬ覚悟で最後まで働きぬいた鈴木舞子と8人の乙女たちのことを、決して忘れることはできない。昭和38年8月20日、北海道の稚内市にある稚内公園に、「九人の乙女の像」と慰霊碑が樺太に向けて建立された。鈴木舞子が最後に残した「皆さんこれが最後です。さようなら、さようなら」という言葉の横には、死んでいった9人の名前が永遠に消えることのないようしっかりと刻まれている。

昭和43年9月5日には昭和天皇と香淳皇后がこの地を訪れ、後日、宮内庁から和歌が公表された。

御製「樺太に　命をすてし　たをやめの　心を思へば　むねせまりくる」

御歌「樺太に　つゆと消えたる　乙女らの　みたまやすかれと　ただいのりぬる」

9人の乙女たちは稚内の青い海の先にある樺太を見つめながら、今も静かに眠っている。

希　望

戦争が終わり、20年近くの月日が流れていた。上川直樹は、大阪から列車に乗って長野県に向かう中、関西新聞社宛に届いた山本慈昭の手紙を開いて読み返した。

私は長野県阿智村長岳寺にて住職をしております、山本慈昭と申します。私は８歳で出家し、長野の善光寺や比叡山での修行を経て、長野県阿智村の長岳寺の住職をしながら学校の教員も兼職しておりました。戦争末期の１９４５年５月に、『阿智郷開拓団』として妻と二人の娘を連れて教職員として渡満致しましたが、３ヶ月も経たないうちにソ連の侵攻のために家族はバラバラにされて、私はシベリアに抑留されました。終戦から2年後に運良く日本に帰国できましたが、そこで私は最悪の悲報を聞きました。阿智郷開拓団２１５人中、帰国できていたのは13人だけだったのです。妻と子供は亡くなったと聞かされ、私は絶望の淵に落とされました。それから15年の日々を過ごしましたが、ある時、中国から私宛に手紙が届きました。それは『日本にいる私の家族を探して下さい』という内容の手紙でした。今もなお満州に取り残されている日本人のためにも、是非私のお話をお聞き頂き、お力をお貸し下さいますようにお願い致します。

山本慈昭に届いたというその手紙は、満州に置き去りにされた日本人孤児からであった。中国語で書かれていた手紙を読み終えて、山本は心が震えたという。

上川はこの時、定年間近になっていた。そして、これが自分にとって記者生活最後の仕事だと思い、おもむろに窓の外を眺めた――。

上川は国鉄飯田線天竜峡駅で降りて、タクシーを拾った。太陽が燦々と輝き、蝉の鳴き声がかまびすしく聞こえる中、真緑に染まった山間の長い坂道を上っていくと長岳寺が見えてきた。長岳寺は天台宗の古寺の一つで、野田城の戦いで病に倒れ、甲斐へ戻る途中に駒場の地で亡くなった武田信玄の遺体を安置した寺でもある。16段ほどの石段を上ると、大門前に修行僧らしき人物が見えた。上川が名刺を見せて挨拶をすると中に招かれ、一刻ほどして住職の山本が入ってきた。

「初めまして。関西新聞の上川と申します」

「山本慈昭と申します。本日はわざわざ大阪よりお越し頂き、ありがとうございます」

「とんでもございません。私は山本さんの手紙を何度も繰り返し、読ませて頂きました。とても感銘を受け、本日お会いできるのを楽しみにしていました」

「それはどうもありがとうございます。私は今も満州で、帰りたくても帰れない日本人がいることに衝撃を受けました。私は家族を全員失い、会うことはできませんが、せめて今満州に生き残っている日本人の方たちには、日本におられる肉親に会わせてあげたいのです」

「一つお尋ねしてもよろしいでしょうか。何故手紙の差出人は、山本さんに手紙を出されたのでしょうか？」

「……多分、私がせめて満州に眠る家族の遺骨だけでもと思い、政府を通して訪中した際に、国務院総理である周恩来（シュウオンライ）氏にお会いしたことで名前が知れ渡ったのかもしれません」

「なるほど。満州にいる残留孤児の方々も、そういった行動をされている山本さんなら手を差し伸べてくれると、きっと思ったのでしょうね」

「残念ながら、その時は遺骨の収集は認められませんでした。そして、この件でも政治家や役所にも手紙を出しましたが返事は未だになく、新聞社のお力を是非共お借りしたいと思い、筆を取った次第でございます」

「私にできることがあれば、もちろんご協力させて頂きます。私も舞鶴で帰還した方たちのお話をいろいろと聞かせて頂き、この問題には早く取り組んでいかなければならないと思っておりました。ただ、大変な思いをされて子供を失った親御さんたちは、なかなか深いところまでは話しては頂けないことが多かったのですが、実は何度か話を聞いているうちに、一つ気になる点が浮かんできたのです」

「気になる点ですか？　何でしょうか」

「日本に戻ってこられた親御さんたちの中で、子供は死んだと言われている方が沢山いらっしゃいました。しかし、実は現地の中国人や満州人に我が子を託して親御さんだけが戻ってきているケースも少なくないということです」

「それは、つまりどういうことでしょうか？」

「子供は生きているかもしれないが、満州に子供を置き去りにして自分だけ生きて帰ってきたと思われたくない親御さんたちも多いのではないかと思ったのです」

「つまり、嘘をついているということですか？」

上川はゆっくり頷いた。

「もちろん、全員が全員ではないと思いますが、満州には沢山の残留孤児がいると聞いていますので、戦時中にはそういったケースも多かったのではないかと思います」

「すると、私の家族もひょっとしたら……」

「決して軽はずみなことは言えませんが、私は、希望はあると思います」

上川の眼差しを見ると、山本にも力が漲（みなぎ）ってきた。

「何か、私のほうが上川さんから勇気と希望を貰えたようです。あなたに会えて本当に良かった。仕事に対する上川さんの接し方を見ていると、こちらにも気迫が漲ってきますよ」

「いえ、そのようなお言葉を頂いては、お恥ずかしい限りです……」

と、上川は恐縮した。

「上川さん、この戦争では私と同じ立場の方々が沢山いるとお聞きしております。私にできることがあるのならば、困っている人たちに対してすべて惜しむことなくしてあげたい。私はそういう思いで、今回この問題に取り組もうと思っているのですよ」

と山本は自分の決意を述べた。

「山本さんの心構えには感服致します。私も、この戦争で犠牲者になった方々の想いをずっと考えぬき、思い悩みながら仕事をしてきました。私に何ができるのだろうかと……。戦争が私たちにもたらした影響は各々（おのおの）さまざまですが、それを追及していくことで果たして未来を切り開いていくことに繋がるのだろうかと。未だに答えは見つかってはいません。同僚からは戦争の前では人間一人の力など無力なものだとも言われましたが、私はそうは思いたくはないのです。こうして自問自答の日々を過ごしています」

上川がそう言うと、山本は優しい目で上川を見つめてこう言った。

「それでいいのではないでしょうか」

「え？」

「答えのない問題に向き合うということは、自分たちで答えを創造していくことです。人は、一人では生きてはいけません。もちろん、上川さんもそんなことはわかっておられると思いますが、人間はお互いに支え合って生きていかなければなりません。人一人の力は小さいのかもしれませんが、上川さんの想いで一人でも助けることができたのならば、その人がまた別の人を支えることもできるのではないでしょうか？　戦争はたしかに巨大で、私たちのすべてを呑み込もうとしました。でも、私とあなたは今ここにいる。あなたが私の手紙を読んでここまでお越し下さったお陰で、先ほどのあなたの言葉に私は勇気と希望を貰い、この残留孤児問題に立ち向かって行く力をさらに得ることができたのですよ。その結果、救われる方々はきっと沢山いるのではないでしょうか？　私はそう信じていますよ」

上川は山本の言葉を一言も漏らさず、胸の中に書き留めていた。

「この戦争では沢山の犠牲者が出たと聞いております。多分、国民は犠牲者数の多さに驚愕したでしょう。私もそうでした。その犠牲者数の規模を伝え、知ることも大事かもしれませんが、その中で忘れてはいけないのは、一人ひとりの人生がその数だけ存在していたということです。私たちの命は、遥か昔の祖先から伝えられているのと同時に、子や孫へと未来へ繋いでいく命でもあります。人一人が死ぬということは、その人の人生だけではなく、その人の遥か昔の祖先や子供、孫たちの命まで奪ったということなのです。しかし、その逆も言えないでしょうか？　一人の命を救えば、それはその人の祖先や子孫までをも救ったことになるのですから。人間一人の命と同じくらいに人間一人の力も同じように重いものです。私は上川さんの考えは、決して間違ってはいないと思いますよ」

話を聞き終えた上川は、長い間当惑していた心が山本の言葉によって激しく胸を打たれ、鳥肌が立った。自分の信念も、やはり間違ってはいなかったと思うことができた。

「私の方こそ山本さんから、なんだか凄い力を頂けました。ありがとうございます……」

「いえいえ、偉そうなことを言ってしまいましたが、私たちもお互いに支え合うことができましたね。本当に良かったです」

「はい、私は早速本社に戻り、残留孤児問題の特集を組むことに致します。また再度ご連絡させて頂きますので、どうぞこれからも宜しくお願い致します」

そう力強く言うと、上川は山本に笑顔で見送られながら駅に向かった。


関西新聞本社に戻った上川は、室長になった宮ノ内と打ち合わせをしていた。

「中国残留孤児問題？」

宮ノ内が上川に問う。

「そうだ。満州では親に置いて行かれ、生き残っている子供たちが多い、まあ、今では成人になっていると思われるが、そういった方たちが日本にいる親や肉親と再会したいと願っているということだ」

「なるほど。たしかに今の政治はこの問題をないがしろにしている気もするな。だが、まだ日本は復興の途にあり、他に力を割く余裕がないとも言えるけどな」

「是非、我が社で特集を組んで、沢山の人たちにこの事実を知って頂きたい。山本慈昭さんという方に会ってきたが、その人が言うには、政治家や役所にも働きかけてみたが未だに腰が重く、動いてはくれていないらしい」

「なるほど。特集を組むのは、それを動かすきっかけでもあるということか」

「そうだ」

上川は、はっきりと言った。

「わかった。特集を組むチームを集めて、是非やってくれ」

宮ノ内が決断を下し、打ち合わせは終了した。

その後屋上に上がった上川は、いつものように煙草に火を点けて、周りの街並みを見渡した。夕暮れの街並みは、所々に明かりを灯らせていた。新しいビルが数多く立ち並び、空襲で焼け野原となっていた痕跡はすでになかったが、真っ赤な夕日だけは、戦後のあの時に見たのと同じように、何一つ変わらず、燃えるように沈んでいこうとしていた。

夕日を背に鳥の群れが、一糸乱れず左右、上下へと自由に飛び交っていた。

上川は先日聞いた山本の話を思い出していた。

そうしているとまた、いつものように宮ノ内が屋上に上がってきた。

「やっぱりここだったか」

「いいのか？　室長がこんな所で油を売っていて」

「そう言うなよ、気晴らしも必要だろ。そう言えば、いつだったかな、お前は『アメリカは日本がまだ怖いのだよ』って言っていたよな。実は俺は、あの時はお前の言う言葉の意味がわからなかった。今回も、お前にはお前なりの考えがあるのだろう？　好きにやれよ」

「宮ノ内、ありがとう。お前には迷惑かけてばっかりだな……」

「お前にありがとうと言われる日が来るとはな、お前とここで何度、夕日を見ながら煙草を吸ったかな……。本当は、お前が室長になっていてもおかしくはなかったけどな」

「そんなこと、俺には興味ないし、お前が室長でいてくれるなら俺は心強いよ」

「言っておくが、俺は大神さんの時のように、お前に絡まれるのだけはゴメンだからな」

「ふっ、そう言えば大神さんは元気なのか？」

「どうだろうな。まあ、好きな釣りでもやって老後を誰よりも楽しんでいると思うけどな」

「だといいな……」

上川は少し寂しそうに、煙草をふかしながら言った。この後、上川の書いた中国残留孤児の特集記事は、世間で反響を呼び国や役所を徐々に動かしていくことになる。


年の瀬、カウンターに5人ほどしか座れない路地裏の小さな居酒屋で、静かに酒を飲んでいる男がいた。秋山幸次だった。

幸次はシベリアから帰還後、故郷の長野県信濃村に戻ったのだが、妻の花子と母の菊、そして息子である尊と隆の家族全員の死を知らされて絶望した。その上、シベリア帰還者という偏見で、就職先もなかなか決まらなかった。ソ連で受けた教育により、思想が偏っているのではないかという偏見であった。また、シベリア帰還者に対しての国の補助はなく、幸次は日払いの土方作業で毎日を食い繋ぎ、なんとか生活していたのだった。今日も建設現場に行くと、ふた回りも若い現場監督から顎で使われ、必死に一輪車で運搬作業を行った。怪我をした右足は、今でも後遺症が残っている。一輪車に重い建築資材を積んで何度も往復していると、痛みが再び襲ってきてシベリアや戦争末期のことを思い出し、気鬱になった。

「おやじさん、お勘定してくれ」

幸次は店を出て、路地裏から表通りに出た。肌寒かったが、そこには戦争の影は微塵も感じられず、幸せそうに笑って店で食事をしている家族や綺麗に着飾って楽しそうに歩く恋人たちの姿が見られた。その姿は夜のネオンと相まって幸次の目に眩しく映り込み、つい目を背けずにはいられなかった。花子たちが生きていれば、自分も今、家族と一緒に食事をしていたのかもしれない。帰国の船上で日本が見えた瞬間にはあれほど心が昂ったのに、今の幸次にはこの先の希望は何もなく、自分がとても惨めに思えた。

一体、自分の人生はどこで狂ってしまったのだろうか――。

幸次に帰国の許可が出たのは、井本がアンドレに撃たれたあの日から、約2年後のことだった。跛行する幸次の足は完治することはなく、怪我人ということもあり、正より先に帰国の許可が下りた。

「よかったな、幸次君。またどこかで必ず会おう！」

と正から心より祝福され、大勢の仲間たちが両手を上げて万歳する中、ラーゲリを涙ながらに後にした。

ダモイ港に集結せよとの命令に従い列車に乗ったのだが、幾度も騙され続けていたために幸次は本当に無事日本に帰れるのだろうかと半信半疑でもあった。だが、列車の走る方角が陽の沈むのとは逆方向だとわかると、今度こそ本当に日本に向かって走っているのだと思い、ほっと安堵の胸を撫で下ろした。列車に乗って約2週間後にナホトカ駅に着くと、ナホトカの収容所テントで3週間近く待たされることになった。ナホトカのテント生活は寒く、大勢の仲間たちと折り重なるようにして、幸次は帰国の船をじっと待ち続けた。

そして遂に、「明日の昼、帰国となる」との通達がなされ、昭和24年9月に最後の点呼を終え、仲間の手をかりて帰還船第一大拓丸へのタラップを上がり、やっと乗船することができたのだった。

もう誰にも束縛されない自由の体になったのだと思い、嬉しさを全員が爆発させていた。幸次は怪我も忘れるほどに足取りも軽くなり、あまりの嬉しさに、あれほど苦しかった足かけ4年近くにもなるシベリア抑留生活のことも、頭の中から消えているほどであった。

乗船後二日目の朝、松の並木が茂る舞鶴港が見えた時には、目頭が熱くなった。

桟橋の両側には、日の丸の小旗を振り続けてくれる沢山の婦人たちの出迎えがあり、

「皆様方、永い間ご苦労さまでした」

との優しい言葉に胸が一杯になった。

歓声の中、我が子や我が夫の名前を書いた幟を持ち、沢山の人たちが出迎えている。

それを見た幸次も笑顔がこぼれ、ひょっとすると花子も、この舞鶴港で息子たちと一緒に自分を出迎えに来てくれているかもしれないと思い、自分の名前が書かれている幟がな

いか必死に辺りを見渡しながら、桟橋の両脇に立てられている歓迎塔の間を通って港へ入った。

そんな中、何故か新規に鉄条網が張られ、武装している警察隊が自分たちをずっと監視するように配置されているのに気づき、幸次は違和感を覚えた。

夢に見た祖国は、この時、自分たちに対して歓喜一色ではなかったのだ――。

その原因はいくつかある。昭和24年7月にある事件があった。一足先に帰還した抑留者たちが、京都駅前広場でシベリア抑留者たちの帰還者歓迎大会を開催した。すると、全国の各都道府県から動員された警察官2万人がこの大会を解散させようとし、帰還者たちと乱闘騒ぎになる事件があったのだ。政府はこれを共産主義による騒乱行動とみなし、世相を反共に導こうとした。その頃日本では、「今にも共産革命が始まる」との噂が全土を飛び交い、アメリカとソ連の冷戦が始まっていた時期だけに、世情は騒然としていたのだ。

同年10月、ソ連シベリアからの引揚者は最多に達していた。

そんな中、ソ連からのプロパカンダによって共産主義に心酔した抑留者の一部は、過酷な環境での一方的な思想教育によって、旧軍に対する恨みを反軍から反天皇制に変えていた。労働歌や革命歌を歌いながら下船を拒否する者たちや、あるいは上陸して警察官と衝突する者たちも多数いたのだ。

幸次が帰ってきた時には、「シベリアから筋金入りの共産主義者が帰ってくる」というような目で世間から見られていたのだ。

幸次は、その警察官たちの目から逃れるように、舞鶴地方引揚援護局へと足を向けた。

ここは中国や満州、朝鮮半島、シベリアなどから帰ってくる引揚者を受け入れるために設立された部局で、主に帰ってきた引揚者たちの帰国の手続きや列車の切符の配布、衣料や食事の一時給付、就職先の斡旋（あっせん）、そして行方のわからなくなっている各個人宛に送られてきている家族や親類たちの手紙を保管及び管理していた。

窓口で問い合わせをすると、幸次宛に手紙が1通届いていると聞いた。その手紙の消印は約2年以上も前のもので、差出人は花子の父親であった。不吉な予感がした。色褪せた茶封筒を、開けてはいけない箱を開ける思いで怯えながらゆっくりと開封すると、長い間眠り、ため込まれたものを一気に吐き出されたかのように、幸次は衝撃を食らった。

秋山幸次様

今この手紙を読まれているということは、無事日本に帰国できたことと思います。

私はとても残念な報告を幸次様にしなければなりません。

先日、私宛に元開拓本部の方より悲しい知らせがありました。

それは「秋山菊、秋山花子、秋山尊、秋山隆は満州にて死亡せり」という内容でした。

私は娘たちの死去の報にただ驚くばかりです。今は幸次様の無事を信じ、この手紙を書いております。この手紙を読まれましたら、是非ご連絡下さい。

花子たちの訃報を聞いた花子の父は、行方不明となっていた幸次が戦争末期に関東軍に召集されていったと聞き、もしかするとシベリアか中国かでまだ生きている可能性を信じ、日本に帰国した際にすぐにでも花子たちの生死が知れるように手紙を書いてくれていたのだ。

ここで初めて幸次は花子たち全員の死亡を知った。幸次の未来は一瞬にして遮られ、先ほどまでの浮ついた気持ちは一気に消え失せ、幸次はその場で人目も憚らずに泣いた。

舞鶴駅から京都駅に向かう途中、列車の中で車掌が、

「長い間シベリアでの苦難に耐え、帰還された皆様、本当にご苦労さまでした。復員の皆様は、元気にご家族の下へ帰還されます。私も京都駅までお供させて頂きます」

と挨拶していたが、どん底に叩き落とされた幸次の耳に、その言葉が届くことはなかった。

そして、その先のことからはよく覚えてはいない――。

幸次が京都経由で故郷の長野県信濃村へ辿り着いても駅で自分を出迎えてくれる人は誰一人なく、叔父や叔母の家を訪ねてもみたが、親戚たちは約8年ぶりの再会を喜ぶどころか、自分を訝るような目で見た。シベリア帰りは共産主義に洗脳されているという噂を真に受けていたのだろう。茫然自失となった幸次は引揚援護局の紹介で、地元の町工場に就職もしたのだが、

「洗脳度合いをチェックされ、試験に合格したから帰らせてもらえたんだろ」

と謂れのない言葉を同僚たちから浴びせられ、さらに傷ついた。公安警察が、家や仕事の昼休みに調査に来ることもあった。ある日、私服の警察官が来ていろいろと話を聞かせてくれと言われた。最初は話をしていたが、その後何度もその警察官が来たので、会社や近所の親戚の手前もあり、用があれば自分から行くので家には来ないでくれと言った。捕虜時の調査ではなく、思想の調査であったのだ。そのうちに幸次は、親類や工場の人たちから疎まれていく自分を感じた。居場所はなくなり、工場を辞めて逃げるように故郷を後にした。

「誰も好き好んで捕虜になったわけじゃない」

幸次は理不尽さへの怒りの矛先を、どこにも向けることはできずに、悶々とした日々を送るしかなかった。夜、一人でいる時にはよく家族のことを思い出して泣いていたが、最近では泣くこともなくなり、飲まない酒を飲むようになって、心は日ごとに荒んでいった。

「どうせ自分のことなど、誰にも理解してはもらえない」

そう思うと故郷が、祖国が、そして人間がとても冷たく思えた。そのうち幸次は、自分の過去を憎むようになり、戦場か集団自決の時、もしくはシベリアで死んでおけばよかったと思うことが多くなっていたのだ。

幸次は駅へ向かい、跨線橋の階段をゆっくりと上っていった。

一歩一歩が何故か実感のない、不思議な気分だった。

立ち止まって下を見ると、電車が騒がしく走り、吸い込まれそうになった。

「もう駄目だ、家族に会いたい」

死ねば花子たちに会えると思った。幸次は一人で生きていくことを諦め、自分の人生に区切りをつけ、死のうと決めた。電車の音と光が、猛るように迫ってきた。

幸次が身を投げようとした瞬間――

「幸次さん……」

どこからか花子の声が聞こえ、幸次の体が止まった。

しかし振り向くと、そこには誰もいない。幸次が呆然と立ち尽くしていると、空からふわりふわりと白い羽のように雪が舞ってきた。幸次はそれを掌(てのひら)でしっかりと受け止め、夜空を見上げて語りかけた。

「花子？　花子なのか？」

掌で溶けていく白く儚(はかな)い小さな雪をギュッと力強く握りしめ、幸次が涙をこらえて立ち尽くしていると、荒んだ幸次の心を青女が拭い去り、雑音はゆっくりと消えていった。

花子が幸次を助けてくれたのだ――。

自殺を思い留まった幸次が家に帰ると、一通の手紙が届いていた。差出人名は、前田正と書かれている。幸次と正は、日本帰国後も手紙でのやり取りが続いていた。逸る気持ちを抑えきれず、幸次はすぐに開封して手紙を読んだ。

拝啓
暖冬とは言え、さすがに冷え込む今日この頃、お元気でお過ごしでしょうか。さて、このたびは先日新聞を読んで気になったことがあり、お伝え致します。長野県長岳寺でお過ごしの山本慈昭という住職の方が、「日中友好手をつなぐ会」を結成し、残留孤児と日本の肉親とのやり取りを始められています。そこでは亡くなったと思っていた息子さんと再会できた親御さんも、多数いるようです。前回頂いた手紙で秋山様のご家族のことを知った私は、胸が軋む思いをしておりました。是非連絡を取ってみてはと思い、筆を執りました。寒さはこれからが本番です。どうぞご自愛下さい。

敬具

前田　正

追伸　私は今、家族と佐賀県伊万里市で生活しています。
近くにお越しの際は、是非お立ち寄り下さい。

別紙には山本の連絡先が記載されていた。

手紙を読み終えた幸次は正の温かさが心に沁み、涙が溢れた。

あれほど憎み、思い出したくもなかったシベリア生活をこの時だけは懐かしくも思い、シベリアでの仲間たちや白銀の世界に思いを馳せた。

そして感涙にむせぶ幸次は、正がシベリアで言っていた時の言葉を思い出す――。

「辛い時こそ大事なのは、自分が自分でいることだ」

「きっと人間って後悔する生き物なのだろうな。自分も振り返ってみれば、後悔の連続だよ。でも悔やむことも大切だけど、人間は前を向いていかなければならない。こんな時だからこそ、お互い笑顔だけは忘れずに生きていきたい」

死んでいたら、この手紙は読めなかった。きっと花子が、この手紙を読ませてくれたのだろうと思った。シベリアから帰還した後、先ほどまで止まっていた時が再び動き出し、希望の光が見えてきたのだ。花子や正が自分を見守ってくれている――。

幸次は、再び顔を上げて生きていこうと決めた。

そして次の日、山本慈昭に連絡をした。

告白

中国北東部黒竜江省の東安省鶏寧県に、決して大きい敷地ではなかったが、大豆やトウモロコシ、麦等を作って生計を立て、生活している家族がいた。

林鈴玉(リンリンユー)は夫を病気で失くして以来、多忙な仕事をこなしてきたが、高齢ということもあって体を徐々に壊し、寝込むことが多くなっていた。しかし今では、息子の浩然(ハオラン)がよく働いてくれるのでとても助かっており、お陰で仕事に出ることは減り、孫の面倒を見ながら、裕福ではないが幸せな日々を過ごしていた。

鈴玉は以前、浩然に問われた言葉が忘れられずにいた。

「お母さん、私の日本での名前を知っていますか？」

それを聞いて悲しむ鈴玉の顔を見て、浩然が聞くことはなくなったが、逆にそのことが鈴玉を一層悲しくさせていた。鈴玉は、いつかはこういう時が来ると思っていたのだ。

子供に恵まれなかった鈴玉は戦争末期、ソ連軍の侵攻を受けて北部より日本人が近くの山道の納屋に避難してきていると噂で聞いた。納屋にいる日本人たちの状況を聞くと、鈴玉はすぐに芋を炊いて水筒を持ち、知り合いの人たちと一緒にその納屋に向かった。

そこで見た日本人たちの姿は、今でも忘れることができない。ある女性が抱いていた男の子は、極度な飢えと疲労のためなのか、今にも死にそうでぐったりとしていた。鈴玉が、たまらくなってその子に炊き立ての芋をあげると、その子は黙って芋を貪り、何個も何個も食べた。その姿を見て鈴玉は、可哀想ではなく、助けてあげたいと思い、横に座っている意識が朦朧としていた母親と思われる女性に、自分でも思わぬ言葉を掛けた。

「よろしければお子様を、私に頂けませんか？」

するると自分を見て安心してくれたのか、生きることを諦めていたのか、その女性は子供を泣く泣く自分に託してくれた。

その時、女性は最後に一言、

「この子の名前は、秋山尊と言います……」

と言ったのだった。

浩然（秋山尊）は、まだ残暑の残る蒸し暑い中で農作業をしていた。

夕方に冷たい風が吹き出し、西の空に積乱雲が発達して空模様が怪しくなってきたのが見えたので、早めに仕事を切り上げて、山道沿いの奥にそっと立てられている墓標に向かうことにした。墓標が立てられているのは昔納屋があった場所で、ここで本当の母親が命を絶ったことを鈴玉から聞いていた。

浩然は仕事を終えると、必ずと言っていいほどこの場所に足を運んでいた。

墓標の前に新しい花を供えた浩然は、もう一度自分の日本での名前を鈴玉に聞くかどうか悩んでいた。しかし、自分をここまで育ててくれた鈴玉にとても感謝していたし、結婚して子供もできて家族と幸せに暮らしている今、鈴玉や妻にもいらぬ心配をかけたくはなかった。答えを出せない浩然が立ち尽していると、急に空が真っ暗になり遠くから雷の音が聞こえ、大粒の雨粒が頬を叩くように降ってきた。浩然には覚悟を試されているように感じられた。雷鳴は徐々に大きくなり、浩然の心に問いかけるように迫ってきた――。

戦争末期に浩然が鈴玉に引き取られた時、養父に当たる浩字(ハオユー)はまだ元気で、農業を営んでいた。浩字は地主から土地を借りて小作人をしていたのだが、満州国が建国されて地主が土地を取り上げられると、次は満拓機関から土地を借りた。その広さは8ヘクタール(1ヘクタール=100平方メートル)にも及び、使用人を数名雇い裕福な生活を送っていた。引き取られた頃の浩然は、花子に連れられてソ連の侵攻から避難していた時の辛い体験もあってか、人前で喋ることは少なかった。たまに喋ることと言えば母である花子のことばかりで、「お母さんはどこ? お母さんに会いたい」と言うだけであった。それでも二人は、愛情を持って浩然を育て、そのお陰で小学校高学年辺りから浩然は笑顔を見せるようになり、自分から進んで義父浩字の仕事の手伝いや、大好きな牛の世話をするようになっていった。

二人はそんな浩然を見てとても喜んだが、中国の内戦が起きて八路軍が勝利すると、浩字の持っている土地は中国共産党の支配地域になった。

中国共産党中央執行委員会は「土地政策に関する指令」を出して農地改革に着手すると、従来の富農に対しては生計維持に特に必要な財産の保有だけを認めた。そして地主の所有権を無効として、地主や富農の所有していた家畜や農具、食料、その他の財産を没収した。しかし、富農たちの中には財産を隠して没収に応じない者が多くいた。そこでそれを告発させるために、八路軍は各村に工作隊を派遣するなどして貧乏な農民たちを集めて会合を行ったりして、共産党の政策を話し党員を次々と増やしていった。そして富農民が貴重品等を隠していることがわかると、老人であろうが女性であろうが貧農民の前で見せしめに拷問され、富農分子は農民大衆の敵とされ、贅沢や裕福な暮らしは一切認められなかった。浩字も8ヘクタールの土地をほぼすべて奪われ、残ったのは0・5ヘクタールにも及ばない土地だけだった。浩然が可愛がっていた牛も全部奪われて、悲しむ鈴玉と浩然に浩字はこう言った。

「日本軍はたしかに強かった。しかし満州国は14年で滅んだ。国民党もアメリカから飛行機や大砲の援助を受けて戦った。だが両軍とも今はここに残っていない。共産党八路軍は、粟粒と銃1丁で戦い、その結果、八路軍が勝った。中国には貧しい人が多く、富裕層はわずか1割にも満たない。9割以上の人が共産党八路軍を支持して擁護している。中国の国運と自分の運命は、なるべくしてこうなったのだよ。これは天意なのだろう。」

義父である浩字は、幼い頃から本を沢山読んで勉学に励み、道徳・品性・人格を備え、物事をわきまえる人物であったのだ。

浩然が小学校高学年の頃、「小日本」「日本鬼子」と中国人の子供たちから呼ばれ、いじめに遭っていた時があった。

浩字は泣いて帰ってくる浩然を、家に入れてやらなかった。

「泣いて帰ってくるような息子はうちにはいない。泣いている暇はないぞ、強い人間になれ。腕力に頼る人間にならず、心の強い人間になりなさい。そして本を沢山読みなさい。本はお前の先生になる」

浩字はそう言って時には浩然を突き放し、時には生きていくために必要なことや勉学することの大事さを繰り返し教えていった。

浩然は中学を出ると、浩字の後を継いで農家を営んでいくことを決めた。

浩字と鈴玉はとても喜んでくれたのだが、浩字はこの頃から体を壊して床に臥せることが多くなった。そんな体になっても、浩字は死ぬまで浩然の教育に熱心だった。

「農民になるのであれば、飾り気を無くして農業に励みなさい。毎日の積み重ねの勤労によって裕福になる。正しい心を持って、お前が日本人であることを隠さず、正々堂々と生きていくことが大切だ。人に対しては誠実に生きていきなさい」

浩字は浩然を小さい樹にたとえた。

もし樹が小さい時に芯が悪ければ、大きく育った時には芯が腐敗して病気を持った樹になってしまう。世の中には何ら役に立たなくなってしまう。死ぬ間際までそのように浩然に人の道を説いていたのだ。

浩字が亡くなり、浩然は鈴玉のために休まず一生懸命働いた。

そして二十歳になると、浩然は中国人である芽衣と結婚する。そして二人は幸せに暮らしていたのだが、日本人である浩然を苦しませる出来事が起きた。

1966年から毛沢東が亡くなるまでの10年間続いた文化大革命である。

文化大革命は、国家主席の座を劉少奇に奪われていた毛沢東が、軍の支援を受けて権力を奪還しようとしたことが発端である。毛沢東は社会主義（誰もが平等に生きられる社会、お金持ちも貧乏もなく、皆が同じことが良いとされる）を理想とし、劉小奇が資本主義（誰もが自由に経済活動をして良いとされる社会で、このことによって貧富の差も生まれることとなる）を目指し進んでいた。そこへ毛沢東が「国家の危機」と称し、「毛沢東語録」を数億冊印刷し、政治宣伝に利用しつつ、中国共産党の通知で「反革命分子との闘い」を学生たちに呼びかけて学生運動を起こさせた。

徐々に拡大していった学生運動は「紅衛兵」と呼ばれるようになり、「造反有理」と叫びながら毛沢東の想像を超えて周りの人たちを闘争と破壊の渦に巻き込んでいった。

攻撃の矛先は指導者や知識人、自分の親にまでも及び、「四旧打破」（古い思想、文化、風俗、習慣を打破）と称して文化財等を次々に破壊し、遂には学校や職場は機能しなくなった。加害者にならなければ被害者になってしまう状況の中、中国各地で大量の殺戮や内乱が勃発し、犠牲者は1000万人から2000万人に及ぶと言われている。

これには軍が処刑した紅衛兵も含まれている。

この時期、日本人残留孤児であった人たちは、何らかの差別や迫害を受けていた。まず共産党入党への不許可、政治活動の排除である。当時の中国では、共産党に忠誠を誓う政治活動からの排除は要注意人物の烙印を押されているに等しく、いつ迫害を受けてもおかしくない状況であった。浩然も然り。「日本のスパイ」「戦争犯罪者の子」として浩然の名前が載った壁新聞が街中に貼られ、紅兵隊が浩然の家に集団でやってきて、鈴玉や芽衣の前で日本人は信用できないとして捕らえられ、思想改造学習班に2ヵ月以上監禁された。中国では悪いことは昔すべて日本が持ってきたと考える風潮があり、浩然は倉庫のような場所で寝起きさせられ、週末だけ帰ることが許された。スパイ呼ばわりされた浩然はショックを受けたが、他の残留孤児の人たちはもっと酷い迫害を受けていた。ある日本人の医者は職を外され、労働改造として木材運びを8年間させられた。また鉄鋼製作所で主任として働いていた日本人は、首に看板を吊り下げられて街中を引き回され、みんなの前で自己批判させられるなど、精神的に追い込まれて自殺まで考えた者もいたほどだ。

浩然もこの時、一つ間違えばどうなるかわからなかったのだが、なんとか一命を取り留めることができた。

浩然は、心の中では決して日本人であることの誇りを忘れることはなかった。義父の浩字が幼い頃から教えてくれた「お前は日本人であることを隠さず、正々堂々と生きていくことが大切だ」という言葉を忘れず、故郷日本を、ここまで自分を育ててくれた中国と同じくらいに愛していたのだ。しかし、当時の世の中は、浩然がそれを口にすることを許しはしなかった。浩然の心は両国の間で、これからも揺さぶられていくことになる。

浩然が家に帰ると、妻の芽衣が食事の用意をしていた。

「びしょ濡れじゃない！　浩然さん、今日もいつもの場所に寄ってきたの？」

芽衣は、ずぶ濡れで帰ってきた浩然をタオルで拭いてあげながら尋ねた。

「お義母さんが最近何か元気がないみたいだけど、何か知っていますか？」

浩然が答えられずに黙り込んでいると、芽衣は浩然の心を察した。

時々、夜寝ていると浩然が汗まみれになり、同じ言葉を叫びながらうなされていることを芽衣は知っていた。浩然の小さい頃の記憶は微かにしか残っていなかったが、夢の中に恐ろしい記憶が時々姿を現しては浩然を苦しめ、寝言で「助けてくれ」「日本に戻りたい」などと何度も繰り返し叫ばせていたのだ。

「浩然さん、やっぱり今でも日本に戻りたいと思っているの？」

芽衣の問いには浩然は答えずに、こう言った。

「今晩、母さんに自分の日本での名前をもう一度聞いてみようと思っている……」

と打ち明けた。

「じゃあ、日本に戻るのですか？」

「今はまだわからない。とにかく、今晩３人で話をしよう」

浩然の思いつめた顔を見ていると、芽衣はそれ以上聞くことができなかった。

その夜、小さい息子を寝かせた後、浩然と鈴玉と芽衣は居室に集まった。沈黙の中、鈴玉は何の話か予測できていたが、ゆっくり話し出す浩然の言葉に黙って耳を傾けた。

「母さん、実は自分の知り合いで日本人の田中さんという方から、今日本では残留孤児の身元調査が始まっていると聞きました」

「田中さんと言えば、戦時中に中国人と結婚した方ですよね」

芽衣が言葉を挟んだ。

「田中さんは、身元確認ができないと孤児面接を受けることができないと言っていました。それで、前に母さんに自分の日本での名前を、もし知っていれば教えて頂きたいと思って、お聞きしました……」

「お前は日本に戻りたいのかい？」

鈴玉が浩然に聞く。

「自分は、母さんや芽衣たちを中国に置いて自分だけ日本に戻ろうとは思っていませんし、それに身元保証人が日本にいないと戻れないとも聞きました」

「お前は、生きているかもしれない実の父親のことが気になっているのかい？」

浩然には弟の隆や祖母の菊が亡くなったことについての記憶がうっすらと残っており、母親の花子が亡くなったことについても鈴玉から聞いていた。しかし、父親幸次の消息だけはわかっていなかった。

「それだけではないのですが……」

浩然が黙り込むと鈴玉は、

「父親が生きていれば、身元保証人にもなってくれるでしょう……」

と寂しく呟いた。

「でも、日本に戻ったとしても日本語を話すこともできないし、苦労するのでは？　仕事も何かしないといけないだろうし、日本に行っても明日食べるものもないのよ？」

泣きながらそう言う芽衣を見て、浩然は本音を話すことができなかった。

自分はやはり日本人なので、日本に戻って日本の大地を踏みたいと思っていた。鈴玉や芽衣には何も言わずに、知り合いの田中から日本語を少しずつ教えてもらってもいた。

別に隠す必要もないのだが、浩然には何か後ろめたい気持ちがあった。そして父親の消息も気になっていたが、何よりここ旧満州で眠る母や祖母、弟と一緒に日本に戻りたかった。もちろん、全員の遺骨はない――。

花子の墓も鈴玉から聞いた場所に墓標を立てただけにすぎなかった。しかし日本に帰還できずに死んでいった花子たちの想いが、自分が日本に帰還することで何故か報われる気がしていたのだった。浩然は、どうしても中国と日本のどちらかを選ぶことができずに、ずっと苦悩していた。

沈黙の中、鈴玉が静かに切り出した。

「秋山、尊よ、お前の日本での名前は……」

浩然はその名前を聞いた瞬間、戦慄が走り、幼い頃の記憶が走馬灯のように駆け巡った。

そして、浩然は体を震わせて、こらえきれずに涙を流し、その場にうずくまってしまう。

「お母さん……お祖母ちゃん……隆……」

鈴玉と芽衣はその姿を見て、浩然の思いを汲み取った。


山本慈昭は、孤児捜しの使命感を一層強めて活動を行っていた。

その理由の一つは、阿智郷開拓団の生存者の一人が死ぬ直前に告白した内容に衝撃を受けたことにあった。

「開拓団の8割が死んだというのは嘘で、子供たちを救うために中国人に引き渡しました。山本さんの次女と奥様は亡くなりましたが、長女は中国人に引き渡したので生きている可能性があります」

というものだった。山本は上川の言っていたことは正しかったと思い、自分の収入や老齢年金までも活動資金に当てる決意で、残留孤児捜しに臨んでいた。

山本の依頼により、新聞やテレビでは機会あるごとに孤児たちについて報道され始めた。中国本土でも、肉親の不明な孤児たちへの呼びかけや、山本のもとへ連絡してほしい旨の放送が日本語と中国語で放送され、山本が残留孤児への慰問で訪中した際には、吉林省で残留孤児と対面して肉親を捜せていないことを謝罪し、最後の一人まで肉親を捜し出すと約束した。このことはＮＨＫでも特集が組まれ、ドキュメンタリー番組として放送された。そうした経緯もあって、残留孤児問題は世間でも認知度を高めていった。

秋山幸次もこの時、日中国交正常化を機に、満州からの引揚者や関係者が山本のもとに集まって結成されていた「日中友好手をつなぐ会」に入会して活動をしていた。身元の判明した孤児は結成時には二人だったが、今では１００人近くにまで上り、山本が孤児たちを熱心に案じている噂は中国全土に広まっていた。

幸次は山本に連絡を取った後、ある祝いの席に山本に呼ばれて立ち会った。家族が判明して両親が健在であったことがわかり、再会の前日に設けられた祝いの席であった。

そこで、ある人物が、

「自分ほど大変な人生を送った人間はいません」

と話した。それを聞いた山本は、

「馬鹿者！」

と一喝した。

「たしかにあなたは大変な思いをしたが、５歳まで兄弟と暮らして、明日は再会を果たせる。しかし、生まれた直後に置き去りにされ、今なお日本に帰れない人たちが沢山いる、その子たちは自分が何者か、いつ帰れるのかさえもわからないのだ。だからこそ、今度はお前が力になってくれ」

と山本は説いた。

その山本の言葉に幸次は深く感銘を受け、目が覚める思いだった。自分は、何でも人のせいにして孤独に負けそうになり、自殺しようとまでした。その上、山本に連絡したものの、自分の家族が生き残っているかどうかだけを考えていた。そういう自分の愚かさ、弱さを恥じ、幸次は山本を微力ながらも手伝い、生きていこうと決心していたのだ。

そして今日も幸次は、長岳寺の別邸にて山本宛に次々に送られてきて最終的に4万通にも達した手紙の整理を行っていた。

中国で日本人の子供を育てた人たちや、満州に取り残された子供たち、そして日本にいる親や親族が、それぞれの立場で書いているため、手紙の内容はさまざまであった。

幸次は、その中の一つの手紙に目を奪われた。


日本の侵略時代、日本人の兵隊が妊娠中の私を殴り倒し、私のお腹を蹴りました。私は大量出血して流産してしまい、二度と子供を産めない体になりました。でも私は、日本人にあれこれと言うつもりはありません。日本人たちが全員乱暴で、暴力を振るったわけではないのですから。日本敗戦当時、長春市内（新京）は逃げ出そうとする日本人で大混乱でした。その多くは女性と子供でした。私はリヤカーの上に置き去りにされていた赤ちゃんを見つけました。親は殺されたのか誘拐されたのかもわかりません。私はたまらなくなって、その赤ちゃんを自分の子として育てることにしました。私は日本人の親を責める気持ちはありません。日本人の親も手放したくて手放したのではないのですから。そして私の周りには、敵国の子供を育てていると考える人は一人もいませんでした。何故なら、子供に罪はないのですから……。

　戦争末期、満州で日本人の子供を拾い育てた人の手紙だった。

　途中まで読んでいると、端野いせが声を掛けてきた。

「秋山さん、そう根を詰めないで休憩したらどうですか。お茶でもどうぞ」

　いせは「岸壁の母」として知られている人物である。引揚船が着くたびに桟橋の脇に立っていたことから、いつしか人々の目に留まって、そういう愛称で呼ばれていたのだ。

「端野さん、すみません。ありがとうございます」

「何を読んでいたの？」

「はい、こちらは旧満州で日本人の子供を育てた方の手紙です」

「ちょっと私にも読ませて」

　いせは手紙を読み終えると、

「戦時中とは言え、置き去りにされた赤ちゃんを見て通り過ぎることのできる女性なんて、やっぱりいなかったのでしょうね」

　と言った。

　それを聞いた幸次は、妻の花子が息子たちを可愛がっていた姿を思い起こした――。

　すると、玄関から声が聞こえてきた。

「ごめん下さい、上川ですが」

　いせが玄関に向かう。

「お久しぶりです、上川さん。ようこそいらっしゃいました。どうぞ上がって下さい」

上川は、帽子を取って軽くお辞儀して部屋に入ると、集まっている人の多さとそこにある手紙の量に驚きを隠せなかった。

「いやいや、すごい量ですね。新聞社に送られてくる数とは比べ物になりませんよ。ところで山本さんは、まだ中国ですか？」

「はい、山本さんは孤児らと会うために訪中しています。山本さんは1週間後に戻りますから、少しでも多くの手紙を読み、山本さんが今中国で面会されている方との情報に照らし合わせることができるようにしているのですよ」

幸次たちは10名ほどで手紙を読み、名前や出身地、年齢、特徴、家族構成、その時の状況等を細かく記載して振り分けていたのだ。

「おや、こちらの方は新しいお方ですね。お初にお目にかかります。私、上川と申します」

上川は、初めて見る幸次に挨拶をした。

「こちら、関西新聞の上川さん。親身になって相談にいろいろ乗って頂いているの」

いせは上川を紹介した。

「秋山幸次と申します。昨年から山本さんのお手伝いをさせて頂いております。宜しくお願いします」

二人はお互いを確かめるように、固い握手をした。

その夜、上川は食事に呼ばれて、「手をつなぐ会」の人たちと食事をしていた。

「上川さん、お酒はいかがですか？」

「これはどうも申し訳ないです。何から何まで」

15人ほどで賑やかに食卓を囲み、会の人たちが笑顔でお酒を飲んでいる中、上川は幸次が酒を口にしていないことに気づいた。

「秋山さんは、お酒を飲まれないのですか？」

「いや……、一年ほど口にしていませんので……」

「お体でも悪いのですか？」

するといせが、

「秋山さんはお酒をやめているのですよ、いろいろな思いがあって。でも、今日くらいは一口くらい飲んでもいいのでは？」

と誘った。

「飲める口ですか。じゃあ是非、1杯どうぞ、お注ぎ致しますよ」

幸次は申し訳なさそうに盃を持ってお酒を注いでもらい、ゆっくりと口にした。

「おいしい……」

お酒とはこんなにもおいしかったのか。久しぶりに酒を口にした幸次は、涙が出そうになった。それは、自殺しようと思った直前に飲んだあの時の酒とは、全く違うものだった。

涙を流しながらお酒を飲む幸次を見て、上川はこの人も他人には計り知れない人生を背負ってきたのではないかと感じずにはいられなかった。

食事が終わると、先ほどの新京で赤ちゃんを拾って育てた女性の話になった。

「きっとその中国人の女性も死なせてはいけないと思い、必死に育てたのでしょうね……」

ある人の言葉にいせが応じた。

「日本人の子だからと言って、育てている時に辛く当たるような義父母は少なかったそうね。手紙を読んで、皆さん愛情を持って自分の子供のように育ててきたのがわかるわ」

「日本兵に腹を蹴られて流産したのなら、日本人に対して恨みの1つや2つ出るのが普通かもしれないのに……」

「死にかけた赤ちゃんを見て、とてもこれは助からないと思って通り過ぎた人が、やはり見捨てられずに戻って拾い育てたという手紙もありましたね。息が荒くて高熱もあり、目ヤニだらけで両目はほとんど見えてなかったらしいです。だからこそ可哀想で、助けてあげたかったと書かれていましたよ」

上川も幸次も黙って周りの話を聞きながら、その話の重さに心を奪われていた。

「養父母が日本人の子供を引き取ったのは、ただ目の前の命、特に子供の命を純粋に守らなければならないと考えたのでしょうね……、きっと……」

いせがしんみり最後に言うと一同は黙り込んだ。

そして虫の鳴き声だけが響き渡り、優しい風がそっと吹き抜けていった——。

幸次は久しぶりにお酒を飲んだこともあり、酔い覚ましのため、外で心地よい夜の風に吹かれながら煙草を吸っていた。

「こちらでしたか」

幸次が振り返ると上川が立っていた。

「ご一緒してもよろしいでしょうか？」

煙草を出しながら上川が言うと、幸次は笑顔で上川を招いた。

「いやあ、今日は飲みすぎましたよ」

「ははは」

少し笑った幸次を見て安心した上川は、

「私は先ほど皆様のお話をお聞きして、一つひとつの言葉に重みを感じましたよ」

そう言って上川は、煙草に火を点けた。

「私もいろいろな手紙を読ませて頂き、さまざまな出来事があることに正直いつも驚かされています」

「秋山さんは一年ほど前から、こちらに来られているとお聞きしましたが、こちらに来られるきっかけは何だったのですか？　不躾に聞いて申し訳ありませんが」

「いえ、何でもお気になさらずに聞いて下さい。私はシベリア抑留から帰国すると家族が全員死んだと知って、お恥ずかしいのですが……、自殺しようとしました……」

それを聞いて、上川の煙草を吸う手が止まった。

「思い留まって家に帰ると、１通の手紙が届いていたのです。その手紙を読んで、山本さんのことを知りました。その手紙をくれた方にはシベリア抑留の時にとてもお世話になりまして、この人がいたからこそ、私はシベリアから日本に帰れたと言っても過言ではないのです。その方に私は何度も助けられました。自殺していたら手紙は読めませんでしたから……、山本さんやここの会員の方たちとも出会うことはできなかったでしょう……」

「そうだったのですね。そういったお話をお聞きすると、人と人との出会いがいかに大事なことなのか、改めて感じさせられますね……」

「私はシベリアから日本に戻って家族が全員死んだと知ってから、正直、一人で立ち直ることができませんでした……。ここに来て、人との出会いが私の人生を変えてくれたことを実感しています」

初めて幸次がここに来た時、山本やいせたちには、何故か不思議と自分の今までの生い立ちや今の思い、気持ちを素直に打ち明けることができた。

憔悴しきった幸次の姿を見て、いせが、

「そこまで追い詰められて、苦しかったのね。辛いのなら辛いと言っていいの。泣きたいなら泣けばいいの。きっとあなたを必要としている人がいますからね。今の気持ちは決して間違いではないし、時間はかかるかもしれないけど、ゆっくり回復していけばいいのよ」

と励ましたのだった。

上川は幸次と話をしているうちに、初めて山本慈昭から関西新聞社宛に届けられた手紙のことを思い出していた。何度も繰り返し読んだあの手紙の内容と幸次は同じ境遇にあった。山本や幸次がシベリアから戻った後、家族が全員死んだと聞かされた時の心情を思うと、これ以上何と言葉を掛けていいかわからなかった。上川も空襲で家族を全員失い、今でもそのことを口に出すのが辛かったからだ。

「上川さんは、ご家族は元気でいらっしゃるのですか？」

何も知らない幸次から不意に聞かれて上川は一瞬たじろいだが、目をゆっくり瞑ると家族のことを思い出し、自分はこのことから逃げているだけなのかもしれないと思った。

二人の間を強い風が吹き抜けた。そう言えば、あの時も同じような風が吹いていた――。

上川は、他人に決して今まで語ることのなかった、空襲で家族を失った時のことを静かに話し始めた。

「秋山さん、実は私も空襲で家族を全員亡くしたのです……」

それは上川にとって、死ぬまで決して忘れることのない出来事であった。

日本本土空襲――。それは昭和19年中頃から長期間に及んだ、アメリカのＢ29爆撃機による大規模な無差別攻撃だった。日本軍はすでに制空権と制海権を失っており、空襲は終戦当日まで続いた。結果、日本全国で２００以上の都市が被災して、内地全戸数の２割に当たる２２０万戸が焼失。被災人口は９７０万人にも及び、死者数は約50万人以上にも上ると言われている。昭和18年８月、アメリカ陸軍航空隊司令官ヘンリー・アーノルド大将は、日本を早期敗北に追い込むために空戦計画を提出し、日本都市産業地域を新規に開発した焼夷弾によって継続的に爆撃することを主張した。日本各地の人口密度・火災危険度・輸送機関・工場の配置などを徹底的に検討して、爆撃する都市や街の一覧表を作成すると、日本を空爆する兵士たちにヘンリー・アーノルドはこう言ったという。

「君たちが日本を攻撃する時に伝えてほしいメッセージがある。そのメッセージを爆弾に書いてほしい。私たちはパール・ハーバーを忘れないと。B29は何度もお前たちに思い知らせるだろうと。私はジャップを生かしておく気など全くない。男だろうが女だろうが、たとえ子供であろうともだ。ガスを使ってでも火を使ってでも、日本人という民族が完全に駆除されれば、何を使ってもいいのだ」

日本の都市はこの時、ほとんどが木造住宅で密集していたため、密集地域に焼夷弾を落とせば、火災を起こし、周囲にある工場も一緒に焼き尽くすことができると考えたのだ。

このためにアメリカが新規開発した焼夷弾の数は200万発以上と言われている。この焼夷弾は上空700メートルで開裂し、火薬によって子爆弾を周囲に散開させる仕組みで、それを見た日本人たちは「空から火の雨が降ってきた」と恐れをなした。

昭和19年6月15日、福岡県八幡市空襲を皮切りに、アメリカは日本に対する戦略爆撃を本格化すると、昭和20年3月10日に東京大空襲を敢行（かんこう）する。

同年3月13日。上川が暮らす大阪の街は、まだアメリカによる空襲を受けてはいなかった。上川はこの日、首都東京が受けた東京大空襲の大量の情報収集を得て関西新聞本社内に深夜まで残り、その詳細を調べる作業に追われていた。

『東京大空襲によって10万人以上が死亡。下町の大部分を中心に焼き尽くす。焼夷弾集中攻撃の前にはバケツリレーどころか消防車も何の目的も果たせず、むしろ消防車も火炎に包まれて消防士もろとも丸焼けとなった。空襲現場では巨大な炎が突風に押し流され、町の中で渦を巻き、人々には炎がまるで意思がある生き物のように見えたという。頑丈と思って逃げ込んだコンクリートの建物も、周囲からの熱で建物内部の可燃物が燃え出し、逃げ込んだ人々の服や荷物も自然発火した』

アメリカ軍は早くから首都東京を中心に江戸時代に頻発した江戸の大火や関東大震災の検証を行い、火元・風向き・延焼範囲・被災実態を分析して焼夷弾を落としていったのだ。

『家族と自宅を失い、慟哭する国民に対して日本政府は、「空襲に耐えろ、一時の不幸に屈するな」と発表した。日本政府に私は一言言いたい。あなた方は私たちにこれ以上何に耐えろというのだろうか。これ以上のことがまだ私たちを待っているのだろうか。あなた方政府からは私たち国民に避難せよ、身を守れという言葉など何一つない。内務省防空対策担当からは、「アメリカ軍が散布する空襲予告ビラを所持するな」という通達、それだけである。私はそれを知って日本政府に対して、感情的になる自分を隠せずにはいられない』

この時に上川が書いたこの記事が、掲載されることはなかった――。

関西新聞本社は、この後すぐに空襲で焼き尽くされるからだ。

「これ以上のことが待っているというのだろうか」

上川が書いた記事がすぐ現実となり、上川自身の運命を変える。

記事を書き終えた上川が時計を見ると、午後11時45分であった。

電車もバスも動いていない時間になってしまい、今日は会社に泊まり込みだなと思い、いつものように屋上に上がって煙草を吸った。大阪市内の街は静かに眠っており、この日は風が強かった。妙に生暖かく不気味な夜だなと思った瞬間、空襲警報が鳴り響いた。するといきなり、照明弾によって街が明るく照らされ、上空からＢ29の飛来する音が塊となって上川の耳を強く抉った。約２４０機のＢ29の大群が大阪都市部を中心に襲い掛かってきたのだ。まず先導機が大型ナパーム弾を港区市岡の照準点に投下し、大火災を発生させると、他の機体はそれを目印に次々と新型焼夷弾を投下していった。

街はたちまち轟音と炎に包まれ、関西新聞本社内も全員が慌てふためき混乱を極めた。

上川はすぐに自分の家族を助けに行かなければと思い、駐車場に停めてあった三輪バイクに跨った。会社から出て行こうとした時、部下の立川が叫びながら駆け寄ってきた。

「上川さん、早く防空壕に避難して下さい！」

「立川くん、防空壕は危険だ！　なるべく火のない所にできる限り逃げるのだ、いいな」

「上川さん、あなたは？」

「家族を助けに行く！」

「え、助けに？　上川さんの自宅はとてもすぐに行ける距離では……、無茶ですよ！」

しかし上川はエンジンをかけ、迷いもせずに焼夷弾が雨あられのように落ちてくる中を突っ込んでいった。上川には妊娠している妻と10歳になる娘がいた。妻の両親も高齢で、同じ屋根の下にいる。今頃全員きっと、泣き叫んでいるに違いない。そう思って必死にハンドルを握り、炎の渦を避けながらスピードを上げた。記事で書いていたことが今、上川の前に現実として起こっている。聞いていた話と実際見る光景はまったく違ったが、「家族を助けに行かなければ」との思いが、上川から冷静な判断を奪い、三輪バイクを走らせた。上川の行く手を阻むかのように、次々と炎と煙が迫る。炎の熱で汗を滝のように流しながらも、自分に落ち着けと言い聞かせた瞬間、建物の外壁が落下してきて、行く手を完全に阻んだ。

周りを見て、バイクを走らせることはもうできないと上川は悟る――。

立ち尽くす上川は、目の前で起きている現実に慄然（りつぜん）として身をすくめた。

あっという間だった――。

火の海とはこのことだ。

炎の中を人々が逃げ惑っている。

戦火から人は逃げることはできない。

目の前で人々が焼かれていく。

人の命がごみのように消えていく。

もうどうすることもできない。

家族を助けに行くこともできない。

どうにもならない惨憺たる現実が目の前にある。

上川の拳が、強く、強く、震えた。

上川はすでに四方八方を炎と煙に囲まれて逃げ場を失っており、諦めかけていた。

その瞬間、

「おい！　こっちだ！　早く！」

と、地下鉄の入り口から人の声が聞こえて振り向くと、誰かが手招きをしていた。上川はそこに駆け込んだ。深夜は普段閉まっている地下鉄の入り口のシャッターが開いており、間一髪そこに逃げ込むことができたのだ。そして地下鉄職員が機転を利かせて運行させた最終電車の車両に、偶然に乗ることができて九死に一生を得た。

翌朝、上川は足早に自宅に向かった。焼け野原となった大阪の街を、自分の目に焼き付けながら歩いた。大阪の街は、一夜で別世界のように何もない焼け野原となっていて、自転車や鉄釜はすべて真っ黒に焼け、グニャグニャに溶けていた。焼け焦げた死体が累々と横たわり、道の真ん中に落ちていたものを拾うと、手が火傷しそうなほど熱く落としてしまった。落ちた瞬間に、その塊は粉々に散って風の中に消えていった――。

それは、指が全て溶け落ちた人間の手であった。そして上川は目を背けたくなる光景に遭遇した。大阪の街では、消防訓練の際に水源として使われているコンクリート製の水槽が道路の所々に置いてあった。火に囲まれて逃げ場を失った人々が、焦熱から少しでも逃れようとして、その水槽の中に飛び込んだのだ。上半身を折り曲げて黒焦げとなり、この世のものとは思えなくなった人間の姿に、上川は総毛立った。それでも慄く体を必死に支え、魂を引きぬかれそうになりながらも、上川は自宅へと向かう。

上川の自宅は、跡形もなく全燃していた。歩いてくる途中、さまざまな光景を見て覚悟はしていたが、声も出ない。涙も出ない。上川は暗澹とした気持ちで眺めることしかできなかった。上川はその後、妻と妻の両親が空襲で焼け死んだことを聞かされる――。

娘は周りの人たちに助けられて体育館に避難していたが、上川が駆けつけた後で息を引き取った。全身に火傷を負い、包帯で巻かれている無残な娘の姿を前に上川は叫喚した。

「お父さん、熱いよ……、熱いよ……、なんで助けに来てくれなかったの……」

そう言いながら娘は、鬼籍に入ってしまったのだ――。

話を終えた上川の目は真っ赤だった。上川が初めて人前で弱さを見せた時でもあった。

幸次も上川の話を聞き終え、頬が濡れていることに気づいた。

「長々と話をしてしまいました……。でも話をして、何かすっきりとしましたよ」

「ご家族のことを知らずに聞いたりして、すみません……、大変な思いをされていたのですね」

「戦争は恐ろしいもので、勝っても負けても、やるべきものではないと思います。本当の殺し合いなのですから……」

「そうですね……。私も戦争末期に戦場を経験しましたが、あの時、周りで仲間たちが死んでいく光景は、今でも忘れることができません……」

「……多分、人は戦時中、それぞれいろいろな宿命を背負わされて生きてきたのだろうと、私は今となってはそう思っています」

幸次の耳には、上川の言った「宿命」という言葉が強く残った。

「しかし、ここ山本先生の所は、本当に不思議な場所ですね。私も山本先生と初めて会った時にお話をお聞きしていて、何か不思議と力を貰えた気がしました。そして今もまた……、沢山頂けたような気がしますよ」

上川が夜空を見ながら笑った。

「私も初めてここを訪れた時に自分の生い立ちなどを、山本先生と端野さんたちにお話しさせて頂いた時には、どれほど勇気づけられ救われたことか……」

と幸次も相槌を打つ。

「端野さんは、出征した息子さんの帰りを舞鶴でずっと待って岸壁の母と呼ばれるようになったそうです。自分も舞鶴では、よく見かけていましたからね。あの方の慈悲の心で救われた方も多いことでしょう。秋山さんも、ひょっとしたら舞鶴に戻った時に見かけていたのかもしれませんね」

「はは、私も港に着いた時、舞鶴の人たちが温かく迎え入れてくれた光景を今でも思い出しますよ」

二人には笑顔が戻っていた。

「あ、そう言えば舞鶴で思い出したのですが、面白い話があるのですよ。ある時、満州から帰ってきた親子がいまして、私がその母親に取材しようと思って声を掛けたら、びっくりしまして」

「何かあったのですか？」

「いや、大したことではないのですが、いきなり『煙草ある？』と言われて煙草を1本あげたのです。そして『子供を連れて帰ってくる親がいるのだからチョコレートとか用意しておきなさい』といきなり怒られましたよ。あれには参りました」

「ははは」

幸次が笑って聞いていると、

「最後は私の煙草を全部持っていってしまって、結局その母親から話を聞くことはできませんでしたが、母は強いなと私は感心しましたよ。多分、中国で日本人の子供を拾った方たちも死に物狂いでなりふり構わず生きて、あの母親のように育ててきたのでしょうね」

「……そうですよね。戦時中はもちろん、戦後になっても、すべての人が死に物狂いだったのですからね」

幸次が、自分の過去を振り返りながらしんみりと答えると、

「沢山の人たちが支え合いながら生きてきたのでしょう……、きっと……」

と上川は言った。

この時、幸次も上川も、二人の話に出てきた正とキヌエが、まさか夫婦だとは夢にも思わなかった。二人が話を終えて戻ろうとすると、

「秋山さん！　ここにいましたか」

と言いながら会員の一人がやってきた。

その慌てように戸惑いながら、

「どうかしましたか？」

と、幸次が尋ねた

「先ほど端野さんから、中国にいる日本名で秋山尊さんという方の消息がわかったと聞きました！　秋山さんのご子息さんですよね？」

幸次はその言葉を聞き、煙草を落としそうになるくらいに驚いた。

混乱する頭の中、幸次は返事もできずに呆然と立ち尽くす。尊が生きていた――。

尊（浩然）は中国で山本と面会し、鈴玉の教えてくれた名前が決め手となったのだった。

幸次の運命は、ここにきてさらに動き出した。

上川直樹は、記者生活で最後となる残留孤児に関する記事を書いていた。それに上川も幸次は消息のわかった息子尊の訪日を待てずに中国に渡ることにした。それに上川も幸次に同行していたのであった。

再　会

私は中国で、残留孤児再会の場に立ち会うことができました。

秋山幸次さんと飛行機で北京空港に向かい、北京市内のホテルの一室で山本先生立ち会いの下、秋山幸次さんと息子である秋山尊さんとの再会を果たす場面に同席することができたのです。決め手は名前だったと聞いていましたが、二人は旧満州で別れてから長い年月が過ぎ、風貌や身なりも変わっているにも拘(かかわ)らず、会った瞬間にお互いが親子であると認識をして強く抱きしめ合いました。その姿を、私は今でも忘れられません。その光景は、涙なくして見ることはできませんでした。こうして再会できた背景には、山本先生や「日中友好手をつなぐ会」の人たちによる並々ならぬ地道な努力があります。

山本先生が中国を訪れた際、身元確認が取れて政府が認めた孤児たちと話をしている間、外には身元確認が取れずに政府から孤児と認められていない約300人の人たちが座り込みをしていたそうです。それを知った山本先生は、「彼らを見捨てて日本に帰ることはできない。わかってくれ」と叫んで役人の制止を振り切り、その孤児たち一人ひとりに聞き取りを行ったそうです。そして肉親が見つからなかった孤児たちに山本先生は、「私が皆さんの父親になります。いつでも日本に来て下さい」と言い、自宅を孤児や肉親の宿泊用に開放されました。一時的に身を寄せた孤児の方々は、50人にも及んだそうです。残留孤児で、まだ身元のわからない方は沢山いらっしゃいます。戦争が落とした影は薄まり、私たちは平和な日々を過ごせるようになってきましたが、今でもまだ多くの人たちが戦争によって苦しんでいるのです。第2次世界大戦は、世界で8000万人以上とも言われる犠牲者を出しました。日本だけでも、この戦争によって300万人以上の犠牲者を出したとも言われています。私たちが享受できている今の平和な生活は、それほど大きな犠牲の上に築き上げられているということを、私たちは決して忘れてはならないのです。人は一人では生きてはいけません。家族や町の人々、そして隣国の方々と、この地球上にある天地自然の恵みの中で育まれながら、共に生きているのです。

これを読んでいるあなたに伝えたい。今一度、あなたの家族や大事な人と一緒にいられることに感謝してもらいたい。そして決して無限ではない大自然からの恩恵に感謝し、それを忘れることなく、共に助け合いながら生きていってほしい。

「世界平和の尊さ」と「一人ひとりの命の重み」を、今一度真剣に考えてほしい。

そして、その思いを願わくは、あなたの未来のある大切な人たちに伝えていってほしい。

今、私はそう思わずにはいられないのです。


上川は最後の記事を書き終え、ゆっくりとペンを置いた――。

戦争を知らない世代が増えてきている今、世間では毎日のように凶悪犯罪が発生し、尊い人命が殺傷されて世間を賑わせている。予備校生の息子が両親を殴り殺した金属バット殺人事件や、銀行に押し入って人質30人をとって犯行に及んだ銀行人質事件等、その場の感情や激情に流されて犯行に及ぶという、今までに聞いたことのないような事件が頻発していた。そして第2次世界大戦後の経済的豊かさを優先するあまり、戦後の日本には急速な工業化に伴って環境破壊が起こり「水俣病」や「イタイイタイ病」「四日市ぜんそく」といった公害病が発生して深刻化していた。上川は、戦争が終わってもこのような事件や環境問題を取材したことで、世の中の乱れと人間の終わることのない欲望や葛藤、そしてひたすらつき進んでいく将来や自分たちに与えられている宿命に危惧を感じていたのだ。

最後の記事は、上川なりのメッセージであった。

「君、これを宮ノ内室長に渡しておいてくれ」

隣に座っている女性社員に、上川は原稿を手渡した。

「上川さん、室長は今、出かけていますよ。あと1時間くらいで帰社される予定ですが」

「そうか……」

そう言って上川は部屋を出て行くと、いつものように屋上には上がらず階段をゆっくりと下りて行った。そして、長く勤めた会社を振り向くことなく、静かに後にした。

家路の途中、上川は道端で赤紫色の朝顔が元気に花を咲かせているのを見つけた。空襲で亡くなった妻と娘が、昔夏休みに朝顔を楽しそうに育てていたのを思い出し、足が止まった。目を奪われていると、

「お父さん、今まで頑張ったね」

と二人が、そう言ってくれているように思え、胸が熱くなった――。

上川は関西新聞社を退職した後も、個人記者として生きていく。主に残留孤児問題や環境問題に着目し、死ぬまでその目に映ったさまざまな出来事をしっかりと焼きつけ、世の中に文章として残していったのだ。永住帰国を果たした中国残留邦人は、孤児の家族を含めると2万人を超えたが、今では孤児の高齢化が進み、忘れ去られようとしている。帰国できたとしても日本語を話せず、社会から孤立した孤児も少なくはなかった。

山本慈昭は、そういった人たちのために生活支援の施設「広拯会館」を建て、多くの孤児たちが日本語や生活習慣を学べる場所にした。そしてその後も中国黒竜江省と協議の上、孤児たちが帰国前に日本語を勉強できるように日本語学校を中国に設立した。

高齢になっても山本は精力的に活動を続け、80歳になった時、遂に長女と再会を果たす。長女は中国で養父母に育てられて5人の母親となっており、のちに永住帰国して山本と共に日本で暮らした。山本は「孤児捜しは最後の一人まで」と言っていたが、87歳で死去する。

長岳寺の「望郷の鐘」と題した石碑には、

「想い出はかくも悲しきものか
祈りをこめて精一ぱいつけ
大陸に命をかけた同胞に
この鐘の音を送る疾く瞑せよ
日中友好の手をつなぎ
共に誓って悔を踏まじ
大陸に命をかけた同胞に
夢美しく望郷の鐘」

と山本の思いが深く刻まれ、その遺志はきっと今も誰かに受け継がれている。

厳しい冬が過ぎ、風の感触が穏やかになっていく季節の中、新しく立て直した花子の墓標の前で、幸次は息子の尊（浩然）と一緒に手を合わせていた。

傍には、この大地を何百年も見守ってきた母のような長樹齢の樹々があり、そこに新たな芽吹きが見える。

雲一つない真っ青な空からは、父なる太陽が新たな門出に立った二人を力強く照らしてくれていた。

幸次は再び訪中して、尊の義母である鈴玉と会って花子のことを詳しく聞かせてもらった後、尊の記憶を辿りながらいろいろな人たちからの話を聞き、協力を得て、次男の隆と母の菊が命を落とした場所に辿り着くことができた。幸次と尊は二人の血と骨が大地に還ったその場所で供養すると、土塊を袋に詰めて花子と同じ墓に一緒に埋葬してあげた。

バラバラになって眠っていた3人を同じ場所に眠らせることができたので、幸次は心の中で一区切りつけたと思っていたが、尊には、

「自分が身元引き受け人になるから日本に永住帰国して、自分と一緒に過ごさないか？」

と話しており、未だその返事を聞き出せずにいた。

「これで3人、ずっと一緒にいられるな……」

幸次が安堵の声を発した。

「ええ、お父さん。お母さんもお祖母ちゃんも隆も、今頃きっと喜んでいることでしょう」

尊は花子が自分たちを連れて必死に逃げて、生きようとした時のことを思い出した。

真夜中、ソ連戦闘機の機銃掃射を四方八方から受けながら、休みもせず馬車を必死に走らせたこと。雨の中、自分たちに雨が降りかからないように自分が雨よけとなり、びしょ

びしょになりながら二日間歩き続けたこと。ほとんど食事を取らず、息子である自分たちだけにすべての食料を食べさせてくれ、必死に生にしがみつきなんとか生き抜こうとしたこと。すべての出来事が愛おしくなり、涙が出てきた。

「お母さんは、本当に死に物狂いで頑張ってくれました……」

「お父さんもそう思うよ……。お父さんも、お母さんに助けられたのだから……」

「え？」

幸次は自殺しようとした時に花子の声が聞こえたことは尊に詳しくは言わなかったが、尊には聞かずとも、不思議になんとなく死んだ母が父を励ましたであろうことがわかったのだ。

「尊、お父さんは明日、日本に戻らないといけない。日本永住の件、考えてくれたかい？」

浩然が答えられずにいると、

「お前の家族はもちろん、お義母さんも日本に永住できるよう自分が身元引き受け人になるから、一緒に日本に帰ろう。お母さんたちも、きっと喜んでくれるよ」

と言ってくれる父に、尊は答えられなかった。

尊も養母の鈴玉にそのことを話してはいたが、高齢である鈴玉は頑なに拒んでいたのだ。

そして鈴玉は浩然（尊）に、

「お前は数十年、私のことを本当の親と思って尽くしてくれた。もう十分だから、お前は芽衣と子供を連れて日本に行きなさい」

と言ってくれていた。

浩然には言わなかったが、鈴玉にはここを離れられない理由がもう一つあった。

文化大革命の時、浩然が壁新聞に戦犯の息子と書かれて批判されたことがあったので、もう一度あのようなことが起これば浩然はもちろん、妻の芽衣や浩然の息子にも影響することを心配していたのだ。

鈴玉は独りになるのはもちろん寂しかったが、浩然たちの幸せを第一に考えてくれていた。

「お父さん、すみません……。自分はやはり、母を置いて日本に永住することはできません」

そう言って泣きながら「養母」と呼ばず「母」と呼んだ尊を見て、幸次は何故か嬉しくなり、

「そうか、お前がそう思うのならそうしなさい。それがお前の一番の幸せなのだから」

と優しく、尊の肩に手を置いた。

「尊、お前は幸せ者だな！　素晴らしい母親が二人もいてくれて」

「はい！」

尊は幸次のその言葉を聞き、花子の墓標の前ではっきりと返事をした。

その後、尊は鈴玉が亡くなるまで一緒に中国で幸せに暮らし、その間に浩然が日本に戻ることは一度もなかった。尊にとっては、鈴玉は花子と同じように実の母であり、尊は鈴

玉の実の息子であったのだ。

花子が死ぬ間際に鈴玉を見て尊を託したことは、間違ってはいなかった。人には魂が揺さぶられる時が、誰にでもある。戦時中はいろいろな人たちがさまざまな状況に遭遇して、思いも寄らない方向に向かわざるを得なかった。

それは「運命」という言葉で容易に片付けることはできない。

しかし、こう思いたい。

花子はきっと、今の尊と鈴玉を見て喜び、そして見守ってくれているに違いないと。鈴玉も尊のことを本当の息子として接し、時には厳しく、そして誰よりも愛して育ててきたことに違いはないのだから——。

「血より濃いものはない」と世間は言うが、簡単にそう割り切ることはできない。

何故なら、生んだ親も育てた親も同じように敬い、大事に想うことは、人間であれば当たり前のことであり、きっとそれを人は「本能」と呼ぶのだから——。

清閑

昭和56年夏――。
白髪も多くなった前田正は、秋山幸次から久しぶりに届いた手紙を読んでいた。

謹啓
厳しい暑さが続いていますが、皆さんお揃いで賑やかにお過ごしのことと思います。このたび私の長男尊が、中国より家族を連れて日本に到着し、永住することとなりました。尊は私の母の菊、妻の花子、息子の隆が眠っていた場所の土塊を一緒に持って帰ってきてくれました。これでやっと、家族5人で日本の大地を踏めたと思い、これも前田様から頂いた手紙のお陰であると感謝の念に堪えません。今後も人生の先輩として、いろいろと教えて頂ければと思っております。どうかこれからも、ご指導のほど宜しくお願い申し上げます。
未筆ながら、奥様にもよろしくお伝え下さい。まずは取り急ぎご報告まで。

謹白　秋山幸次

　正は手紙を読み終え、ゆっくりと目を瞑った。

「良かった、本当に良かった」

　正はシベリアから日本へ帰国後、遠方ということもあって幸次と会うことはなかったが、幸次のことをずっと気にしていた。彼の人間性がやっと報われたと思い、幸次の喜んでいる顔が目に浮かんだ。

　正は幸次の手紙を仏壇の中にそっと置くと、ゆっくりと手を合わせて父哲郎と母トシ、そしてシベリアで死んでいった同胞たちや戦争で亡くなったすべての英霊たちに感謝して、祈りを捧げた。その姿は、昔となんら変わりのない正の勇ましい姿のままであった。

　仏壇には、父哲郎の形見である万年筆がそっと置かれている。

　梨川順次とこずえの娘だった義理の娘サキも、今は嫁いで東京で幸せに暮らしていた。

　息子の功一郎は結婚して福岡で暮らしているが、この日はお盆で、家族を連れて帰省していた。

「正さん、早く用意せんね！」

　隣の部屋から妻キヌエの声が聞こえた。今日は小さい3人の孫を連れて、近くの玉屋デパートのレストランで昼食と、おもちゃを買いに行く予定だったのだ。

　玉屋デパートに向かう途中、伊万里川に架かる相生橋を歩いていると、

「あ！　カブトガニだ！」

と、孫たちが川を覗き込んで騒いでいる。

正とキヌエは微笑ましく思いながら、孫たちに足並みを合わせてゆっくりと歩いた。陽炎の中に、鏡映しのような大きな二つの人影と小さな三つの人影が揺れている。そこには優しい時間がゆっくりと静かに流れ、正とキヌエの愛が満ち溢れていた。

完

参考資料

サイトマップ「大東亜戦争／太平洋戦争の原因と真実」
https://history.ceburyugaku.jp/84392/
太平洋戦争とは何だったのか
http://historyjapan.org/invasion-on-manchuria-by-soviet-1
ソ連157万人が満州侵攻　戦車に潰された王道楽土の夢
（産経デジタル「産経ニュース」）
https://www.sankei.com/premium/news/150808/prm1508080034-n3.html
5分でわかる満州事変！　原因、関東軍の目的をわかりやすく解説
https://honcierge.jp/articles/shelf_story/4537
満鉄と関東軍　http://ktymtskz.my.coocan.jp/agia/mantetu3.htm
満州開拓団と悲惨な結末　http://www7a.biglobe.ne.jp/~mhvpip/0607HisannaSaigo.html
『「満州」化学工業の開発と新中国への継承』峰毅
（「アジア研究」52号、アジア政経学会発行）

満州事変をめぐる列強の態度と国際公議の醸成
http://ritsumeikeizai.koj.jp/koj_pdfs/62101.pdf#search='%E6%BA%80%E5%B7%9E+%E4%BC%81%E6%A5%AD+%E9%B9%BF%E5%B3%B6+%E6%94%BF%E6%B2%BB%E5%AE%B6'

世界史の窓　世界史用語解説　授業学習のヒント　満州国
https://www.y-history.net/appendix/wh1504-041.html

終戦で見捨てられた満鉄総裁、思わずぶちまけた言葉
https://jbpress.ismedia.jp/articles/-/57092?page=4

《縁》——ある日本残留孤児の運命——　https://www.epochtimes.jp/column/44/3.html

ポスト・コロニアルの中国における残留日本人孤児
http://www.lib.kobe-u.ac.jp/repository/81001027.pdf#search='%E6%96%87%E5%8C%96%E9%9D%A9%E5%91%BD+%E6%AE%8B%E7%95%99%E5%AD%A4%E5%85%90+%E5%A3%81%E6%96%B0%E8%81%9E'

~シベリア抑留体験記~（喜茂別町教育委員会「昔の暮らし聞き取り隊　聞き書き集③」）
http://www.town.kimobetsu.hokkaido.jp/soshiki_shigoto/kyoikuiinkai/syougaigakusyu/files/kikigaki03.pdf#search='%E6%BA%80%E5%B7%9E%E9%96%8B%E6%8B%93%E5%9B%A3%E6%B0%8F%E5%90%8D'

私のシベリア抑留体験記　https://sound.jp/akiyama/siberia/siberia.htm

労苦体験手記　シベリア強制抑留者が語り継ぐ苦労（抑留編）第10巻
https://www.heiwakinen.go.jp/library/shiryokan-yokuryu10/
舞鶴引揚記念館　https://m-hikiage-museum.jp/education/siberia.html
旧ソ連軍侵攻阻止　樋口季一郎中将の評価進む　北海道に記念館
（産経デジタル「THE SANKEI NEWS」）
https://special.sankei.com/a/society/article/20200515/0001.html
ヴャチェスラフ・モロトフに関する６つの事実：
１００歳近くまで生きたスターリンの腹心　https://jp.rbth.com/history/79841-molotov
１９４５年８月、ソ連満州に侵攻す　https://togetter.com/li/858862
『中国に継承された「満州国」の産業――化学工業を中心にみた継承の実態』
峰毅、御茶の水書房
ＮＨＫ戦争証言アーカイブス「戦争の記憶～寄せられた手記から～」）
https://www2.nhk.or.jp/archives/shogenarchives/kioku/
元大本営参謀・瀬島龍三の太平洋戦争
http://ktymtskz.my.coocan.jp/cabinet/sejima0.htm
『ある「中国残留孤児」の半生の記録』小栗実（「鹿児島大学法学論集」41巻１号）
『日本外交年表並主要文書』下巻、外務省編、原書房
『満州の曠野を駈けたわが青春』君野廣

その他、「ソ連対日参戦」「満州国」「舞鶴引揚記念館」「大東亜戦争」「シベリア抑留」「真岡郵便局」「山本慈昭」「通化事件」「東寧重砲兵連隊」「中国残留孤児日本人」「ポーツマス条約」「玉音放送」「ポツダム宣言」「第2次世界大戦」「太平洋戦争」「日本本土空襲」「東京大空襲」「大阪大空襲」「八路軍」「国民革命軍」「満州開拓団」「関東軍」「レニングラード包囲戦」「独ソ戦」「阿南大臣」「樋口季一郎」「戦後復興期」「満州国皇帝」「タイシェト」「ジョージ・マーシャル」「藤田実彦」「引揚者」「民主運動」「文化大革命」「ベートーベン『悲愴』ピアノソナタ第8番」「瀬島龍三」などのウィキペディア情報も参考にしています。

あとがき

自分にとって、文学は遠い存在だと思います。

初心者ながらこの小説を書きたいと思ったきっかけは、祖父母（正とキヌエ）が戦時中に体験したことを私なりに本として残したいと思ったからです。幼い頃、祖父母は戦前、満州新京で暮らしていたと聞きました。何不自由なく幸せに暮らしていたが、第2次世界大戦が始まって戦争末期になり、ソ連侵攻を受けて日本が降伏すると祖父はシベリアに抑留され、残された祖母は満州で子供を守りながら死に物狂いで生き抜き、日本に帰還できたと知りました。

もちろん、生まれてもいない私には戦争の体験はなく、詳細を知る由もありません。昔聞いた祖父母の話を思い出し、両親の昔話を聞き、この小説を執筆するにあたっていろいろな方々の戦争体験談や資料等を沢山読ませて頂きました。そこで感じたことは、私の祖母は無事に息子を日本に連れて戻ることができたが、そうしたくてもできなかった方々が沢山いるということです。これは祖父母の話だけで終わらせられる話ではないと思いました。私は小学校低学年時に、テレビで残留孤児の方々が泣いて抱き合う姿を見た記憶があります。その時は正直意味もわからず、何故ここまで泣いているのかと思い、理解できずにテレビを見ていたような気がします。山本慈昭先生や端野いせさんのことも、恥ずかしながらこの小説を書こうと思いたって初めて知りました。そしてその時代を生きた方々の言動を小説に反映させることで、自分自身も戦争末期から戦後までの日本の歴史や出来事、そして実際にその時代を強く生きた人たちのことを事細かに知ることができたのです。

祖父母はもちろんのこと、今では亡くなった方も多いのですが私が幼い頃からお世話になり、この小説を是非読んでほしかった親戚の叔父や叔母が沢山います。架空人物である新聞記者の上川直樹については、私の叔父が小説を書き、西日本新聞社で記者として働いていたことでイメージ致しましたし、親戚の方々を随所にちりばめて表現しました。そのことにより、この本を読むたびに何かを思い出し、そこで皆に出会えるような気もするのです。この小説を書き終えて感じたことは、月並みかもしれませんが、自分が今、当たり前のように生活できているのは、昔の人たちが大変な思いをされて今の自分たちに繋いでくれたからだということです。もちろん、祖母（キヌエ）が私の父（功一郎）を死に物狂いで満州から日本に連れて戻ってきてくれたお陰で今の自分があると思えますし、一言では言い表せませんが、この小説を書くことは、何か忘れていたものを私自身が再度思い出すきっかけにもなったのです。

最後に、この本を書き上げる過程で沢山の方々の体験談や資料を読ませて頂き、参考にさせてもらったことと、本の制作にご協力頂いた文芸社さん、オフィス・クリエイティブさん、風巻一（しまきはじめ）さんにこの場を借りて感謝申し上げますと共に、私の父と母が元気なうちにこの小説を届けられることをありがたく思い、最後の言葉とさせて頂きます。

ご愛読ありがとうございました。

橋本　譲介

昔を思い返しましょう。
小さかった時に何に幸せを感じたのか探すの。
私たちはみんな子供だった。本当に……。
だから昔を思い返し
本当に愛したものや
気づいたことを探してみましょう。

オードリー・ヘップバーン

この作品はフィクションです。実在の人物がモデルになっていますが、登場人物は作者が独自に変容して創作したものです。

著者プロフィール
橋本 譲介（はしもと じょうすけ）
福岡県出身。

挿絵（263頁）／風巻 一（しまき はじめ）

赤い大地と青い海

2021年７月15日　初版第１刷発行

著　者　橋本 譲介
発行者　瓜谷 綱延
発行所　株式会社文芸社
〒160-0022　東京都新宿区新宿１－10－１
電話　03-5369-3060（代表）
03-5369-2299（販売）

印刷所　株式会社暁印刷

ISBN978-4-286-22380-3